你不知道的宠物故事

紫合 晨期 编著

金盾出版社

内容提要

本书荟萃的宠物故事有妙趣横生而令人会心一笑者，有感人至深而令人潸然泪下者，有启迪智慧而令人掩卷沉思者……富于可读性与趣味性。同时，还提供了大量的饲养宠物的知识，有助于宠物爱好者更科学地饲养宠物。

图书在版编目(CIP)数据

你不知道的宠物故事/紫合，晨期编著．—北京：金盾出版社，2009.6

ISBN 978-7-5082-5729-7

Ⅰ.你…　Ⅱ.①紫…②晨…　Ⅲ.故事—作品集—世界　Ⅳ.I14

中国版本图书馆 CIP 数据核字（2009）第 055734 号

金盾出版社出版、总发行

北京太平路 5 号(地铁万寿路站往南)

邮政编码:100036　电话:68214039　83219215

传真:68276683　网址:www.jdcbs.cn

封面印刷:北京印刷一厂

正文印刷:北京天宇星印刷厂

装订:北京天宇星印刷厂

各地新华书店经销

开本:787×1092　1/16　印张:17.5　字数:192 千字

2009 年 6 月第 1 版第 1 次印刷

印数:1～8 000 册　定价:29.00 元

(凡购买金盾出版社的图书,如有缺页、倒页、脱页者,本社发行部负责调换)

前言

　　每个养有宠物的朋友，也许都能讲出很多宠物与人"多情善感"的故事。一位女主人说，当她伤心哭泣时，她养的两只小猫就会跑到她身边，用光滑的毛给她擦眼泪。另一位男主人称，他腿脚不便，每次出门都必须牵着爱犬，走累了就倚着爱犬休息一会儿，可爱犬"毫无怨言"。

　　20世纪美国伟大的作家海明威就是一个"疯狂"的爱猫者，表面看，猫咪跟他那副粗犷的外表有点格格不入，但海明威的确有爱猫咪的侠骨柔情，他那有名的小说《战地钟声》，就是在猫咪的环绕陪伴下完成的。据说，海明威家里的猫咪最多时曾多达三十四只！

　　捷克大作家米兰·昆德拉也曾说过："狗是我们与天堂的联结。它们不懂何为邪恶、嫉妒、不满。"想象一下，在美丽的黄昏，和狗儿并肩坐在河边，放眼夕阳，静静看着熙熙攘攘的人流穿梭而过，真有如重回伊甸园，即使什么事也不做，也不觉得无聊——惟有幸福、平和之感涌上心头。

　　"如果你在这个勾心斗角的社会里需要一个朋友，那就养条狗好了。"这是美国前总统布什说过的一句话。虽然这句话说得有点绝对，但宠物能够爱主人却是不争的事实。它们不在乎主人的聪明或愚蠢、高贵或低贱，它们死心塌地地追随在主人左右，让主人在不开心的时候能够得到心灵的安慰。

　　在澳大利亚，"世界动物日"这一天专门用来表彰伴侣动物。伴侣动物在数以百万计的澳大利亚人生活中发挥着重要作用。澳大利亚64%的家庭拥有伴侣动物，从而成为世界上对动物最富爱心的国家之一。在"世界动物日"，澳大利亚全国各地的学校都会举行祈祷活动，向动物表示最真诚的祝愿，而澳大利亚兽医协会则会举办各种宠物周活动。各州的宠物周大多定为10月2～6日，但西澳大利亚州和北方属地除外，它们的宠物周定在10月9～13日。

　　还有一个情况，很多人可能并不知道，就是不同的宠物给主人带来变化也有所不同。德国ERLANGEN大学心理学系的安德里·比茨发表了一份研究

报告，认为人们对不同类型宠物的选择正好反映出他们个性的不同。

研究表明，养犬人更强调有序和整洁，对生活采取较为理性和自律的态度。他们在与人相处时也显得更加成熟，并更善于享受良好的社交生活。而爱猫的人则较具竞争意识，同时也更富创造性，热衷艺术。据说，爱猫的人更倾向于冒险，不如爱犬人那样有强烈的权力欲。

在越来越城市化的社会里，人的生活和活动的空间显得越来越小，人与人的交流和交往也越来越少，而宠物作为人的伴侣，在消除寂寞、调节心理健康方面起到了重要作用。尤其是对于一些孤独的老年人来说，宠物不仅起到丰富生活的作用，一些受过良好训练的宠物还能对主人发生的意外，如心脏病突发、突然中风等情况起到及时的警报作用。对于孩子来说，饲养宠物可以培养孩子的责任心、爱心和社交能力，对于小动物的同情和理解日后会转移到其他人的身上，有利于孩子健康地成长。

尽管宠物给我们的工作、生活、健康等若干方面带来了积极的作用，遗憾的是，现实生活中，仍有许多人以动物为无思想、情感、智慧的低等生命作为借口而蔑视它们。我们常常看到很多人由于诸多原因而将曾经给其带来欢乐的宠物随意丢弃在高速路上、街道边、山沟里……甚至大肆屠杀将其当做餐桌上的下酒菜肴。

源于对生活的那份真诚的爱，对因这些可爱的生命而引发的对人性的反思，也是为了让更多的朋友一起享受与宠物为伴的那份自然与快乐，我们汇集、整理了一些有关宠物的动人故事，其中有令人会心一笑者，有感人至深而令人潸然泪下者，惟望能启迪大众心灵深处本有的慈悲，使人与动物的关系更加和谐、健康、向上。

另外，我们还为读者提供了大量的饲养宠物的知识，希望您在阅读故事、获得感性的精神盛宴的同时，也能收获理性的知识，以便能科学地喂养您的宠物。

为了满足宠物猎奇者的好奇心，我们还整理了一些宠物奇闻趣事，让您大开眼界。您会了解到会缝纫的鹦鹉、跳楼殉主的狗以及给主人带来财运的香猪……

好了，不再过多介绍。一场关于宠物故事的精神盛宴，您还是亲自来品尝吧！

目　录

逗乐的宠物,他们很少用心来感受我们的喜怒哀乐,而我们狗类却具有忠诚的本性。在经过了骨肉离别的心痛之后,母亲依旧如常日一样欢送主人回家和陪主人玩乐,但主人不在家的时候,母亲也经常会趴在窗口眺望,我想她可能是在想父亲和孩子们。

　　我是个喜欢安静的人,不喜欢大声的吵闹,开始的时候,听见这样的尖叫,我会心脏加快,冒虚汗。尤其是再看笑笑那卖笑的表情:亲昵地歪着脑袋,当人走近时,会斜着眼睛媚着,有时候还伸出手来,和人家亲密地接触,再过分点,甚至把头搭在挡板上等人亲吻!

　　我耐心地跟它商量说:"咪咪,这是人大小便的地方,你要是人就好啦!"它转身走了,我也没在意什么。等过了20分钟左右,我妈妈在厕所里大呼小叫:"你早上拉大便怎么不冲呢?"疑惑中,我走近一看,蹲坑里有几颗小小的便便,分明就不是我的,倒像是小孩子拉的。我猛然一喜,难道是咪咪?

　　我每天都到花园来寻找这两个宝贝,只要我往台阶上一坐,聪聪和明明就都会聚拢过来。聪聪依偎在我膝下,明明则飞落在我的肩头。即便在我的身边,两个小家伙还不

肯安静下来,不时打斗在一起,旋即又分开。

你一回到家,它会替你开门,拿好拖鞋;福福还经常跟我们抢着看电视,它最喜欢看五花八门的广告;它还是个标准的"麦霸"——我们一唱卡拉 OK,它就一定要争抢话筒;最可气的是:平时看我喝点酒,它就趁我不在家也偷着抿两口,后来发展到公开跟我对饮,不给它喝,它就发脾气大叫。

老乡对他说,你这么久没回去,你的那只狗每天在车站叼着那只鞋等你。有一天,它被车轧死了,在断气前几分钟,它的眼睛一直盯着那只鞋看,爪子还一直挠挠挠的,想把鞋子挠到身边来……

我刚把手伸进它的窝,阿娇突然腰身一扭,闪电般蹿起,一口咬住了我的食指,我能感觉到它咬得很用力,没有一点要松嘴的样子,而且我还感觉到它正在吞我的手指……

胃打败了我的大脑,要知道,我已经几天没吃到东西了!狼吞虎咽我就把肉吃光了,然后用我那一看就让人受不了的可怜眼神和温柔的叫声告诉他:我还要吃!

　　乖乖的坏脾气是出了名的,记得有一次去打疫苗,我死活抱不住它,最后是个实习的大夫抱紧了才打完,可一打完乖乖就怒了,追着抱它的大夫和扎它的大夫狂咬,最后把大夫逼到办公桌上,把脚抬到最高,乖乖还不依不饶地在桌子下面叫,一定在生气不能跳到桌子上去。搞得大夫哭笑不得,我在旁边看得差点笑晕过去。

　　当我和绿毛龟惨不忍睹地重新出现在主人面前时,她惊呆了,愣了几秒钟,她紧紧抱着脏脏的我哭了,我听到她说:"所有的男人都不如你……"

　　我把手伸进那个坑里,拣掉了一些碎碎的小石子,这是阿旺永远的床了,怎么能容忍上面有这么多的凸凹不平呢?当时的心情,就像穆斯林的葬礼上,楚燕潮替韩新月试坟的感觉,他躺在新月的坟里,体味着是否舒适和安宁,我用我的手替阿旺试坟,怀着同样的心情……

　　带其他被麦琪殴打致伤的小狗去医院是常有的事情,其中还包括一只超级无敌的大狗。我就纳闷了,一条母犬

怎么可以那么有领导欲望?

第一次发现它像人一样四脚朝天的样子,我以为它升天了呢!吓得差点哭出声,冲过去摸摸它的肚子——热热的,软软的,还有心脏怦怦地跳!谁说睡觉一定要雅观?豁豁就是这样自信!

可能因为小白是一只女猫的缘故,生来就很淑女,脾气好且会拍马屁,谁呼唤它,它都会先礼貌地答应,然后再小跑过去和人家亲热一番。小白同学不光得到了人们的喜爱,它还是我们小区的猫花,所有的男猫咪都想做它的丈夫,可惜小白眼光太高,只和一只纯白色的波斯猫建立了很好的友谊。

我计上心来,拦路劫持了一整支队伍,装在瓶子里,管它们叫我的"蚂蚁兵团"。我喂它们的办法是,打开瓶盖,扔一小块水果下去,看它们迅速把食物包围起来,一点一点蚕食掉。我喜欢在上课时偷偷拿出小瓶,放在课桌里独自欣赏:它们像一股流动的沙在透明的玻璃瓶里上下起伏,有时又像一场装在瓶子里的小小的龙卷风!

在一片荒草地里,一个很大的土坑中,他们发现了黑剑。它躺在那里,很瘦,但很安详。爪子上全是泥土,估计坑是它自己挖的。

一段日子后,我们发现,可能是在健身房的两层"别墅"里上蹿下跳的缘故,肥嘟嘟、圆滚滚的小家伙,"瘦身"初见成效,竟练出小腰身来了。

只要楼道里没有人了,我打开房门,轻轻地叫声:"猫咪——"它就会像小马一样从楼道顶头飞奔而至,倏地闪身进屋。原来它一直在地下室门口探着脑袋等我开门。但如果它跑到半路忽然从哪间屋子闪出个人来,猫便会掉头狂奔而去,那种慌不择路的急刹车,明明白白地显示着它对人的惊恐与畏惧,难怪这猫从不在白天进楼。

最后一个早晨,老帅早早地起来,像往常一样把奶奶叫醒。奶奶亲了亲几天没动的老帅,轻轻地为它打开屋门。老帅步履蹒跚地走了。

我就那么矛盾重重地喂它、呵斥它、疼它、恨它,企望它少一点兽性,有一点人性。有时候,看着它躺在我的车下避暑或在草地上蜷缩着过夜,我就原谅了它的种种错误。

将鹦鹉拿回了家,心一阵阵发酸的亮子情不自禁地又冲鹦鹉说:"甜甜我爱你。"不料鹦鹉马上也开口说:"我要你亲口说,我要你亲口说!"

猫儿依偎在我的怀里,它的依赖被我当成了默许。抚摸着它的绒毛,我觉得它已经是我的财产了。当时我没有想到,我和它的缘分只有一夜一天。

每逢元旦,妈妈总会给每个被波波咬过的人送去一份礼物以表示歉意,最后这个送礼物的名单上竟然有了四五十个名字。

小虎的举动又让我吃了一惊,它纵身一跃跳上了我家的窗台,窗台很窄,几乎站不下两只脚,小虎死死地抓住纱窗,再一跃跳到我家的旧空调交换机上,它和丫丫的距离更

近了，它们几乎贴在了一起，丫丫昂着头尽量贴近小虎，还伸出一只手轻轻地想要抚摸小虎，小虎更是尽力地把脸贴过来，那情景简直无法形容，太感人了！

混血儿的忍耐力大概到达了极限，这一次竟然一边叫嚷着一边咬起我来了，它咬住我的裤角不放口，一口不解气，就咬第二口，而且你越打我就越咬！我一看不行，这家伙今天是真急了，都咬到我的肉了，您别说，还真疼。这回反过来是我满屋跑了，它在后面追……

在确认周围没动静后，水盆里的蛋蛋慢慢爬到水盆的边上趴好，并把自己短短的尾巴甩一下，好像表示"准备停当"。笨笨这时候游过来，努力地爬到它身上，然后再往上爬，翻上水盆边沿。费了好大劲爬上去的笨笨还不忘回头看看自己的"垫脚石"，看样子像是在和老婆说感谢。

平时，这小家伙不玩到深更半夜，是绝对舍不得打道回府的，可那一天，它出去不过个把小时就回来了。它一溜小跑，从半开的门里挤进来，轻盈地跳上床，把那个灰色的、小小的战利品，放在了正处在"饭后瘫"状态的我的眼前。

故事中的主人是多么地悔恨暂且不提,只是让人感叹人类对自己最亲的朋友都不能信任,还能信任谁呢?

不明真相的爱犬仍然一如既往地到车站去接主人。等啊,等啊,深夜过去,天空泛白,日头高挂,太阳又落山了,仍然不见主人身影。一天过去了,两天过去了,三天过去了,这只狗仍然一动不动地在站台上等着。

哭着哭着他睡着了,当醒来的时候火车已经开出几百公里了,睁开眼的时候,他发现坐在附近的人都在往车窗外面看,他也好奇,也看了一眼,天啊,他的心都碎了! 雷鸣张着嘴一直不停地跟着火车跑……

外公最爱和我说话,有时人言,我听得懂;有时用我们的狗言,我就懵了,他实在没有语言天赋,我们叫声的高低、长短他用的都不是地方,这时我就只能观察他的表情了,幸亏我聪明,理解他的意思还没有困难;外婆很温柔,会很舒服地给我挠痒痒,我常常躺在沙发上把肚皮露出来让她给我抓抓,嘿,那个舒坦劲儿,真比大冬天吃火锅还舒坦呢!

我睁开眼睛，看见旺旺咬着裤腿把我往床下拖。我赶走它，转身睡去。不一会儿，有水滴在我的脸上，我再次睁开眼睛，旺旺竟然叼着一袋牛奶！牛奶从被它咬破的袋子里淌到我脸上。

这是个充满爱和鼓励的礼物，其中也包含了他要太太坚强活下去的忠告。他发誓，与太太在天堂相会之前，他会一直等她的。在天堂重逢的那天来临之前，他要先送太太一只宠物给她做伴。

"奔儿喽"不再闹，在我的床头静静地趴了一会儿，静静地看着我。看见我又睡着了，它才默默地离去。起床以后找不到"奔儿喽"，几个小时过去了，还是看不到，全家人一起寻找。终于在院外的雪堆里看到已经僵冷的"奔儿喽"，原来早上它是和家人告别，然后给自己在雪坑里掘了个坟，就这样离去了。

嘟嘟和每天都会在这个时候相遇的小狗伴多多、米米打了招呼，之后在如茵的草坪上尽情玩耍起来，主人们还在相互夸奖着小狗的可爱，却怎么知道一场劫难正在悄悄

降临！

小灰狗也有一口没一口地吃着，就像人们看着风景吃零食一样，不像其他小狗那样，人一动嘴巴就眼巴巴盯着。这只小狗的自信和骄傲真的让人吃惊，总让人觉得它是世界上最得意的狗。别说是流浪狗了，就是家里被百般宠爱的少爷狗们也少见这样超脱潇洒的。

莫卡妈妈把它重新交托给我的时候，她哽咽着。而莫卡，它沉默地看着我们，一如从前承受苦难般忍受着它和幸福的再次别离。我弯下腰，捧起它的小脸，亲吻它，一如半年前送它走向幸福时的动作。

当我取走那只艳丽的母鸟，把它放回自己的家与公鸟重逢时，没想到的事又发生了：它们很快认出了彼此，抖动着翅膀，兴高采烈地叫着，为久别重逢而欢呼雀跃；接着相依相偎地拥抱在一起，轻声细语地说着悄悄话，为离别而倾诉衷肠；丈夫用勾勾嘴梳理妻子的羽毛，叼来食物给妻子，像是为她压惊和安慰。

我们出去迎接这位小客人。还没走到孩子面前，就听到背后传来一个声音。我转过身，看见来恩冲下台阶，直奔小男孩。一定是我们太匆忙，没关好门。我屏住了呼吸，来恩这么激动，肯定会吓着大卫，甚至会把他撞翻在地。哦，不！我想。我们第一次见面怎么会这样啊！

有一年冬天下雪，楼门被关上了，乔乔不能进入温暖的楼道，只能蜷缩在草堆里。有人围过来看，见它一动不动，大家都以为它快死了，有好心人为它盖上了一件毛衣，过了一个多小时，乔乔终于睁开了眼睛。

我只听见伯父喃喃地对伯母说："这条狗可真忠啊！我用镐头狠狠砸它的头，它就躺在那里冲我哀鸣，不躲也不跑，也不过来咬我，任我砸，直到头骨被砸碎了，血流了一地，还低低地冲我叫着，用眼睛看着我……"

现在所有人都讨厌它，都想踢它一脚。麦克的胆子越来越小了，它不敢主动跟任何人打招呼，不敢正眼看人，低着头，偷偷地望。如果那人脸上有笑容，麦克就摇摇尾巴，如果那个人满面怒容，麦克撒腿就跑。

田野小刺猬的居室生活

家里除了我之外还有一只酒足饭饱后就爱睡觉的懒猫，我们经常为了争宠而吵嘴，不过我不怕它，只要它欺负我，我就缩成一团，专拣它的肚子撞，撞得它直"喵喵"叫，后来它就再也不敢欺负我了，总是躲着我走路，有啥东西也都可着我先吃！哼，以为我从乡下来就治不了你这只城里猫？

瘸人与瘸狗

平房里太黑了，他经常搬个小凳子和狗儿坐在平房外的路边，一边晒太阳一边糊纸盒。它也和主人一样友善地对过往的、认识和不认识的人打招呼，包括曾经给它带来伤痛的那些学生们。

吃百家饭的狗

那天王大爷正好给老黑带了根骨头，把老黑兴奋得眼都绿了，如获至宝般叼着跑到胡同口边上，正琢磨着从哪里下嘴，忽见一个黑影飞般奔了过来，老黑以为碰上跟它抢食的了，当时就急红了眼，顾不上多想，吭哧一口，正好咬在那小子的腿肚子上！

猫魂轮回

她说她把闪闪从二楼窗口扔了下去，跑到下边看没死，又拿了个垃圾袋，把它装在里边，扎住袋口，扔进了图书馆

前那条河。一开始它还沉不下去,她就一直看着它挣扎,直到它不动……

赛克忠实地履行它的职责,与休寸步不离。尽管它也经常跟孩子们玩耍,但绝不会为了一个玩具跑离女主人的视线。赛克除了看护休之外,对什么都不关心,惹得埃里克"醋意大发",笑着说:"赛克可真够钟情的。"

福朗克虽然不知道发生了什么,但它没有听见熟悉的关门声,聪明的它马上觉出了异样,它迅速地跑了过去,用它独有的方式呼唤着主人,但得不到任何回答。

就在这千钧一发的时刻,一只活泼的小狗友好地摇着尾巴向他跑来! 这只小狗衔着一个飞碟,在他身边欢快地跳来跳去。当斯坦森蹲下身之后,小狗更是亲热地把飞碟往他手里送,并舔着他的手,邀他一块玩飞碟。

一个男孩,一个女孩;一个抱着小猫,一个牵着小狗。原本四个可能在人生里互不相干的生命,在每个夕阳快要落下的时候,快乐地聚到了一起。

罗曼勇救溺水女孩的事迹成了当地的新闻,除了获颁狗英雄奖牌外,不久后有杂志还把它与丽莎的合照登在封面,使罗曼成了全美知名的狗英雄。

被撞伤的小家伙一动不动地躺在马路中间,眼神绝望。飞速前行的车流从它身体两边闪避而过,随时都有扼杀它最后一丝生命的危险! 它的眼中全无生机,似乎已经知道没有逃生的希望,只能静静等待死亡的来临。

终于,"干娘"吐了出来,白色的雪地上多了一样东西:那是一截断指! 上面还带着血,可能是因为一直含在"干娘"嘴巴里的缘故,血液居然还没有凝固,非常迟缓地流淌开来,在地上洇出一个淡红色的半圆。

到了晚上,他会恭敬地为我做好丰盛的晚宴。为了感谢他对我的忠诚,我有时也会大发善心,给他留些骨头,但是他很怕我,不敢跟我一起吃饭,总是躲得远远的。我也曾经放下主人的架子跟他推心置腹地谈过,但他还是不敢。

第二天早上起床,我习惯性地先去看龙猫,天啊!我眼花了吗?怎么又多出一只?哈哈!太棒了,灰灰又生了一只!两只颜色基本上一样,看似是紫灰色,又有点像咖啡色,前者的可能性更大些,老大的脸颊毛色有点浅,老二颜色较深。为了纪念他们的父亲,我给它们取名一个叫"思思",一个叫"念念"。

宠物奇闻

目　录

一条咬舌自尽的狗

它为了回家寻找主人，奔跑百里，不知经历过多大的痛苦，好不容易回到家门，主人不但不开门，连一句安慰的话也没有，并又将它抛弃，这对一只有感情的狗来说是多么大的打击啊！与其再度被无情无义的主人抛弃，不如自求解脱。

一天下班，我发现家中的爱犬咳嗽不停，我顾不上吃晚饭，就赶紧带上它，打了一辆出租车赶往宠物医院。

由于狗咳嗽得厉害，引起了司机的注意，他扭过头问我："狗感冒了吗？"

"是啊，它一直咳嗽个不停。"我摸摸狗脑袋说。

司机突然长叹一声："唉！咳得和人一模一样啊！我也曾……养过一只狗……"司机的话匣子打开了，向我讲了他与狗的故事，这个故事令我这辈子都不会忘记。

很多年以前，他养了一条狼狗，长得太大了，食量非常惊人。刚开始住平房，独门独院还没觉得怎么样，后来平房拆迁了，他和妻子搬到了楼上。

住到楼上后，这只狼狗就不能养了：出来遛狗的时候它的大个头经常把小区里的孩子吓哭，更尴尬的是在楼道里遇到邻居，每个人都不敢动弹。人际关系搞得非常紧张。

　　出于无奈,他和妻子商量了一下,决定将它送回大自然。虽然对它是否能适应野外环境很担心,但是自己的生活还是要正常过下去。

　　他把狼狗装在布袋里,放到后备箱载了出去。为了怕它跑回家,他特地将车驶往一百多公里外的野外深山中去。

　　放了狗,他加速逃回家,狼狗在后面追了几公里没有跟上……

　　一个多星期后的夜晚,他们听到门口有异常动静,开门一看,原来是那只大狼狗回来了,面色枯槁,极为狼狈,显然是经过长时间的奔跑和寻找的结果。他虽然十分诧异,但是二话没说,又从家里拿出布袋,把狼狗装进去,再次带出去放生。这一次,他走得更远,一路上听到狼狗从后备箱里传出的低声嚎哭的声音。

　　到了更远的山区,他把布袋打开,发现满布袋都是血,血还继续从狼狗的嘴角溢出来。他把狗嘴拉开,发现狼狗的舌头已经断成了两截……原来,它咬舌自尽了!

　　司机说完这个故事,车里陷入极深的静默,我从照后镜里看到司机那通红的眼睛。过了一会儿,他才说:“我每次看到别人的狗,都会想到我那一只狼狗,这件事使我痛苦一辈子!”

　　听着司机的故事,我眼前浮现出那只狼狗在原野、高山、城镇、荒郊奔驰的景象。它为了回家寻找主人,奔跑百里,不知经历过多大的痛苦,好不容易回到家门,主人不但不开门,连一句安慰的话也没有,并又将它抛弃,这对一只有感情的狗来说是多么大的打击啊!与其再度被无情无义的主人抛弃,不如自求解脱。

　　司机说,他把这只狼狗厚葬,时常去烧香祭拜,也难以消除内心

的愧悔,所以他发誓,只要遇到养狗的人就向他们诉说这个故事,希望所有的主人都善待自己的狗,也希望能以此抵消心中的愧疚。

宠养提示

哪些狗适合城市家庭饲养?

现在许多城市都对养犬进行限制,所以,你准备养狗之前,最好先了解一下哪种类型的狗适合在当地饲养。这里向大家推荐几种目前城市饲养比较普遍的犬种:

1. 博美。也叫松鼠狗,身高约 28 厘米,重量 2～3 公斤,寿命可活 12～16 年。该犬性格活泼、聪明听话,最喜欢坐在主人大腿上。但毛长,较难打理。

2. 惠比特犬。属中小型犬,体重 10～18 公斤,身高 40 多厘米,寿命可活 12～15 年左右。性格聪明听话、文静少吠,不会惊扰邻居。缺点是怕冷。

3. 八哥犬。小型短毛犬,体重 5～10 公斤,身高 23～30 厘米,寿命可活 11～12 年。性格听话懂事,妒忌心重、不能够容忍主人喜欢其他宠物,身体强健,无须特别护理。但爱吠叫,而且要注意眼睛疾病。

4. 约克夏犬。重量 1.5～3 公斤,体高 20～25 厘米,寿命可活 12～14 年。该犬身型娇小(比猫儿还娇小),外观可爱,聪明活泼,但平时要费心给它梳理。

5. 贵妇狗。体重 7～36 公斤,体高 23～65 厘米,有大、小型之分,寿命可活 10～16 年。该犬的特点是极少掉毛,适合喜欢穿深颜色衣服的人饲养。

6. 金毛寻回犬。属中型犬,身高 51～61 厘米,体重 27～36 公斤,

寿命可活 12～14 年。该犬聪明温驯,忍耐性强,童心十足,最爱与小孩为伴,适合有年幼子女的家庭饲养。

梦深处的流浪猫

> 每次紫萍喂完东西,它总是要送她到楼门口,而这也成了紫萍每天下班雷打不动的幸福享受:一个女孩在前面走,一群猫咪在后面恭送着,这是多幸福的事情啊!尤其是虎虎,总是绕着紫萍的腿跑,很开心很幸福的样子!

那只长着虎斑纹的小猫虎虎经常会出现在紫萍的梦里:她们快乐地在一起嬉戏,玩得高兴极了,但梦的结尾总是会出现一辆大汽车,猝不及防地撞向这只可怜的小猫……每当这个时候紫萍就会倏地坐起来,惊出一身冷汗!泪眼婆娑中,仿佛虎虎又出现在她的面前……

紫萍因为工作的变动,搬到一个新小区居住。住下没几天,就听说小区里有很多流浪猫。虽然是流浪猫,但是有很多好心的人在喂。就拿门口边内围墙处来说,就有 6 只猫固定在傍晚出现,小区里的好心人都会给它们送来吃的。

有这么多猫对紫萍来说真是一个好消息,因为她简直就是一个猫痴,走到哪里见到猫就要停下来和它们玩。从前紫萍也收养过一只流浪猫,后来因同屋人对猫毛过敏,才把它送给朋友了。

　　这一天紫萍下班,走到门口边内围墙处,听到黑暗处传来一声奶声奶气"喵……";与此同时,她发现一只小小的虎斑猫向她走来,先是拿鼻子蹭蹭紫萍的手,然后围着紫萍的腿转来转去,紫萍被这只小猫的亲切示好感动得一塌糊涂,赶紧拿出包里自己准备当晚餐的火腿肠喂它,它吃得很开心!

　　"就叫你虎虎吧!"紫萍给这只虎斑纹的小猫起了一个只属于她一个人的名字。

　　就这样,虎虎一天天长大了。照例,每天晚上下班后走进小区,紫萍总是要先到那里看看虎虎和它的 5 个小伙伴,喂它们吃了东西后才回家。时间长了,它们跟紫萍也越来越熟。往往是紫萍一叫,6 只猫一齐跳出来,虎虎总是第一个凑到她的面前,喵呜喵呜地和紫萍说话,大概是"你怎么才来呀"、"我好想你呀"之类的亲昵话。喂完后,紫萍对它们说一声:"妈妈要回家喽!"它们就一路小跑着送她,尤其是虎虎,总是送出很远的路。后来,它索性一直送紫萍到家门口。

　　有一次,紫萍让虎虎进了家门,准备给它洗个澡,好说歹说劝老公养它一段时间,毕竟那时是三九隆冬。可是,虎虎显然很害怕水,无论如何都不肯洗澡。喂它吃东西也无心多吃,只是缩在角落里,楚楚可怜的样子。没办法,紫萍只好打开房门,它立刻跳出去消失在门外的黑暗中了。

　　尽管如此,虎虎显然对家庭生活有很大的向往。每次紫萍喂完东西,它总是要送她到楼门口,而这也成了紫萍每天下班雷打不动的幸福享受:一个女孩在前面走,一群猫咪在后面恭送着,这是多幸福

的事情啊！尤其是虎虎,总是绕着紫萍的腿跑,很开心很幸福的样子!

接连几天都没有见到虎虎了,是不是长大了,出去找女朋友了?开始几天紫萍以为它去疯玩了,但好几天都没见到它,紫萍越来越感觉不正常,总有一种不好的预感,就到小区门口向保安询问虎虎的情况。

他们说,前几天小区门口一只虎斑猫被车轧死了……

紫萍顿时就傻了……

"不可能是虎虎! 它那么机灵,那么聪明……小区里有很多虎斑猫,怎么可能就一定是它呢……"紫萍心里这样想着,眼泪却忍不住一串串掉下来。

从那以后,紫萍再也没有见到过虎虎。

宠养提示

如何找回出走的猫咪?

猫咪不小心出走是每个主人最担心的事情,一般来讲,住平房的猫咪、发情季节里的猫咪、受到惊吓的猫咪、被救助的流浪猫咪以及刚搬家的猫咪最容易离家出走。猫咪出走后,主人不必着急,这里给您提供一些方法:

1. 家附近寻找

一般来说,出走的猫咪不会离家太远,它们的活动范围大部分是在以家为圆心、半径不超过50米的范围之内。但真的出去找时,因为各种条件的限制,或者惊慌失措的猫咪已经在某个角落里藏匿起来了,所以,搜寻工作依然是很吃力的。如果没能马上找到猫咪,可以

在家附近放些粮食等猫咪回来,经常去放粮处巡视,精确地计量粮食减少的时间,为遇到猫咪做好准备。

2.发展线人

迅速在居住地附近传递信息,尽可能详细地向他们描述猫咪的外貌与性格,拜托经常能观察到外界环境的人帮助留意。那些喜欢晒太阳的老人、小区食品店的工作人员以及底层住户都是不错的选择。告诉你的"线人",如果发现了猫咪踪迹,请在第一时间通知你或你的家人。

3.谨慎对待发现的猫咪

终于看到自己的猫咪了!这个时候千万不要激动,要让它主动慢慢靠近你。激动对猫咪来说等于恐怖。颠沛流离的流浪生活使大多数猫咪处于一级警备状态,稍大点的动作都会引起恐慌。而且,大多数猫咪在这个时候都非常无情,对接近自己的人类会非常警惕,以致转身逃跑。所以,请不要勉强接近对你持怀疑态度的猫咪,没有机会的时候,就放弃,别一味地强求。如果猫咪愿意你接近,或尝试接受你的抚摸时,抓住猫咪就不能再放手!

父亲·金鱼·我

> 我的农民父亲偏偏爱上了养金鱼,而且是那样投入。我开始不理解,后来慢慢懂了……

我生在东北农村,和大多数那里的孩子一样,背负着老一代人的

寄托——考上大学,走出山沟。但是我的父亲却和大多数家庭的老人不同,在同样憨厚勤劳的特质之下,他有一个很多长辈都感觉"奢侈"的爱好——养金鱼。要知道,在年收入只有几千块钱的老家,入不敷出的情况经常发生,哪里有什么额外的闲钱玩这个呢。

我读高三那年,父亲养金鱼已有两年光景了。村里人经常嘲笑父亲是搞"资产阶级情调",他们更愿意在农闲之余打上几圈扑克,摸上几圈麻将。而对于他们这些嗜好,父亲是从来不沾的。因此,他在村里是孤单的,特立独行的。

后来听妈妈说,在年轻的时候,爸爸本来在文化大革命后被保送上大学的,可是当时他已经和妈妈订婚两年了,年龄都到了二十六七岁,如果上大学,还要3年,妈妈对这样的未来没有把握,坚决不同意。父亲为了妈妈,才留在农村,一辈子都生活在这个小山村。

金鱼很娇贵,不像养猫养狗那么简单,因此,养金鱼之初,一切都是父亲一手操办,鱼缸、鱼网、充氧器……一应俱全,每天父亲都乐滋滋地或忙于给鱼放食、换水,或干脆卷上一袋烟,悠闲地看着那些也同样悠闲的金鱼游来游去。

而身处高考备战时期的我,如临大敌,从未因为父亲喜欢金鱼就爱屋及乌,沉重的高考压力使我无暇顾及其他。每天早起晚归,除了面对父母同学老师就是做不完的试题看不完的书,从来没有感受到其他生命的存在。而每天父亲则忙忙乎乎的,带着恬淡的满足。

三模成绩出来了,我怀着12分的满足要把这份喜悦带给最关心我成绩的父亲。一进门,却见到父亲呆坐在炕头边上,眼睛直直的,一口一口抽着老旱烟。

"爸,我三模考完了。"我轻轻地说道。

"噢……"父亲似乎连头都没抬一下,轻轻地应着。

"考得还不错，你等高考真正的好成绩吧！"我加重了语气，得意洋洋地说道。

"哦，回来就好，回来就好。"父亲答非所问地应着，语气很低沉。

我就像被人泼了一盆凉水，满肚子喜悦一扫而空。一股无名之火蹿上脑门。

"爸，你怎么了，这个样子？"

父亲一愣，仿佛回过神来。"没什么，没什么。"看着他表现出一脸的歉意，我扭头进了自己的房间。

"考的是不是很好啊？"外面传来父亲小心翼翼询问的声音。

"还可以吧。"我不冷不热地回答。

"唉，那就好，要是这些宝贝鱼不死就更好了。"

"哼，死就死了呗，几条臭鱼，旧的不去，新的不来，有什么难受的！难不成比女儿还重要？"我没好气儿地说。原来是死了几条鱼，比我还值钱不成！？我愤愤地，表示不满。

屋外是一片长久的寂静，好像一场战斗刚刚结束一般的寂静。过了一会儿，只听见母亲在厨房做饭的叮当声和偶尔发出的或是埋怨我也或是埋怨父亲的嗔怪声。我偷偷望去，只见父亲在默默地抚摸着鱼缸，里面空空的。

从第二天直到高考，父亲一直没有再提养鱼的事情，我不知道父亲是源于女儿对他的抱怨，还是对宠物死亡的一种无形疼痛，总之，记得好久好久的一段日子，家里都没养鱼。

高考结束了，两代人的梦想却因我的惨败而告终。那段日子，阳

光也显得苍白无力。一颗钝痛的心无处寄托。往日一切的美好，如今都如同张张嘲笑的面容，让我无颜以对，而又无处容身。我躲着全村人的目光，逃避于人群之外。整日不是把自己锁在屋里，就是漫无目的地闲逛。

当然，同样高考失利的也有我的同村同学，我们怀着同样的沮丧心情，终日在一起漫无目标地发泄着烦躁。一日，我们来到鱼市，往日漠视的生命，此刻在眼里如此的乖巧。看它们在水里游来游去，自由自在。大概被喂着惯了，非但不怕人，见人来，都张开小嘴浮出水面，吧嗒吧嗒地喘着，一副可爱的样子。我的心里平添了几许生机与温暖，感觉这非人的东西也有了几分灵性。那一刻，我发现了自己所熟悉的生活之外的一份新的感受，它让我沉思，让我宁静，以至于同学为我那一刻的默不作声而显得万分诧异。

真是奇怪，家里养了那么长时间的金鱼，我竟然对它们心无感触，如今在鱼市里，如此纷繁喧嚣的环境中，竟然能体会出那样一份美好！我想，父亲是不是也有如我一样常人无法体味的别样境界呢？

回到家，我将买回的几条金鱼拿到父亲眼前说："爸，从今以后，我们一起养鱼吧。"

父亲对我的180度大转变未置一言，只是默默注视着我。家里大大小小、各种各样的金鱼共养了20多条。每天除了换水、喂食等日常劳作外，我就静静地端坐在金鱼前，注视着它们的举动。

起初，由于环境变化，鱼儿是怕生的，稍有动静，就四处逃窜，乱作一团，扰得鱼缸内"飞沙走石"。

逐渐地，鱼儿熟悉了环境，也就无忧无虑了。饿了就浮到水面上，张开嘴，眼睛也似乎充满了急切的神情，让你觉得哪怕慢了一点都像自己犯了错误一般。平时，就不知疲倦地游来游去，相互追逐嬉

戏,不时地还拍出一些水花来……

看那一天到晚游泳的鱼儿不停游,不知疲倦,不分尽头。那颗原本已经灰蒙蒙的心,也逐渐恢复了生气。鱼儿水里游,一天到晚不停闲,明知没有尽头,却从不问结果。抱怨无用,后悔无利,几声抱怨就能摆脱被人左右?那世间可就真的怨声载道了。

认认真真、快快乐乐地生活,不负一生;我就是我,一条游泳的鱼。我就这样想着,模糊的大脑意识也就这样开始苏醒。

就在我已经准备重读时,一纸录取通知书却不期而至。那是一个我不想去的三流学校,最终我却义无反顾地选择了它。临行那一天,我抚摸着鱼缸,告诉自己,"在废墟上重建家园的人是永远的强者,是永远不会被击倒的。"鱼儿们又聚了过来,对着我这个相处已久的朋友,我感觉到那是一个个期待的眼神。

父亲送我来到这个狭小而拥挤的大学,临走的时候,他用力地按了按我的肩膀:"孩子,我相信你。人总是要学着长大,勇敢地向前冲吧。如果有一天累了,就回家吧,那里还有你的爸爸和妈妈。"

那一刻,我无法抑制涌出的泪花,也清楚地看到父亲额角的白发。

"鱼儿我替你照顾着,别担心。一个人在外好好照顾自己。"父亲用手替我拭去泪水,"女孩子一人在外,要学会照顾自己,更要学会坚强,要像对待那些金鱼一样照顾好自己。"

"嗯,我会给自己的心经常换清水,给它更多的新氧气,像,像您一样。"我用力地点了点头。

宠养提示

家庭养金鱼要注意哪些问题?

家庭养金鱼,要将玻璃缸放置在近窗户通风又有阳光的地方。要注意放养密度,根据容器的大小,合理安排,宁可少养,不可多养。因为室内空气不大流通,养多了水易浑浊,容易造成金鱼缺氧而死亡。如有空气泵则可多养一些,发现金鱼有浮头现象则需开空气泵充氧,尤其是在夜间,更需要充氧。

家庭养鱼所用的饵料以活鱼虫最为理想,水质不容易坏,喂干鱼虫、人工合成颗粒饲料也可以。对市场上卖的干鱼虫,要选比较新鲜的颗粒松散的,不要买陈旧发霉的干鱼虫。人工颗粒饲料以用营养成分齐全的全价饲料为好。

为了保持水质清纯,投饵要定时定量,通常每日投饵1~2次为宜,每次投饵量以在半小时内吃完为宜,饵料不要喂得太多。喂多了其害处有二:一是鱼吃饱了,代谢水平提高,耗氧量增加,容易引起金鱼缺氧窒息而死亡;二是饵料剩下,容易腐败发酵,使水质变坏,也会造成缺氧。其实金鱼是比较耐饿的,一两周不喂,也不会发生问题。

养金鱼保持水质清纯至关重要,要经常用乳胶管吸除积渣,把玻璃缸底部的粪便、残饵连同混浊水吸干净,然后徐徐地补进已放置一天的新水。倘若操作过程中出现水草浮起或假山被碰倒等情况,要及时恢复原状。

养鱼越久,沉渣积累越多。虽然每天清除,也不能全部清除干净。如果沉渣增多,影响玻璃缸的清晰度,就要彻底换水洗刷玻璃

缸,才能保持水质清纯,便于观赏,也为金鱼保持优良的生活环境。

一般家庭所用的长方形玻璃缸因体积较小,不可多养。如在长40厘米、宽25厘米、高30厘米的容器内,可饲养5厘米至7厘米长的金鱼6尾至8尾。鱼体身长超过8厘米的成鱼,不宜在小型的玻璃缸中饲养,而需在豪华型的大玻璃缸或陶瓷缸中饲养,并配以小型充氧机备用,以防缺氧。以上放养密度只是参考,还要根据水温的高低、鱼体的大小和水质的好坏来决定,不能机械行事。一般说来,鱼体大,要少养;冬季可多养,夏季要少养;水温低时可多养,水温高时要少养。

我是一只小小狗

在很多宠物主人的眼里,我们只是他们心灵空寂时逗乐的宠物,他们很少用心来感受我们的喜怒哀乐,而我们狗类却具有忠诚的本性。在经过了骨肉离别的心痛之后,母亲依旧如常日一样欢送主人回家和陪主人玩乐,但主人不在家的时候,母亲经常会趴在窗口眺望,我想她可能是在想父亲和孩子们。

和大多数的狗一样,我和其他几个兄弟姐妹出生时,父亲不在我们的身边,我们也不知道自己的父亲是谁,我们的母亲是一只高贵的白色长毛西施犬,我们开始能记事后,母亲告诉我们,父亲是隔壁小区里一只棕黄色的北京犬。

　　那是一个早晨，主人和往常一样，带着母亲到楼下花园散步。母亲和主人正走着，迎面碰见了邻居大姐，他们便聊了起来。

　　母亲乘主人和邻居大姐聊得十分投机之时，偷偷地溜到隔壁小区的花园里玩耍，在晨曦的沐浴下，母亲自由欢快地在草坪上打着滚，白洁飘逸的毛发上沾满了绿色的小草儿和五彩缤纷的小花朵，犹如一位戴着花环的美丽天使。

　　这一切都被一只棕黄色的北京雄犬看在眼里，他被母亲的美丽惊呆了，接着便迈着矫健的步伐，深情款款地向她跑过来。这是母亲第一次真正意义上面对异性狗，她羞涩地想躲开，但北京犬已冲到母亲身边，很绅士地用长舌帮母亲打理毛发。在他性感的长舌舔吻下，母亲芳心蠢蠢欲动，将她的一颗真心交给了这只英俊潇洒的北京犬。

　　主人找到母亲，发现了他们的"自主爱情"，非常气愤，此后主人出门便特别小心，母亲再也没有和父亲见面的机会，但是母亲却怀孕了。

　　待到我们兄弟姐妹出生一个半月后，主人就陆续地将我们几个兄弟姐妹送了人，每次骨肉分离，母亲都凄惨地对着主人哀求，我们也围着主人呜咽着，但是主人听不懂我们的话，最终我们都各分东西。

　　也许，在很多宠物主人的眼里，我们只是他们心灵空寂时逗乐的宠物，他们很少用心来感受我们的喜怒哀乐，而我们狗类却具有忠诚的本性。在经过了骨肉离别的心痛之后，母亲依旧如常日一样欢送主人回家和陪主人玩乐，但主人不在家的时候，母亲经常会趴在窗口眺望，我想她可能是在想父亲和孩子们。

　　不幸继续降临，在我三个月大的时候，主人也给我物色好了新主人，一大早就将我装进一个袋子里。当我从袋子里被抱出来时，我第一眼看见的是新女主人和善、温情的大眼睛和一张甜美的笑脸，她轻

轻地将我抱在怀里，我被她柔柔的身体和淡淡的体香环绕着，一股暖流顿时充沛了我的心房，我想我算是幸运的了。

新主人对我还是不错的，给我买了漂亮的新衣服、舒适的狗窝，还每天给我煮香喷喷的牛肉饭、鸡肉饭、排骨饭，还有香肠和狗粮，我每天都吃得直打饱嗝，不像从前那样每顿要和兄弟姐妹们抢食而打架，她还给我取了一个很威风的名字，叫艾虎。我的新家是一栋老式的复式楼，房子面积很大，我可以楼上楼下地运动，刚开始我还不太会爬楼梯，总是一不小心就磕到下巴，疼得我呜呜地叫唤，女主人便会心疼地跑过来将我抱起，一边喂我吃零食，一边帮我揉着被摔痛的下巴，她的样子像极了我的母亲，我轻轻地舔着她柔软娇嫩的小手，她痒得咯咯直笑，那笑声如铜铃般回荡在屋子的每个角落，我愈发觉得这个世界是那么的美好。

在这个房子里还住着女主人年轻帅气的老公，也就是这个房子的男主人，不知道为什么，男主人对我充满了敌意，我自然也不给他好脸色看了。每次看见他亲近女主人，一股醋意就会涌上心头，我气愤地对着他狂吼乱叫，并挤到他和女主人中间将他们分开，女主人这个时候总会笑着将他推开，把我搂进怀里。每当这个时候，我就会得意地歪着脑袋欣赏男主人气鼓鼓的样子，但是我分明看到那个家伙眼中的愤恨之意。

周末到了，男女主人都在家里度周末。男主人躺在沙发上看电视，我和女主人则在另一个沙发上玩耍，男主人总喜欢乘我不注意的时候偷偷打我的屁股，开始我还以为是女主人跟我闹着玩，屁股被打得火辣辣的痛，我也没吭一声，我想好歹女主人对我是相当不错的，有什么不顺心的事情朝我发泄也是看得起我，但是，我同时也好生纳闷，女主人一般是不会对我下手那么重的啊。

于是，我留着心眼仔细观察，终于发现原来是男主人在对我进行

偷袭活动,我想他肯定是嫉妒我和女主人玩得那么开心吧,一股怒火顿时涌上我的心头,我最讨厌遭人暗算了!我气愤地向他扑过去,他来不及躲闪,手背上被我尖利的牙齿划出几道血痕,他"啊"的一声惨叫,重重地将我推倒在地上,我的头被撞在茶几上,也忍不住汪汪呜呜地呻吟起来。

满以为女主人会心疼地抱我入怀,给我揉一下被磕痛的头,而她非但没有抱我,反而很生气地将我一脚踢开,我忍着疼痛躲到沙发下面,从沙发的缝隙里看见女主人怜爱地握着男主人被咬伤的手,急得眼泪都快掉下来了。她带着男主人去了医院,将同样受伤的我独自丢在家里,看着他们手挽着手离去的背影,深深的失落感将我包围。难道,我真的在女主人眼里的地位就不及男主人吗?

几个小时后,他们从医院回家,拿回一大包的针和药,按照医院的规定,被狗咬伤要打狂犬疫苗进行预防,医生给他开了两个月的针和药,还要他在治疗期间禁止食用辛辣海鲜等食品,一向爱吃辛辣海鲜的他这次可要受苦了!

自从我咬伤男主人后,女主人对我的态度变得十分冷淡,我几次跑到她身边想逗她开心,她都厌烦地将我推开,并向男主人提议将我送人,这个消息犹如晴天霹雳,炸得我心都在流血,在这个新家和新主人身边的日子好快乐呀,我为自己粗暴咬伤男主人的行为感到深深的愧疚。我每天都想尽一切办法去讨好我的男主人。

这一天,我满怀愧意地靠到男主人身边,轻轻地舔着他受伤的手背,男主人刚开始很警惕地躲开我,但看我没有恶意,马上露出欢喜的笑脸,他友好地摸着我的脑袋,我也友好地向他摇晃着小尾巴,一

场僵局被我的机灵所打破,他们最后决定还是继续留养我。我和男主人的关系也渐渐地亲密起来,他空闲的时候常会陪我玩玩游戏,带着我在房子里跑跑步。

日子就这样继续向前飞奔,转眼四个多月就过去了,八个月大的我开始进入青春期,我的心理和生理都在渐渐地改变,一身毛绒绒的白色小胎毛变得厚实光泽,两只耳朵和背部长出一些棕黄色的毛发,这一定又是继承了父亲的基因,它让我看上去像是穿了一件披风一样的威风和帅气,在女主人站在衣柜镜子前打扮的时候我总喜欢挤到她的前面,也对着镜子欣赏一下自己的英姿,女主人常常会被我臭美的样子逗得笑弯了腰。

初春的季节,万物复苏,我的春心也开始蠢蠢欲动,在此期间,我的情绪特别躁动不安,喜欢咬人鞋子,扯人裤腿,对人、家具、树等各种物件进行频繁的交尾动作。我的领地范围意识增强,在屋子里的各个角落用尿将领地范围作上标记,并经常用爪子扒大门,期望能外出,这些都是我们狗类发情期的本能反应。但是我亲爱的主人们不能理解,他们很厌烦我的这些异常举动,为此我挨了不少训斥,甚至还挨过打。事实上,这严重影响了我的心情,情绪变得更加郁闷、悲愤。

这一天,烦躁不安的我将女主人放在沙发上的皮包咬得面目全非,以发泄她总不肯带我出去散步、不理解我情绪变化的不满,但我的过激做法最终惹恼了她,她又一次决定将我送人。我伤心欲绝地躲在沙发下面,听见她给朋友打电话,说晚上要将我送人,她说自己事情太多,没有精力照顾我,不久还打算要小宝宝,也不能再养狗,她要遗弃我的理由是那么的充分,我都找不出理由来怪罪她。

的确,这一刻,我真的觉得,在人类的眼里我们只是他们空寂时的一个精神寄托,他们闲的时候我们会尽心尽力的逗他们开心,给他

们打发时间,而他们忙的时候,却会觉得照料我们是一件麻烦的事情!

夜深了,主人们都安详地睡去。我异常安静地趴在女主人床下——自己温暖的狗窝里。忽然,听着墙上的时钟滴滴答答地响动,我的心跳忽然加快,我忽然意识到,明天,也许就是明天,我将迎来新的主人和新的生活,我的命运将再次无法把握。

宠养提示

如何照顾幼龄犬?

和人一样,犬的幼龄期是一生中成长发育的关键时期。如果方法得当就可以给身体打下良好的基础,为以后的发育和繁殖做准备。

1. 幼犬的饮食计划

幼龄时期身体增长迅速,因而必须供给充足的营养。头4个月是躯干生长,后3个月是四肢的生长。

幼犬的食谱,应先按原犬主的食谱喂,逐渐转换。对3个月以内的幼犬应喂以经过科学配比的商品幼犬粮,如果太干可以用牛奶浸泡。这是奠定它口味的时期,如果好东西吃多了,以后很难改口;如果吃单一食品,日后定会偏食,影响正常发育。如果你的犬嘴馋,什么都吃,那可是好事,这样它身体才会健康。

在配置食物时,不要放太多的肉,每次不超过70%。因为过量的肉会使肠胃负担过重,引起腹泻;尤其是幼犬,由于肠胃发育还不够健全,单纯喂肉引起的消化紊乱有时是致命的。而且由于缺乏维生素和其他微量元素,犬会诱发其他疾病,甚至畸形。

幼犬最怕缺水,因为细胞的生长离不开水,缺水的危害有时比挨

饿更严重。在喂水时不要限制量,随便喝。所用器皿要每天清洗,最好用陶瓷制品。可以放入婴儿用的含维生素葡萄糖,弥补犬粮中所缺的物质。

1岁以下属于成长发育阶段,必须补充充足的钙,每天补钙粉的量为每2千克体重约需1茶匙钙粉,随着年龄的增长,应按比例增加钙粉的剂量。至1岁后,由于犬已进入成熟期,牙齿和骨骼的生长已趋稳定,钙粉的需要量相对减少,其用量为每4.5千克体重,每日约需1茶匙钙粉即可。如果没有钙粉,可以喂猪、牛、羊等骨头,最好是软骨;千万不要喂鸡和鱼的骨头,因为这两种骨头咬碎后都呈针状,容易刺破胃肠。不能认为吃了钙粉或骨头就可以了,每天的锻炼和阳光照射都有助于钙的吸收。

应了解你的狗每天饭量如何,一般早晚各喂一次,晚上饭量最大。如果吃完后还不停地闻或舔碗,说明没吃饱;如果放好食物后快步跑来,闻闻就走说明不饿或不合口味。要留心观察,做到少剩饭。

2.幼犬的免疫计划

狗狗出生30天,要接种滴鼻免疫犬咳疫苗;

狗狗出生7~8周,第一次六联疫苗注射;

狗狗出生11~12周,第二次六联疫苗注射;

狗狗出生14~15周,第三次六联疫苗并注射狂犬疫苗。

你的狗狗经过这个免疫计划后,以后要做的就是每年注射一针六联疫苗和一针狂犬疫苗,这样就可以让狗狗和那些威胁巨大的传染病说再见了。

笑笑"卖笑"

我是个喜欢安静的人，不喜欢大声的吵闹，开始的时候，听见这样的尖叫，我会心脏加快，冒虚汗。尤其是再看笑笑那卖笑的表情：亲昵地歪着脑袋，当人走近时，会斜着眼睛媚着，有时候还伸出手来，和人家亲密地接触，再过分点，甚至把头搭在挡板上等人亲吻！

我家的狗妈妈终于生了，是8只可爱的小精灵！令人诧异的是，作为老大的那只小狗，体格却最单薄。吃奶的时候，它也总是被自己的兄弟们挤到一边。我担心它被同胞们踩死，只好把它抱过来特殊照顾。我怀疑在狗妈妈生它们的时候，它这个倒霉蛋也是被兄弟姐妹们先给推出来探路的。

它的兄弟们都陆续离开了家，投入了新主人的怀抱，我却因担心它的身体而一直细心照料着。很多人想从我这里要走它，或者出钱买它，都被我拒绝了。说实话，那个时候并没有想留下它，只是潜意识地想多照顾它一段时间。可是当它两个半月的时候，妈妈已经不高兴了，怕我舍不得真的留下它。可不幸的是，她猜对了。

因为它眼睛灵活顽皮，嘴角总像带着笑，所以我给它起了个名字：笑笑！

我开着一家宠物用品商店谋生，笑笑就养在我的商店里。笑笑不能被养在家里是因为有洁癖的妈妈怕它在家到处撒尿，不愿意为

了它而进行无休止的家务清洁劳动。我的商店很忙,在家时间少,把笑笑留在妈妈那里,我还担心妈妈会惯坏它而不会教育它呢!

4个月的时候,笑笑的萨摩耶脸没有那么明显,所以尴尬期不尴尬,反而十分可爱!机灵、美丽的眼睛,配上甜美的笑容,笑笑开始在商店干起了"卖笑"生涯!

只要有顾客带狗来了,它就会从里面跑出来,为了阻挡它对顾客造成麻烦,我在休息室到商店的厅里安了一个1.3米左右高的挡板,它会两腿人样地直立,看看有人来了,马上用它的笑脸迎人!

这个时候,你就会听见它尖叫的声音,我是个喜欢安静的人,不喜欢大声的吵闹,开始的时候,听见这样的尖叫,我会心脏加快,冒虚汗。尤其是再看笑笑那卖笑的表情:亲昵地歪着脑袋,当人走近时,会斜着眼睛媚着,有时候还伸出爪子来,和人家亲密地接触,再过分点,甚至把头搭在挡板上等人亲吻!

不过现在好了,再有这样的尖叫声,我只是心一哆嗦,也就习惯了,毕竟它也是太招人喜欢了。毕竟被人喜欢是一件让人高兴的事情,作为主人的我也就心胸宽阔一点吧。

我经常带它到海边散步,它的微笑完全抢夺了别人的光彩,不论是大人还是小孩,不论是男人还是女人,风光全都被它抢尽了。有的时候我都在想,笑笑啊笑笑,你笑得不累吗?

不过看得出来,它一点不累,并且乐在其中!

有一次,我和朋友一起出去遛狗,我牵着我的笑笑,他牵着一只名叫乐乐的吉娃娃。那天天气真好,到了海边,有很多新娘子在拍外

景和照相，我们很快被人群包围，笑笑马上摆出招牌笑容，一个新娘子向我借狗照相。我同意了，这下好，马上所有的新娘子都提出，我很紧张，因为笑笑离开了我的手，眼神明显变得惶恐。

虽然不扯拉新娘，但是他还是张望着我，希望尽快回到我的身边。我看着很心痛，并且我不能大意，因为风景的一面是悬崖，一面是马路，一旦撒手引起笑笑慌张，后果不敢想象！

所以我一直在喊新娘："一定要抓好绳子，不要松手！"

那边乐乐的主人在疏通新娘和新郎们，我只断断续续地听见他说："都给照，都给照，给她照了，能不给你照吗，等等，等等啊！"最后一张是一家老少三代照全家福，还要前面摆上我家的笑笑，增添家庭的温馨气氛。

好不容易都打发完了，我赶紧对朋友说："带着咱们的狗快跑吧！"等我们匆匆离开后，我问他："收多少钱了？"

"什么钱？"朋友问我，等反应过来我们同时大笑起来！

笑过之后，他说："对呀，应该收费。要不你把笑笑借我，我以后就在那摆个摊位好了！"

主意是不错，可是我才不想累着我的宝贝干风吹日晒的"卖笑"生意呢！

宠养提示

萨摩耶犬的饲养 10 注意

萨摩耶犬性格快活开朗，沉稳聪明，独立心强，能和任何人做朋友，加上其特有的萨摩耶式微笑，使其成为当今世界各地最受欢迎的展示犬及伴侣犬之一。养萨摩耶犬要注意以下 10 要素：

1.把萨摩耶犬当做人的伙伴和朋友,才能耐心地饲养、护理和调教它。不能对它喜怒无常,忽冷忽热。

2.萨摩耶犬不具备人的智力,不能进行逻辑思维、不懂人的语言,萨摩耶犬只能通过记忆来进行学习。因此,在训练时也要有耐心,要反复重复一个口令或一个手势,以逐步帮助其建立起某种行为习惯,不能操之过急,要求太高。

3.人和萨摩耶犬感情上的联系是人和萨摩耶犬共同生活结为伴侣的前提条件。因此,主人与萨摩耶犬要多接触,对它多关心爱护,要友好相待。

4.在同人的接触中,萨摩耶犬的好学程度、适应能力是有差异的。因此,要注意不同情况区别对待,不能抛弃和虐待落后者。

5.在饲养过程中,必须研究,了解所养萨摩耶犬的素质、特性、习性,以便根据其特点并按照人的需要来发展和塑造它。

6.在同萨摩耶犬打交道时,人绝不能丧失自我克制。谅解、耐心和爱,应该贯彻始终。失去理智,揍或虐待萨摩耶犬,对于一个萨摩耶犬的训练者来说是最不可取的做法。萨摩耶犬即使犯了错误,惩罚也要适当。否则不仅会废掉一条好萨摩耶犬,而且也不符合动物保护的有关规定。

7.对萨摩耶犬切不可过分溺爱,注意不要偏食,适当的户外运动以及犯错误后适当的惩罚,都是对萨摩耶犬的爱护。

8.对萨摩耶犬的奖励和惩罚要适当、适时。赏罚得当并且适时,对训练和塑造萨摩耶犬都会事半功倍。

9.萨摩耶犬是跑走型动物,它喜欢和需要运动,以保持身体健康和萨摩耶犬的天性,决不可长期关在屋里或圈在活动范围有限的栏里。

10.在选择萨摩耶犬并将其带回家之前,要准备好犬舍及其他养犬用具。最好还要先学习和了解一些有关萨摩耶犬的饲养管理方面

的知识。

 **咪咪如厕记**

> 我耐心地跟它商量说:"咪咪,这是人大小便的地方,你要是人就好啦!"它转身走了,我也没在意什么。等过了 20 分钟左右,我妈妈在厕所里大呼小叫:"你早上拉大便怎么不冲呢?"疑惑中,我走近一看,蹲坑里有几颗小小的便便,分明就不是我的,倒像是小孩子拉的。我猛然一喜,难道是咪咪?

至今还记得我将咪咪从朋友家捧回的情景。我忐忑不安地蹭到了家,把咪咪放在门口不起眼的角落。我知道妈妈爱干净的习惯以及爸爸的倔脾气,可是我又是多么地想拥有一只属于我自己的小猫啊!

敲开了门,妈妈在家里,不出我的所料,又是在打扫。在催促我换鞋的时候,咪咪很可怜地喵呜了一声,妈妈终于发现蜷缩在垃圾箱旁边的那一团脏脏的小东西。她一皱眉说:"我不是跟你说过多次嘛,家里不准养小动物,多脏啊!再说,你爸爸肯定也不同意的!"

犹如一瓢冷水彻底熄灭了我所有的幻想,我避开妈妈的视线,灰溜溜地抱它进入我的房间,心里想着怎么样再和妈妈进行下一回合的"战斗"。

晚上爸爸回家,果然大发雷霆。咪咪依偎在我怀里,仿佛感觉到

这个家不欢迎它的到来，连我喂它牛奶都不看一眼，只是抖个不停。妈妈看了终于动了恻隐之心。

她说："如果这个小猫能在固定的地方大小便就留下来！"养过猫的人都知道，猫尿的骚味道非常厉害，而且历久不散。

那个时候还没有猫砂这样的东西，妈妈拿来一张报纸铺在阳台的一个角落里，指挥着咪咪爬上这张报纸，然后按着它的小屁屁，要它把嘘嘘撒在报纸上面。咪咪瞪着铜铃般的大眼睛，一脸惘然地望着我妈妈。我的心在慢慢下沉，世界上哪有这样幼小的猫咪会听得懂人话呢？天方夜谭！

为了尽到收养人的职责，一天加一夜，我好像是一个专业的巡查小便的稽查人员，咪咪走到哪里，我就跟到哪里，一见到它蹲下来想嘘嘘的样子，就把它拎到阳台的报纸上，很期待地望着它，但是始终没有惊喜。第二天，趁着爸爸妈妈还在睡觉，我就起床四处搜索大小便，但就是找不到。可怜的猫咪，滴水未进，什么也没拉撒。

检查完它没有什么情况，我可是要上厕所了。我家那时候厕所里用的还是蹲坑。我刚蹲在上面，就看见一个小小的头从台阶下望着我，还使劲用鼻子嗅着气味，我耐心地跟它商量说："咪咪，这是人大小便的地方，你要是人就好啦！"它转身走了，我也没在意什么。等过了20分钟左右，我妈妈在厕所里大呼小叫："你早上拉大便怎么不冲呢？"疑惑中，我走近一看，蹲坑里有几颗小小的便便，分明就不是我的，倒像是小孩子拉的。我猛然一喜，难道是咪咪？

于是我和妈妈把大便冲了以后，等在一边看动静。听人讲，猫猫大便以后肯定会有小便。果然，一个小小的身影出现在厕所门口，台

阶好高，它费力地爬上去，小心翼翼地走下蹲坑开始撒尿……

咪咪比我想象的要聪明很多，从它第二天就学会怎样和人一样大小便这点，就可窥见一斑。爸爸妈妈也惊异于它的模仿能力。于是，收养就是水到渠成之事了。

我有个朋友，每每说起自家猫猫的时候，总是一副神清气爽、骄傲自豪的样子，到处跟别人说她家的波斯猫如何如何聪明，训练一年后自己会上厕所云云。我是不爱张扬的那种人，很不屑拿咪咪和那只肥硕的波斯猫比较。有一次，我们全家出去一整天，深夜才返家，咪咪是很爱干净的，一般大便完了以后它会叫我们帮它冲水，然后再跨进去小便。那天因为家里没人帮它冲水，它就把在蹲坑旁边那个水桶倒翻了，自己冲了大便，因为水力不够，大便只冲到洞口没有下去，随后它才爬下去在冲干净的地方小便，于是我们回到家就看见了大便在洞口而小便在蹲坑中央的"奇观"！

后来我们搬了新家，结果只到第二天上午，咪咪再次让我们刮目相看。它很快看人学样，学会了怎样上抽水马桶！

现在，咪咪陪伴我和家人已经走过了13年的光阴，它给我们带来了无尽的欢乐，也成了妈妈和爸爸的第二个"孩子"，我现在还一直庆幸当初做了把它带进家门的决定，否则，我永远不能拥有自己的宠物，也不可能拥有这么多的快乐。

家有爱猫，夫复何求！

宠养提示

如何调教猫养成良好的便溺习惯？

猫是爱清洁的动物，但固定便溺地点的习惯是要经常调教才能

养成的。调教时在猫窝旁放便器,其中放3~4厘米厚的沙子,最上层放少许带有小猫尿或屎味的沙子。当猫焦急不安、转圈活动时,就把猫引到便盆处,让其先闻盆内沙子的味道,这样它就会在便盆里排便,调教数次后即可养成习惯。如猫将便排在其他地方时应避免用训斥、体罚,而是将小猫的头轻轻地压到粪便处,指给它看,并说"在这里拉"。这样重复数次,就可以改掉其到处排便的不良行为。

在城市中养猫,调教猫在抽水马桶上大小便最为理想。调教前,在抽水马桶坐圈下面放一塑料板或木板,并在板上铺上适量的沙土、炉灰、锯末等垫料。当发现猫绕来绕去,焦急不安时,将它带到抽水马桶上,不久它就会排便。待猫养成习惯,能够自己在塑料板上大小便后,逐渐减少垫料的量,猫就会逐渐养成站在马桶圈上大小便的习惯,这时就可以将塑料板或木板拿走。调教中,人最好不要使用抽水马桶,放的垫料应经常更换,一般每天更换一次。

猫与喜鹊做孙儿

我每天都到花园来寻找这两个宝贝,只要我往台阶上一坐,聪聪和明明就都会聚拢过来。聪聪依偎在我膝下,明明则飞落在我的肩头。即便在我的身边,两个小家伙还不肯安静下来,不时打斗在一起,旋即又分开。

一只喜鹊站在一个老人的肩膀上,和老人怀里的小猫叽叽喳喳不停打闹着,小猫也不时伸出爪子威胁喜鹊,老人笑呵呵地不停解

劝:"好了,好了,别闹了,回家吃饭了!"

这就是我们祖孙三人的生活。老人是我,小猫叫聪聪,喜鹊叫明明。

我本来是个孤老头子,自从老伴去世后,天天打发着日子过,恨自己没有勇气随了她而去。

几年前,我在楼下发现了一只瘦骨嶙峋的白猫,饿得喵喵直叫。看到这只猫可怜的样子,我把它收留了下来,养在家里,用切碎的馒头来喂养。一个月后,小区里的一个孩子捧来一只小喜鹊,说是刚刚从巢里掉出来,还不会飞。孩子的父母不允许他养喜鹊,他央求我收养它。我被孩子的真诚和善良,感动了,于是收留了这只喜鹊。

我把聪聪和明明养在一起,同吃一个盘子里的食物。令人高兴的是,也许"同是天涯沦落人",聪聪对明明不但没有恶意,还摆出老大哥的样子,时时照顾它。

两个多月后,明明会飞了,我本想放飞它,让它回到喜鹊群里去,可是它却不愿意离开聪聪和我。即使白天飞走,傍晚时也飞回来,与聪聪和我一起玩耍。如果晚回来一会儿,我心里总是惦记着,明明也转来转去,显得心神不宁。

我的生活开始有了转机,由以前的死气沉沉变得生动活泼起来。

我楼前,有一个社区花园,那里面花草葱郁,是聪聪和明明嬉戏的天堂。在那里捉迷藏,是它们每天必玩的项目。聪聪经常鬼鬼祟祟,躲藏在树丛后,盯着旁边的通道。明明这时候从通道里冒出头来,小心翼翼地四处张望。聪聪猛地扑了过去,机灵的明明"扑楞楞"迅速地飞开,飞起前还会调皮地用翅膀在聪聪的头上拍一下!

它们在戏耍时,明明一般是挑逗者,先去啄聪聪,聪聪吃了亏,便要报复,想方设法捕捉明明。在捕明明过程中,聪聪依然会受到戏耍,偶然捉到,明明便嘎嘎大叫,像是求饶的样子,而聪聪便大发慈

悲，把明明放开。

我每天都到花园来寻找这两个宝贝，只要我往台阶上一坐，聪聪和明明就都会聚拢过来。聪聪依偎在我膝下，明明则飞落在我的肩头。即便在我的身边，两个小家伙还不肯安静下来，不时打斗在一起，旋即又分开。

有一天，我正在劝解，明明忽然从我的上衣口袋里，将香烟猛地叼走。待我伸手去抢，调皮的明明早已远远飞开，没了踪影。

从这以后，明明经常从我的衣袋里掏走打火机之类的东西，随后不知道藏到什么地方，只知道它有爱储藏的习惯，但谁也不知道它的"小仓库"在哪里。

平常，聪聪和明明在一个盘子里吃食。吃食的时候，明明一点也不斯文，大口吞食，三口两口便把肚子装得满满的，随后往往把一些食物藏起来，抽空再拿出来，独自享用。对于明明的自私行为，聪聪则显出一副大度的样子，从来不计较。对此，我没少批评明明，但它总是屡教不改，我只好偶尔给聪聪添加点"小灶"。

它们也会给我制造些小麻烦。有一次，明明闯入我家附近的一栋楼房的楼道中，飞不出来了，几名街坊上前捕捉，明明飞来飞去，他们说什么也捉不住。我得知消息匆忙赶来，生怕他们吓坏了我的宝贝孙子！一看到我，明明一下子落到我的肩上，得意洋洋地望着那几个人，而它的哥哥——聪聪也远远地迎上来，跟着我一起回家。大家看到我们如此亲密，那个羡慕啊……

我本来是孤身一人，活一天算一天，生活早已失去了希望和乐

趣,没想到现在一下子拥有了热热闹闹的三口之家。猫和喜鹊就是我孙儿,不仅我离不开它们,这两个小宝贝也一样依赖着我……我希望它们能一直陪我到生命的终点,我为了它们也要好好地活着!

宠养提示

喜鹊如何饲养?

大家都知道,喜鹊是益鸟,并且喜欢群居。为了喜鹊的自由,不建议关在笼子里做宠物。但是如果你遇到受伤的需要人照顾的喜鹊,倒是可以共建一段缘分。这时候你需要了解一些相关的知识:

1. 笼的特点

喜鹊有漂亮的长尾巴,为了不使其损伤,通常用直架饲养。直架的直径约 2.5 厘米、长 50 厘米左右即可。

2. 饲料和喂法

喜鹊喜欢吃虫子,但虫子很难获得,所以只能喂它混合饲料。如果是出生不久的喜鹊,刚开始需要掰嘴填喂,并给以声音讯号。一两天之后,一给声音讯号雏鸟便会张嘴抖翅地吞食了。混合饲料的比例,可用磨细的玉米面与生肉末混合蒸熟,做成团或切成小块,或者用熟肉末(占 1/2)带汤拌熟大米饭。为使雏鸟健康成长,可适当补充维生素、矿物质。

3. 管理和调教

无论是幼鸟还是成鸟,它们都不喜欢架养。好在喜鹊不畏人,容易驯熟,经过几天训练就能稳站在栖架上。日常管理除注意食、水的卫生和粪便的处理外,要防止鸟架附近有障碍物,以免鸟因脖线缠绕而被吊死。鸟常会咬脖线玩,有时会咬断逃逸,所以要经常检查。

喜鹊是北方留鸟，一般不怕冷，可室外饲养，但要注意食、水不能结冰。

与猴对饮

你一回到家，它会替你开门，拿好拖鞋；福福还经常跟我们抢着看电视，它最喜欢看五花八门的广告；它还是个标准的"麦霸"——我们一唱卡拉OK，它就一定要争抢话筒；最可气的是：平时看我喝点酒，它就趁我不在家也偷着抿两口，后来发展到公开跟我对饮，不给它喝，它就发脾气大叫。

现在每家孩子都是独生子女，太孤单了！我一直想给6岁的儿子养只宠物来培养他的爱心，丰富他的情感。可是一直没有遇到合适的宠物。

一天，儿子跟我去超市购物，出了超市的门，发现许多人在马路边围成一圈。我们走过去一看，发现地上躺着一只嘴里吐着白沫、病得不轻的小猴子，它已经奄奄一息了。听围观的人议论才知道，这只小猴是一大清早被一个杂技团的人扔在这里的。

儿子可怜巴巴地对我说："爸爸，救救这只可怜的小猴子吧！我们不能让它等死啊！"看着孩子真挚的眼神，我忽然想到这是个多么好的机会啊！于是我赶紧打个电话给开宠物诊所的好朋友，十分钟后他就开车赶到了。

十几天后，小猴被救活了。它全身长满了金黄色的茸毛，明亮的眼睛总是东张西望。儿子天天去看小猴，小猴跟儿子混熟了，一见儿子就朝他怀里蹦。朋友劝我："我把它爪子修修，打个疫苗针，带回去给孩子当宠物吧。"一开始，妻子坚决不同意："我活了这么大，从来没想过要养猴子！"儿子却是坚决不依，后来加上我从中做工作，妻子终于默许了。

我们给它起了个名字叫福福，希望它从此幸福地生活，也希望它能够给我们一家带来幸福。

福福比狗聪明，更通人性，你一回到家，它会替你开门，拿好拖鞋；福福还经常跟我们抢着看电视，它最喜欢看五花八门的广告；它还是个标准的"麦霸"——我们一唱卡拉 OK，它就一定要争抢话筒；最可气的是：平时看我喝点酒，它就趁我不在家也偷着抿两口，后来发展到公开跟我对饮，不给它喝，它就发脾气大叫。每次我们全家逛街都要牵成一排；妻子挽着我、我拽着儿子、儿子拉着福福，我们成了一道靓丽的"风景"，每次上街回头率都是百分之百。为此，我们都非常得意！

我家住在马路边的一楼，调皮的福福经常不声不响地跳到骑自行车人的车后架上，等人家把它带到很远时才跳下来，然后再跳上骑过来的自行车，由人家带回来。

后来我发现福福是一只公猴。每到发情期，福福就喜欢朝过路的漂亮女人手舞足蹈。没办法，为了解决它的求偶大事，我找到动物园，还陪着笑脸请人家吃了一顿大餐。最后动物园的人给福福挑了一只年龄相近的母猴，它居然还看不上人家！

后来，我说服了儿子，总算让福福在动物园的猴山安了家。刚开

始它被欺生的猴子打得鼻青脸肿,让我们好心疼,几次忍不住想把它接回来。后来发现它并不示弱,奋起还击,终于在猴山拥有了一定的地位,并且赢得了一只母猴的爱情!

如今,福福带着自己的妻儿在更为广阔的猴山上过上了幸福美满的生活。我们经常去看望它一家,看得出,福福更喜欢这里,这也足以令我们欣慰了!

宠养提示

如何在家庭中饲养猴子?

猴子是人类的近亲,聪明伶俐,智商较高,容易训练。有条件的家庭饲养一只,可以增加不少生活情趣。

猴子性格好动好奇,模仿力强,喜欢吃水果和各类素的熟食。猴子最喜欢吃香蕉、苹果、西瓜、梨、胡萝卜等瓜果,但家庭饲养猴子应以玉米、瓜果、蔬菜等为主食,搭配一些诸如包子、熟豆、饼干及糖果等食品。一般可生、熟饲料兼喂,这样才利于猴子的健康发育和生长。喂食的瓜果和其他生饲料一定要洗净晾干,保持卫生。

要让猴子养成定时吃食的习惯,一般成年猴子每天大约需要500克左右的食品,一天可喂食3次,早、晚喂食主食,中午喂食点心,切勿喂食过多,以免影响猴子的消化机能,导致腹泻现象。另外必须准备充足的饮用水,任其自由饮用。为了让猴子更为驯服,平时可用淡茶水代替饮用水。

猴子善于模仿,善解人意,但也很狡猾。由于猴子爱攀爬,性格极其好动,训练猴子和猫狗之类的宠物不同,开始必须采用较为严厉的手段,最好先用锁链或铁笼稳固一段时间。对于猴子的不良行为

可使用"杀鸡儆猴"的办法，十分有效。猴子驯服后，今后的管教就很方便了。

叼着你的鞋等你

> 老乡对他说，你这么久没回去，你的那只狗每天在车站叼着那只鞋等你，有一天，它被车轧死了，在断气前几分钟，它的眼睛一直盯着那只鞋看，爪子还一直挠挠挠的，想把鞋子挠到身边来……

也许你有过这样的经历：地位显赫、家财万贯时，你的周围会有两个团以上的"好朋友"围着你转，可是当你有一天不幸倒霉破产了，这些人撤得比谁都快。可是，不管你贫穷还是富贵，只有你的狗每天会在你回家的路上等你，和昔日一样欣喜若狂地跟在你后面。

一天，有个名声显赫的企业老总和他的太太到了一家私家侦探社，恳求社长千万要帮他找到他那只叫阿财的狗，而且神态十分激动和紧张，社长不明白为什么这位老总对一只狗会如此紧张，而且还花大笔的物力和人力去找寻。

于是，老总向大家诉说了一段感人的往事：

小时候他家里很穷，童年的时候，家乡还闹了场饥荒，父母相继死去，家里唯一留给他的只有一只叫阿财的狗，他从此带着阿财在家乡乞讨，却没人肯施舍一点给他。终于，有一天，他饿得不行了，就去偷人家的馒头吃，被人抓住了，人家一顿拳打脚踢，根本没停下来的

意思,而旁边围观的人却没有一个上前来阻拦。

忽然,阿财从人群里蹿过来,对着那个人大叫,一口就咬住了那个人的裤脚,那个人怕被狗咬,就放过了他。他抱着阿财哭得好伤心。

渐渐地他长大了,想去城里打工,以后出人头地! 于是他牵着阿财去了车站,谁知售票员不允许狗上车。为了生活,他没办法,只好脱下自己脚上的一只鞋,往远处扔过去,阿财还以为主人跟它闹着玩,就跑过去叼鞋,就在这时候他迅速地上了车。等阿财把鞋叼回来,看到车已经启动了,它一直猛追着车,追出好远好远,直到跑不动了,但是眼睛还是一直盯着车消失在它的视野中……

他来到了城里,在饭店找了一个干杂活的工作。有一天,他遇到了一个老乡,老乡对他说,你这么久没回去,你的那只狗每天在车站叼着那只鞋等你。有一天,它被车压死了,在断气前几分钟,它的眼睛一直盯着那只鞋看,爪子还一直挠挠挠的,想把鞋子挠到身边来……

他听完放声大哭! 感觉唯一疼爱自己的"亲人"也没有了。

后来,他边打工边学习,历尽了种种磨难,终于拥有了自己的公司。有一天他开着车回家,看到路边有只别人丢弃的小狗,长的跟阿财小时候一模一样,他就把那只狗带回了家,而且还是取名叫阿财。

如今阿财不见了,他怎么能不紧张呢?

宠养提示

如何培养出一条忠诚听话的狗?

培养一只忠诚听话的狗是每个养狗家庭的愿望,但是如何训练爱犬呢?

1. 全家人一起来制定一个统一规则

在训练狗"可做"或"不可做"的事情上,达成统一。例如,对于狗是否可以坐在沙发上这样的问题,根据各个家庭不同的情况,要形成一个统一的答案。如果是全家共同制定的规则,执行起来就没有什么障碍。

2. 口令要使用同一语言

在服从训练中,口令就是让狗听从的信号,全家人只有统一口令,才能达到理想的效果。例如,叫狗坐下的时候,是使用"坐下"、"蹲下"还是"sit down",全家要统一。简短、发音清楚的句子,狗比较容易听明白。

3. 训斥狗时,不要呼叫狗的名字

在狗做了"不可做"的事时,最好不要连狗的名字一起骂,例如:"东东,你这个坏东西。"这样,就给狗造成一种条件反射,被叫到名字的时候,准是被挨骂。于是,当再喊狗的名字时,它会不理不睬,甚至会逃之夭夭。在训练的过程中,喊狗的名字,要仅限于发号施令,或表扬狗的时候。这样,狗就会认为"名字"是一件很令它"高兴"的事,当你一叫它的时候,它就马上会跑到你身边。

金屋藏"娇"

> 我刚把手伸进它的窝,阿娇突然腰身一扭,闪电般蹿起,一口咬住了我的食指,我能感觉到它咬得很用力,没有一点要松嘴的样子,而且我还感觉到它正在吞我的手指……

看到这个题目的朋友,你可千万别误会,我可不是纨绔子弟花钱包养情妇、金屋藏娇的那种混蛋。但是,金屋藏娇却又不假,呵呵。好了,不卖关子了,这个"娇"是我的"阿娇"——一条蛇的名字。当然,名字是主人我取的。

阿娇是一个外国友人圣诞节送我的礼物。阿娇来自美国加州,除此之外,我对她就一无所知了。毕竟,在国内养这种蛇的蛇友还不太多。

阿娇很漂亮,是个标致的小美女,38厘米长,黑白相间的条纹,小小的椭圆形脑袋,眼睛亮亮的。阿娇才刚刚孵化出来两个月,算是婴儿蛇。有了这个可爱的小家伙,我就必须多了解一些关于蛇的专业知识了。为此,我找了很多关于这种蛇的资料,浏览了很多蛇的网站,请教了养殖场的养蛇专家,总算对我的阿娇有了一些了解。

阿娇是一条雌性蛇,而且是一条很不错的蛇,在美国和台湾是被广为饲养的热门宠物,在美国称为California King Snake(加州王蛇之所以有名,是因为它会吃蛇类,包括响尾蛇等有毒蛇种,对许多毒蛇

的毒素有免疫能力）。别看它现在长得只不过比一枝铅笔稍微胖大一点，以后可是能长到 1.5 米哦！

俗话说，民以食为天。蛇也是如此，要想快快长大那就得多吃东西。自然界的成年王蛇是捕猎高手，主要捕食老鼠、蜥蜴、蛇和小型鸟类。阿娇整天待在它的窝里，捕猎就只能靠她的主人我了。

一开始它吃得不多，一个星期只吃一只乳鼠，得向花鸟市场预订。以前一直觉得阿娇挺温柔的，看过阿娇吃东西才知道阿娇还有非常凶猛的一面。阿娇从咬住老鼠到把老鼠缠住只需一秒钟，第一次喂它吃乳鼠，我还没看清楚它就已经将乳鼠缠住了。

我参考了很多资料，原来，所有的王蛇捕食老鼠都会按照一个标准的套路：先一口咬住老鼠，用身体将老鼠缠住，把它勒死，等老鼠死了以后，找到老鼠的头部，开始吞吃。蛇头部的结构很特别，可以吞下比自己头大三至四倍的物体。资料上还提到，有加州王蛇的地方，其他蛇和老鼠会很少，看来这厮够猛啊！

时间很快，一转眼两个多月过去了，春天来了。由于阿娇这种蛇的特殊性——不需要冬眠，所以长得很快。从孵化到现在 4 个月过去了，它已经 45 厘米长了，真是让人兴奋。

四个月大的阿娇已经有一点大蛇的样子了，不过她的胃口也更大了，一次要吃三只乳鼠了。由于春天的蛇摄食旺盛，所以我经常看到阿娇一副饥肠辘辘的样子。

因为市面上养蛇的人多了起来，鼠老板的生意就出奇的好，每次打电话总被告知：缺货，等待。还好蛇是比较耐得住饥饿的家伙，专

家说半个月不吃也没关系。

这一天，我照常给阿娇的窝打扫卫生。我刚把手伸进它的窝，阿娇突然腰身一扭，闪电般蹿起，一口咬住了我的食指，我能感觉到它咬得很用力，没有一点要松嘴的样子，而且我还感觉到它正在吞我的手指……

我看到它嘴巴张得大大的，小眼睛泛着凶光，那一刻，真的把我吓了一跳。我努力去掰它的嘴，却怎么掰也掰不开。我这还是第一次被蛇咬，一时间真不知如何是好，赶紧腾出一只手拿出口袋里的手机向一位熟悉的蛇友求救。

蛇友告诉我把它的头泡进水里就行了，我马上照办，果然有效，阿娇终于松开了我。我仔细察看被咬的手指，手指上赫然几个清晰的牙印儿，还直冒血。

我抓紧处理好伤口，突然想起曾经在网上看过一篇关于蛇变异的文章，某些蛇由于吃的食物和所处的环境发生变化，会发生变异，从无毒蛇变异成有毒蛇，天哪！阿娇该不会也发生这种变异了吧，它可足足咬住我的手指一分钟没松嘴，那该注进多少毒液了啊！想到这里我只觉得一阵眩晕，都快站不住了，浑身无力，这可是明显的中毒症状啊，似乎还是神经毒素的症状。我瘫软地靠在沙发上，抄起手机就给蛇友打电话，十几个电话打下来，心里的石头总算落了地。变异这种情况仅有十几万分之一，中毒症状只不过是心理作用罢了。阿娇，你可吓得我不轻啊！

晚上，我在经常去的一个蛇友论坛里发了帖子，抱怨阿娇的翻脸不认人，连主人都咬，想弄明白为什么它突然会咬我。蛇友们回帖的结果出人意料，几乎所有的人都说是我不好。

有的说我拿阿娇的姿势不对……

有的说是我的动作对阿娇造成攻击性……

还有的甚至指责我掰阿娇的嘴会伤及她的牙齿……

嗨,我的天啊,被蛇咬还挨蛇友批评,天理何在啊!

宠养提示

家庭养蛇必知

家庭养蛇爱好者饲养的主要是一些体型较小和色彩鲜艳的蛇,饲养蟒类蛇的也不少。

家庭饲养蛇可用木箱或塑料箱,为了便于观察,正面可镶嵌玻璃。箱中放置水盆,除了可供蛇饮用外,还可调节箱内的湿度、温度。饲养箱内最好铺上木屑,以利于吸收水分,调节湿度。冬天箱内还必须设立加温器来保持一定的温度。

蛇平时主要喂食青蛙、小老鼠等活饵,喂一段时间,蛇适应箱里的生活后,也可以喂食家禽内脏。平时在抓弄蛇之前,可先用细木棒轻轻触碰蛇身,看其反应,如果蛇做出攻击状态,表示蛇此时的情绪不稳,不可抓弄;若其反应平和,即可顺蛇身的鳞片抚摩蛇身,并可轻轻将其取出,让蛇盘缠在手臂上。时间长了,蛇适应了这些动作,就会逐渐驯服。饲养蛇类要注意以下两个问题:

1.蛇如果拒食,要仔细观察它的身体

首先要检查口腔有无溃烂,观察粪便里是否有寄生虫,如果是口腔有溃烂伤口,或检查出有寄生虫,就要对症治疗。如果查不出毛病,为了增强蛇的体质,有时必须采取强制喂食的办法。

2.小心被蛇咬伤

有的蛇即使是无毒的品种,但被其咬伤一样会并发炎症,被有毒的蛇咬伤就更危险了。当蛇饥饿、蜕皮或交尾期间有时会有突发的

攻击行为,所以在喂食时,最好戴上专用手套。蛇在蜕皮和交尾期最好不要去惊动它们。另外,清理蛇箱和清洁蛇的外表时,忌用刺激性太强的清洁剂,以免触怒蛇而引发攻击。

李宝宝的春天

> 胃打败了我的大脑,要知道,我已经几天没吃到东西了!狼吞虎咽我就把肉吃光了,然后用我那一看就让人受不了的可怜眼神和温柔的叫声告诉他:我还要吃!

我叫李宝宝!一听这名字你就该知道我的主人多么爱我!是的,我的主人姓李,我随了他的姓。提起我的主人,我一直觉得我和他的相遇就是缘分!我上辈子不知道做了多少好事,才修来这样的缘分!

我不想回忆那不堪回首的童年,但我永远记得那个春天明媚的中午,那传奇的机缘巧合就发生在那一天,我一辈子也忘不了!

流浪的我经历了一个怎样严酷的冬天啊!由于生命力强,我没有死掉,终于熬到了春暖花开!那天,我为了闻闻新绿的树叶的味道,从我的小土坑家里走出来,几天的饥饿和满身的虱子已经折磨得我走路都不很利落了,头脑也不是很清醒。迷迷糊糊的竟然走到了马路上。

吱嘎一声刹车,我眼前黑了……大家别紧张,我没被撞倒,那辆红色的出租车在距离我身体一厘米的地方停下了,庞大的车身挡住了太阳的光线,我早被吓傻了,四肢僵硬趴在地上,从小满街跑,和汽

车如此亲密接触还是第一次。

当我正慨叹小命就此报销的时候,一只有力的大手抓起了我,我抬头瞄了瞄这只手的主人——出租车司机,他的脸黑黑的,牙白白的,嘴里还一直嘟囔着:差点儿撞死你这个小东西,多悬! 这是谁家的狗? 养不了就扔,真可怜!

接着我被扔进了车的后备箱,有点黑还有点闷,味道也不怎么好! 不过,我现在也顾不得这些了,我的大脑在飞速转动:我会被带到哪里? 会是他家吗? 我的命运要发生怎样的转折……

不知颠簸了多久,我感觉车停下了。然后,那个有力的大手掀开后备箱,再一次将我抓在了他的手中。

这是哪? 周围很多人围着一个个桌子,上面瓶瓶碗碗一大堆,周围还弥漫着一股股烧烤的香味! 我的口水不争气地流了出来,以前没敢离这么近接触这么浓烈的香味! 惊吓消失了,几天没有吃东西的肚子开始强烈地表示抗议。

"大家谁要这只狗?"出租车司机冲着这些人大声问道。

"什么东西? 脏乎乎这是什么?"人群中有人答话,同时围过来几个人。

"我在路上捡的一条小狗,差点撞死他,怪可怜的,给你吧!"出租车司机把我递给一个似乎对我有兴趣的人。

"不要不要,这么脏,虱子跳蚤的,谁有空给它洗,还伺候它?"那人赶紧往后躲。

"怪可怜的,长得也不难看,就是脏点瘦点,几天就吃肥了!"出租车司机不死心,又走近一步将我递给他。

"不要不要,你要是给我,我一会也扔到马路上去!"那人一看出租车司机缠住他不放有点急了。

我被捏在司机的大手里,听着他们的谈话,心里酸呀。我长得不

丑，怎么就没人要？我脏，可谁给我洗呀？谁不知道干净舒服呀……不过，一会儿只要这个司机放下我，我一定先从地上捡点儿吃的，今天这么香的东西吃个饱，明天就是死了也值了！

"是没人要的吗？"一个浑厚的声音在人群后响起。

"是啊，你要快给你。接着！"司机几乎是激动地回答那个浑厚的声音，同时如释重负地把我转到了一个温暖白净的手上。

映入我眼帘的是一张胖胖的慈祥的男人的脸，我在他手里被轻轻地翻来翻去，检查我的毛、眼睛、耳头，还有屁股。他的眼睛很亮，眼角微微向下，嘴角微微向上，这个表情应该是微笑吧？第一次有人对我笑，还抱着我笑！

这个可爱的男人把我放在他身边的椅子上，又将几块肉骨头放在我嘴前。这个美食自从我生下来就一直渴望，不过，我还是谨慎些，这真的是给我吃的?!

胃打败了我的大脑，要知道，我已经几天没吃到东西了！三两口我就把肉吃光了，然后用我那一看就让人受不了的可怜眼神和温柔的叫声告诉他：我还要吃！

于是我在接下来的时间里吃到了：烤羊肉串、烤鸡翅、烤鲫鱼，虽然这些东西上面有些辣，还有些特殊的佐料味，不过一点也没有降低我对于它们的热爱！

饱餐以后，我坐在椅子上，试探着把我的"手"碰他离我最近的那条腿，绝对没敢用力，这是我向我的幸福生活做出的试探性一步。他居然用他的手轻轻握住了我的手，轻轻地丝毫没有用力……

我陶醉地、得寸进尺地爬上他的腿。放在他手里的我的手一直没有抽回来，我舍不得抽回来。当我把头放在他的另一只手里时，他

开始抚摸我的头,顿时,一股暖流从头涌到我的全身!

"走吧。带你回家洗澡,看你脏的!"

家?我要有家了?我被突如其来的幸福砸晕了,醉乎乎地依偎在这个胖男人身上。

钥匙打开门后,我进入了人间天堂。这是一个不很大但很温馨的家,柔和的暖色灯光弥漫在整个房间里!

我被他轻轻地放在干净的地板上,我试探着走了几步,本想一个箭步蹿到看上去软软的沙发,可是,我真的太脏了,我抬起头向这个男人深情地叫了几声"我喜欢这里"!不知道他能不能听懂?

可爱的胖男人抱着我,先简单巡视这个家,还"参观"了厨房和厕所。我真的很喜欢这里,它干净、温馨、温暖!

不知过了多久,随着开门声和急促的脚步声,我见到了我生命中另一个疼爱我的人——我现在的女主人。

"老李,你捡的小狗在哪里?"她一到家连鞋也没脱就问。

我在卫生间冲她汪汪叫了两声,我的男主人正在卫生间准备给我洗澡呢。

于是,两个好心的主人,给我幸福生活的主人,开始给我进行了这一辈子第一次的沐浴!

我被放到卫生间的一个盆里,我的个子不大,这个"浴盆"很合适!温暖的水从我脚尖慢慢上升,正当我要喊"快淹死我了"的时候,水在我嘴巴下边停住了。

温暖的水浸泡着我的身体,哇,真舒服呀!虽然我有一些怕水,可还是听话乖乖地没有乱动。

一直折磨我的虱子跳蚤们呀,你们要倒霉了!香喷喷的泡沫被女主人抹遍了除了我脸以外的任何身体部位,紧接着她很利落地用手帮我把虱子和跳蚤一个个掐死,扔到马桶的水里!

一遍、两遍、三遍……不知道冲水、抹浴液泡泡、掐死虱子，再冲水这个复杂的过程被我的男女主人重复了多少遍。我没有动，就算他们消灭虱子时不小心掐到我的毛和皮，我也没有一点反抗的举动，连我的指甲都没有伸出来。因为，我知道他们是为我好，看着他们辛苦地猫着腰认真地为我洗澡，我怎么还好意思乱动呢。

紧接着，一块厚厚的毛巾裹住了我的身体，我在毛巾里被轻轻地擦着洗净的身体。我眯起了眼睛开始享受这无法形容的幸福，随后我被一个能吹出热风的机器烘了个透干。

这一次回到房间了，我就被安置在软软的沙发上！

美！真美！太美了！幸福！真幸福！太幸福了！

干净的身体没有虱子折磨，温暖的充满爱的家。我以前连这种美梦都没有做过，没想到我也有今天！

"你看，它洗干净真漂亮！"胖男人一边称赞一边抚摸我。

"是呀，它真乖，洗这么长时间都不闹，也没有抓我们，它真不应该是流浪狗。"女主人也凑过来摸我的爪子！

"我们给它起个名字吧？你说叫什么？"胖男人问女主人。

"你领它回来的，你起吧。"

"既然咱们一直不要孩子，那就管这狗叫宝宝吧！就当是我们的孩子来养。"

"好！来，狗儿子，李宝宝！"女主人把我抱起来，慈爱地看着我。

从今往后我就是一个有家有名字的孩子了！我不用再去流浪了！我紧紧地依偎在妈妈的怀里，幸福地再次晕过去了。

属于我的春天终于来了。

宠养提示

如何正确地给狗狗洗澡？

犬皮脂腺的分泌物有一种难闻的气味，而且还会沾上污秽物使被毛缠结，发出阵阵臭味。如果不洗澡，容易招致病原微生物和寄生虫的侵袭，使你的爱犬生病。因此，必须给犬洗澡，保持皮肤的清洁卫生，有利于犬的健康。

1.洗澡的时间

犬自己用舌舔被毛是犬自我清洁的一种本能，但这对犬的清洁还远远不够，必须给它洗澡。通常，家养犬每月洗1次，气温高且潮湿的南方，可以1～2周洗1次。

2.洗澡的方法

幼犬由于抵抗力较弱，易因洗澡受凉而发生呼吸道感染、感冒和肺炎。因此半岁以内的幼犬不宜水浴，干洗为宜，每天或隔天喷洒稀释的护发素和婴儿爽身粉，频繁梳刷，即可代替水洗。

仔犬怕洗澡，因此，要做好仔犬第一次洗澡的训练工作，用脸盆装满温水，把仔犬放入盆内，露出头和脖子，这样会使犬感到舒服，以后也就不会不愿洗澡了。

正确的入浴方法如下：犬头向你的左侧站立，左手挡住犬头部下方到胸前部位，固定好犬体。右手置于浴盆中，用温水按臀部、背部、腹背、后肢、肩部、前肢的顺序轻轻淋湿，涂上洗发精（最好是宠物香波），轻轻揉搓后，用梳子很快梳洗，在冲洗前用手指按压肛门两侧，把肛门腺的分泌物挤出来。用左手或右手从下腭部向上将两耳遮住，用清水轻轻地从头顶往下冲洗，注意防止水流入耳朵，然后由前

往后将体躯各部用清水冲洗干净,并立即用毛巾包住头部,将水擦干。长毛犬可用吹风机吹干,在吹风的同时,要不断地梳毛,应一直梳到毛干为止。

3.洗澡时的注意事项

首先,洗澡前一定要先梳理被毛,这样既可使缠结在一起的毛梳开,防止被毛缠结更加严重;也可把大块的污垢除去,便于洗净。尤其是口周围、耳后、腋下、股内侧、趾尖等处,犬最不愿让人梳理的部位更要梳理干净。梳理时,为了减少和避免犬的疼痛感,可一手握住毛根部,另一只手梳理。

其次,洗澡水的温度不宜过高过低,一般以 36℃~38℃为宜。

再次,洗澡时一定要防止将洗发剂流到犬眼睛或耳朵里。冲水时要彻底,不要使肥皂沫或洗发剂滞留在犬身上,以防刺激皮肤而引起皮肤炎。

最后,给犬洗澡应在上午或中午进行,不要在空气湿度大或阴雨天时洗澡。洗后应立即用吹风机吹干或用毛巾擦干。切忌将洗澡后的犬放在太阳光下晒干。

坏脾气乖乖

乖乖的坏脾气是出了名的,记得有一次去打疫苗,我死活抱不住它,最后是个实习的大夫抱紧了才打完,可一打完乖乖就怒了,追着抱它的大夫和扎它的大夫狂咬,最后把大夫逼到办公桌上,把脚抬到最高,乖乖还不依不饶地在桌子下面叫,一定在生气不能跳到桌子上去。搞得大夫哭笑不得,我在旁边看得差点笑晕过去。

乖乖这个名字实在不配我家这条西施狗，因为你想不到它的大小姐脾气是多么厉害，是严重的不乖！但是我却又那么喜欢它，真是没有办法！

乖乖那次感冒后，我想尽一切办法给乖乖补营养，过了段时间身体倒是恢复了，可是这小兔崽子也嘴馋了。乖乖生病的时候我是把吃的掰成小块喂到它嘴里，人家被伺候惯了，对盆里的食物当然没兴趣"亲力亲为"了，得用手喂才吃！并且吃馒头要就酱肘子，就认准"天福号"了！

就这样，乖乖被惯得越来越没样了。咬人、毁东西、随地大小便、不如意就在我枕头上尿尿发泄不满……即便如此，我还是特别喜欢乖乖。因为人家也懂事呀：我心情不好躺床上的时候，它也不折腾了，躺在枕头边舔我，一副关心切切的样子，让我前嫌尽释，觉得乖乖除了毁了我一张100元的人民币，另外把几个床单、枕头什么的尿到不能再用之外，也没毁过什么东西。不过，相对家里后来的两个混世魔王狗卡卡和猫西西，乖乖这方面真算最乖的。

当然了，乖乖也有一个"好"习惯，家里来了朋友就盯住人家，放下包和脱掉外套都没事，可走的时候就麻烦了，拿自己的东西都不成，稍微一动就冲人家狂吠！拿东西来可以，再拿走？门儿都没有！

乖乖的坏脾气是出了名的，记得有一次去打疫苗，我死活抱不住它，最后是个实习的大夫抱紧了才打完，可一打完乖乖就怒了，追着抱它的大夫和扎它的大夫狂咬，最后把大夫逼到办公桌上，把脚抬到最高，乖乖还不依不饶地在桌子下面叫，一定在生气不能跳到桌子上去。搞得大夫哭笑不得，我在旁边看得差点笑晕过去。

另外，乖乖睡觉的时候千万不能吵到它，如果吵到这位小姐了，一定要出门疯够，否则永远不想回家，我稍微往家的方向一走，它准赖地上不起。玩累了想回家还要耍赖：往地上一趴等着抱，但是真正抱着它往回走，肯定又不干，闹着要下地，来来回回折腾好几回才自己走回家，要是服侍得稍有不周，不发脾气是不可能的。

抢吃抢喝也是乖乖的老毛病了，即便是它不吃的东西，如果给另外两个吃，也是不行的，一定要先抢过来再说，吃不吃是后话。

最头疼的还是给乖乖梳毛，它的毛又软又细，不梳就会打结，但是这丫头偏不让人梳，稍微梳疼就咬人。在无数次的梳毛搏斗中，乖乖曾把我的指甲咬坏，过了半年才好，其他小伤更是不计其数。

转眼 10 年过去了，不觉间乖乖已经老了。肉还是要天福号酱肘子；蔬菜就爱胡萝卜和白菜帮；甜点、水果也是最爱；磨牙就选羊脆骨；V_C、V_B、V_E 之类的营养片也是日常必备的。乖乖状态很不错，一听"出去疯去"就高兴。但它毕竟是老了，我总是担心它累着，尽量不带它去太远的地方。

自从 17 岁的大猫无疾而终之后，乖乖在家成了绝对的老大，虽然它体重最轻，可后来的坏小子卡卡和西西连正眼都不敢看它，只要我跟乖乖说：去看看谁又造反了？乖乖飞奔而去，绝对吓得那俩小子要么连蹿带蹦地逃跑，要么趴在地上投降。

照顾乖乖这 10 年真是不易，从没有手掌大开始，转眼乖乖已经 10 岁了，我从不敢想有一天乖乖会离开我，但这一天早晚会来。

我现在能做的只有对它好，只要它高兴就行！

宠养提示

如何饲养西施犬？

要西施犬长得壮健活泼，一定要给予充足的营养，每天除喂一些蔬菜、饼干等素食外，还应喂一定的肉类荤食，数量为每天 150～200 克。

为使西施犬血脉通畅，新陈代谢旺盛，要让它有一定的活动量，应每天带它出去散散步，或带它到野外、公园奔跑、嬉戏。

犬的美观，主要表现在长毛茂密飘洒上，为保持它的长毛疏松光润，需要每隔 1～2 天顺着毛向梳理一次。梳理前，最好喷点护发液或爽毛粉，使其被毛疏松光润，不致结成团、块。

在春、夏、秋季，要视气温的高低，安排为它洗澡。若天较凉，可每隔 2～3 星期为它洗一次澡；若气温较暖，则应每星期洗一次澡；炎热的夏季，则要每隔 3～5 天洗一次澡。洗澡前，可用脱脂药棉为它把耳孔塞住，以防止有水流入耳道引起耳炎等疾病。

入浴前，先要把犬的下层毛梳理一下，免得长毛被水湿透后发生板结。除洗澡外，每天都要用脱脂棉蘸上开水擦拭眼、鼻及口吻部，保持面部的清洁。由于西施犬眼睛有较大的面积暴露在外，容易受到细菌感染，出现红肿发炎，因而还需每隔 1～2 天用眼药水滴眼一次，作为预防措施。

主人要注意西施犬身上的被毛，最好用橡皮筋把犬身上各部分的毛一小束一小束地捆扎起来，待到洗澡时才解开，这是为防止犬身上的长毛折断和打结，并防止染上污垢。特别是脸部各处的毛，如额头上的、耳部的、颜面两边的毛，捆扎起来很有好处，可防止进食时沾上污垢和避免长毛刺眼等。

单身女人的狗

当我和绿毛龟惨不忍睹地重新出现在主人面前时，她惊呆了，愣了几秒钟，她紧紧抱着脏脏的我哭了，我听到她说："所有的男人都不如你……"

我的主人是个三十岁的单身女人，她收入丰厚、打扮时尚、风情万种又性格开朗，更重要的是，由于她属于海归派，思想很是前卫！

她喜欢把我抱在怀里，一边抚摸我的头，一边倾诉那些开心不开心的生活琐碎。这时的我总是很温顺老实，蜷缩在她的怀里，静静地倾听，不时从喉咙里发出"嗯唔嗯唔"的声音，没办法，我又不会说人话，只能这样来表达。

虽然我是她家庭生活的全部精神寄托，但我并不是她惟一的宠物。阳台的角落里有个红色的塑料桶，里面养着一只巴掌大的绿毛巴西龟，在我模糊的记忆里，这只龟是主人的前任男朋友在这里生活时留下的。由于她不喜欢乌龟，平时也很少去搭理这只乌龟，忙的时候常常几天忘了喂食。

N天过去了，有时候她突然一拍脑门，会想到了这只乌龟的存在，可令她奇怪的是，这只龟一直没有被饿死，在阳台的红色塑料桶里不动声色地孤独存在着。主人慨叹：乌龟的耐饥饿能力真强！

每天早上主人上班后，我都会跑到阳台把脑袋探出去目送着她的车驶出小区，然后屁股一扭一扭地跑到自己的小窝，低头用脑袋把

小窝往旁边拱开一点。小窝和墙角的缝隙里静静地躺着一小块肉或者别的什么吃的，这都是我昨天晚餐偷偷留下来的。

我叼起食物回到阳台的红色塑料桶旁边，先是用爪子拍了一下塑料桶，然后站立起来把前爪搭在桶的边缘往里面张望。这时，桶里懒洋洋的绿毛龟会变得很兴奋，长长地伸出脑袋仰望着我。我咧嘴一笑，嘴里的肉便掉到桶里。绿毛龟感激地朝我点了一下头，然后低头饥不择食地大口吃着。现在你们知道乌龟没有被饿死的原因了吧。

喂完绿毛龟，我就会回到客厅，兴致来的时候会玩追逐尾巴玩团团转的游戏，不用一会儿工夫，我就直挺挺地倒在地板上，累得直吐舌头。等我缓过劲来，就会跑到厨房，把厨房里的长凳子推到橱柜下，然后稍微助跑就可以蹦上凳子。我咬住门能熟练地打开柜门，橱柜里堆了很多狗饼干。

我叼了三块饼干往地上扔，然后把门关上，蹦下来把凳子推回原来的地方。我每次只偷拿三块饼干，因为一次偷太多的话会被主人察觉的，我才不会那么傻！

叼着饼干，俺上了沙发。我的小爪子在遥控器上拨弄了一下，电视机就被打开了。电视里一个美女正随着动感十足的音乐蹦蹦跳跳地示范着健美操。我并不在乎什么电视节目，只想让家里热闹一点！乌龟总是那么闷声闷气，我自己真是太孤单了！

这一段时间，主人经常带着一个男人回家，这个男人二十七八岁，长得温文尔雅、一表人才，坚定的目光透着成熟稳重。看得出来她很欣赏也很依赖他。

我一开始并不喜欢他——像对待其他男人一样。慢慢地，我发

现主人变得比以前快乐了很多，在厨房做饭的时候经常会情不自禁地哼一支欢快的曲子。当然，这也是我乐于看到的，最直接的好处是伙食改善很多，那个男人亲切地称呼我为小胖，我对他的态度也有了好转。可是有一天晚上，可怜的主人喝了很多酒，醉醺醺地回来，抱着我说了一晚上的话，我听得出她很伤心，她却没有说为什么。第二天晚上，本来我想好好讨好她让她高兴高兴，可是主人却没有回来，我在门口守了一晚上，竖着耳朵仔细辨别门外的动静，但是我始终没有等来主人回家的脚步声。第三天晚上，主人依然没回来，却来了另外一个女的，我认识她，她是主人的朋友，她给我带来一袋狗粮。我不知道我的主人怎么样了，怎能吃得下东西！

因此，我要去寻找我的主人！

瘦弱的我背着脏兮兮的绿毛龟走了很远的路，从一个城市到另一个城市，我们在垃圾桶旁边挑拣食物为生，但一直没有放弃寻找主人的信念。

直到一年后我们打道回府，才知道主人出去旅游了一个月又回到了家。她已经从痛苦中摆脱，重新精神焕发，恢复了以前的生活。

主人对她和那个男人的故事一直守口如瓶不愿提及。背地里流传着两种说法，一种是那个男人其实已经结婚了，经过一段时间的痛苦抉择，男人最终没有勇气背叛自己的家庭。第二种说法是男人知道了主人以前糜烂的生活方式，觉得很难接受，同时也怀疑他们之间的真实感情。

流言无法得到证实，真实的情况只有主人心里清楚。但是有一点可以肯定，主人不爱则已，爱了必然会奋不顾身，不撞南墙不回头。

还是说说我们一年后回到家的情形，当我和绿毛龟惨不忍睹地重新出现在主人面前时，她惊呆了，愣了几秒钟，她紧紧抱着脏脏的我哭了，我听到她说："所有的男人都不如你……"

宠养提示

如何让狗不吃"街"来之食?

也许你会觉得拒食训练只是要面对坏人和歹徒的警、军犬才需要学习的本领,实际上,社会上接连不断地对宠物狗投毒事件表明,宠物狗也需要学习不食"街"来之食。

拒食训练可以分为两个部分,一是不许狗狗随地捡东西吃,二是不许狗狗吃陌生人喂的食物,这里分别向你介绍训练的方法。

1. 禁止狗狗随地捡食

带狗狗散步的时候,如果发现狗狗要捡食物品,主人要立即严厉地批评它:"不可以!"同时猛扯牵犬带,还可以用手指轻击它的嘴巴,及时制止狗狗的行为。如果狗狗能够表现出不去理睬食物,主人要及时鼓励,可以用轻柔的语调表扬它,并且亲切地抚摸它。

主人需要注意的是,当狗狗捡食物品的时候,主人的制止要及时,批评的口气要短促而强烈,絮絮叨叨的批评会使狗狗误以为你在鼓励它。拉牵犬带要注意力度,对于食欲反射强烈的狗狗可以稍微用力些,此外,表扬狗狗一定也要及时。

还有一点值得主人注意的是,拒食训练要从平常点滴抓起。主人在喂给狗狗食物的时候,不要让狗狗吃掉在地上的食物,不给狗狗养成从地上捡食的习惯。

2. 拒绝陌生人的食物

看到活泼可爱的小狗,人们会喜爱有加,顺便喂给它一些零食也是常有的事,但为了卫生与安全起见,让狗狗拒绝陌生人的食物还是很有必要的。

主人先邀请朋友帮忙，喂给狗狗食物，当狗狗要吃的时候，主人采用上面的方法制止狗狗，狗狗停止吃的行为便及时鼓励。如果狗狗能够做到在主人在场的情况下拒食陌生人的食物，那么接下来可以进行进一步的拒食训练。主人隐蔽起来，让狗狗看不到自己，同时用一根长牵犬带系着狗狗，再请朋友喂东西给狗狗吃。如果狗狗要吃，主人便大喊"不可以！"同时猛拉牵犬绳，制止狗狗。

需要注意的是，主人不在场的拒食训练每回连续训练2～3次，如果狗狗表现不吃的时候，陌生人要立即离开，主人从隐蔽处出来表扬狗狗。

主人可以多选择几位朋友帮忙训练，如果总让一个朋友帮忙，狗狗会觉得是那个人的食物不能吃，这样起不到训练拒食的效果。

最后的那段日子

> 我把手伸进那个坑里，拣掉了一些碎碎的小石子，这是阿旺永远的床了，怎么能容忍上面有这么多的凸凹不平呢？当时的心情，就像穆斯林的葬礼上，楚燕潮替韩新月试坟的感觉，他躺在新月的坟里，体味着是否舒适和安宁，我用我的手替阿旺试坟，怀着同样的心情……

那时，我刚刚找到工作，每天要忙到很晚，在家的时间很少。养了15年的阿旺不知不觉消瘦下来，变得没有往日的精神，但每次深夜我一拿钥匙开门，总会听见熟悉的铃铛声，然后就有一个乖乖的低低

的声音在呼唤我，我给它加餐，为它下巴挠痒痒，阿旺也会热烈地回应，用它粗糙的舌头舔着我的手和脸，然后和我一起入睡，它就睡在我脚边。只是，阿旺变得日渐虚弱和消瘦，无知的我还以为这是步入老年期的正常预兆。

终于有一天，阿旺不吃饭了，只是一个劲地喝水。这样过了3天，我和妈妈决定带它去宠物医院看病。阿旺从来就是一只家居的猫，于是这次出行它非常恐惧，表现出了仿佛一出家门就再也回不来的绝望。我们一边安慰它，一边打车到了医院。医生诊断说是胃病，并开了药，但用了几天，阿旺一点儿都没有好转。

后来有个朋友向我推荐了一位有名的宠物医生。但偏巧这个医生出差了！等待医生的日子，我的心情真可以用如坐针毡来形容。阿旺是一个风烛残年的老猫了，像是一盏昏暗摇曳的烛灯随时都会有熄灭的可能，而我却找不着让它赖以生存下去的烛油，眼睁睁看着它一点点被黑暗吞噬。好不容易等到医生回来，我和妈妈清早顾不上吃早饭就马不停蹄抱着它赶到很远的医院。在车里的时候，阿旺虚弱地靠在我身上，想沉沉地睡去。我轻轻呼唤着它，怕它这样一睡下去永远不再醒来，它睁着眼睛望着我，眼睛里闪现出那种令人心悸的可怕的黄光，我不知是何故。

医院里人声喧哗，看来医生医术不错。我把阿旺放到台子上，医生仔细检查了一下，然后对我们说，这猫得的是肾病，晚年的狗啊猫的最容易得的就是肾病了，往往死在这上面，原因是你们平时喂的东西太咸了。

我这时候才想起过去阿旺总爱吃那种咸咸的肉酥、鱼干什么的，这些年我经常买给它吃！以为爱它就要满足它……

我哭着要医生救救它，医生只是摇头，说可能太晚了，它太虚弱了。医生建议我们给它输液，但是又告诉我们，这个有很大的风险，

说不定猫猫经不起折腾就此死去。

"还是输液吧,这样总还有一丝的希望吧?"我没有别的办法了。

医生拿来针头,阿旺最怕的就是针头什么的了,但这次,它却好像很合作,竟然主动把它的前爪伸过来,要医生给它扎!我当场就哭了,因为我们知道阿旺是很想活下去的,那种对生的渴望令那里的每个人动容,医生也说,从来没有看到过这样一只懂事的猫。

所幸的是,输液完了以后,阿旺照样还在喵喵地叫,医生也很高兴,说这只猫可能有救了,生命力还是很强的。我询问医生,为什么我看见阿旺的眼睛里有黄光闪现,医生仔细检查了一下它的眼睛,很遗憾地说是瞳孔有些扩散了,那就是说,它现在已经看不见了,更可怕的是,瞳孔一扩散就说明它处于弥留阶段了。短短几分钟时间,我好像从天堂被拉入了地狱!

我们黯然抱着阿旺回家了,它仿佛也知道自己将不久于人世,紧紧地靠着我,生怕我松手让它一个人离去。晚上的时候,我想起医生说灌葡萄糖有一些好处,于是四处去找,结果家里没有。我披了件大衣就出去买,到了楼下小店,店主正在锁门,我恳请他再让我进去挑一包葡萄糖给阿旺,店主也很感动,看我没带钱也没说什么,执意要将这包糖送给我。回到家,给阿旺泡了糖水,用针管打进它的嘴里,相信我没有眼花,因为我看见那时阿旺的眼角有泪花在闪现,它虽然看不见我了,但能感觉到我的气息,还有我的热泪一滴滴落在它的脸上,它陪着我一起落泪,虽然死神就在不远处等待,但只要阿旺还有一口气,我绝不会轻易让它被带走,虽然我是那么的无能为力。

冬至的夜,漫长而清冷。妈妈说,过去老人有一句说法:男冬至,

女清明。意思就是男人在冬至前后最难熬,而女人在清明前后最难熬。我的阿旺是男的。那天晚上我一夜未曾合眼,守着被死神眷顾的阿旺。我从来没在冬至的夜晚坐到天明,原来,冬至的夜真的是那么的漫长,而且是那种黑暗穿不透的无尽的漫长。我已经记不清楚为阿旺身下垫的热水袋加了多少次热水,只记得暖瓶里的水和着我的眼泪静静流淌。阿旺已经连哼哼的力气也没了,它像是一根干枯的树枝安静地躺在地上,等着被大风卷走。只是我的呜咽有时会将它惊醒,它轻轻地用爪子碰碰我的手,像是在安慰我,生老病死是自然的事,现在它已经是在走这最后的一步了。

阿旺顽强地活过了冬至夜,第二天精神明显好转,有胃口吃一些稀饭加肉松了。我大喜过望,觉得可能过了昨晚的关口,阿旺终于挣脱了死神,重新回到了我身边。这一天我公司要开一天的会,本来想请假不去的,可是看看阿旺在渐渐好转,这个会又很重要,所以还是去了。没想到一开就开到了深夜。我心急如焚地赶回家,在门口停了很久找钥匙,越是心急越是找不到,这样忙活了几分钟,终于开门进了家,眼前的景象将我深深地震撼了。

阿旺什么时候变得不能直起身走路谁也不知道,它整天躺在那里。它听见了我开门的声音,可能想要来迎接我,但它的下身已经不能动弹了,于是在几分钟的时间里,它用前臂支撑着身子,愣是一步一步挪到了门口,于是我开门进来就看到它羸弱的身子卧在门口,无神的眼睛望着我这边,神情焦灼。我一下抱住了它,欣喜地叫着阿旺,它仿佛想要挣扎,想从大门这里爬出去,我关上了门,把它抱到了小屋里,给它换了热水袋。

后来我才知道,阿旺这样做是有原因的。猫是一种很通灵性的动物,知道自己死期不远的时候往往会主动离开主人,怕主人难过伤心,就找一个没人的角落安静地死去。阿旺预感到它躲不过今夜了,

于是才会挪到门口想这样一步步地爬走。每次我想到阿旺这样弱小的身躯背负着这样一个沉重坚定的意念在地板上爬着过来,我还是忍不住地会流泪。

第二天凌晨5点,我起身上厕所,把抱在怀里的阿旺轻轻放在沙发上,它忽然睁开眼睛,我觉得它能看到我了,它直直地望着我,仿佛要把我的样子看进它的骨子里,那样的目光,让我想到是一个知道自己永远不会再望见你,但又很爱很爱你的那个人诀别时的目光。我轻轻叫了它一声,没想到阿旺用很大的声音来回应我,声音大到我爸爸妈妈都被惊醒了,跑出来看出了什么事。

阿旺就这样叫了我们3声,仿佛跟我们3个人一一作别,随后它的头轻轻地垂了下去,像是一个累久的人终于到了休息的时候一样,只是这回,我的阿旺将这样一直、永远地沉睡下去,没有了醒来的那一刻。

我们就这样围在已经没有了呼吸的阿旺身旁,我和妈妈都已经泣不成声,少见掉泪的爸爸也在擦拭眼角的泪花。我抱着我的阿旺,顽固地坐在沙发上等待天明。我期待奇迹的出现,希望下一次睁开眼睛,阿旺会望着我喵喵地叫。

一夜的疲累加上过度的伤心,我抱着阿旺睡着了。醒来时发觉膝盖上有一团硬硬的东西,睁开眼,我的阿旺整个身子已经变硬了,它蜷成一团,就像平时它睡觉的那个姿势,但是怎么也扳不开它并拢的那几个可爱的白爪子了。我这才明白,我的阿旺已经永远离开了我,义无反顾走出了我的世界。

12月的风,像把刀子,无情地刮着我的脸,我感觉我的眼泪都是冰冷的,打在捧着装阿旺盒子的手上,生疼生疼的。12月的泥土,也变得像刀子一样的坚实强硬,我费了很大劲才掘开一个1尺多深的坑,妈妈想把盒子放进去,我阻止了她。

我把手伸进那个坑里，填充了一些碎碎的小石子，这是阿旺永远的床了，怎么能容忍上面有这么多的凸凹不平呢？当时的心情，就像穆斯林的葬礼上，楚燕潮替韩新月试坟的感觉，他躺在新月的坟里，体味着是否舒适和安宁，我用我的手替阿旺试坟，怀着同样的心情……

宠养提示

老年猫得肾病的原因及治疗

晒干的鱼干含有很多镁，容易诱发和导致猫的尿道结石或泌尿系统疾病，所以尽量让猫少食。一只成年猫一天大概需要盐分 0.3～0.5 克，注意猫的饲料中食盐不要过量。过咸的食物，会加大肾脏的压力，不会给猫猫带来任何好处。

明智的做法是食物中高生物价值的蛋白质水平应恰当。另外，与肾衰竭有关的物质也包括钠和磷，与蛋白质相似，应在日粮中供给充足的钠和磷以满足老龄猫的需要。适度地增加维生素 A、B_1、B_2、B_{12}、E 的摄取，应稍微限制磷的摄取，以减少肾脏的负担。

老年猫常常会出现慢性肾炎的症状，发病出现：过度口渴；排尿量增加；体重减轻，健康状况不佳。病情发展时出现更多症状，其中有：尿毒症；呕吐；口臭；口腔溃疡；疼痛；贫血症；脱水。临死之前的后期症状是：吐血；惊厥；昏迷。

受到损害的肾组织不能更替，所以剩下的肾组织负担必须减到最低限度。给猫喂含低蛋白质、高碳水化合物的食物。葡萄糖、蜂蜜和糖是可以采用的热能源。兽医会给病猫输液、补充维生素、开适当的处方药物。

野蛮女生——麦琪

　　带其他被麦琪殴打致伤的小狗去医院是常有的事情，其中还包括一只超级无敌的大狗。我就纳闷了，一条母犬怎么可以那么有领导欲望？

　　麦琪是一条雪橇犬和金毛犬的结晶。你可能问我为什么要给它起"麦琪"这个名字？我记得那个名字是在麦琪到家 3 天后我给它起的。当时我正在看《百万美元宝贝》这部电影，我发现麦琪就像电影里打拳击的女主角麦琪一样坚强、威猛和无所不能，而且它也是个女孩子。

　　麦琪是在几个月前来到我家的。如果说它给我的生活带来了哪些变化，我只能够做出不可思议的表情，自从有了它，我的平静生活就……变得非常"精彩"！当然，我也没少受它的折磨，只要我给你讲讲它的轶事你就知道了！

　　把麦琪接回来的第一天，我就直奔宠物美容院给它洗澡。原因？很简单，那小丫头在出租车上的时候直接把我的大腿当做了 WC，我满怀愧疚地向出租司机道着歉，却发现司机带着无比同情的目光注视着我的大腿……

　　哪里想到，这只是个开端而已。回到家以后，麦琪的恶作剧才渐渐进入高潮。

　　它到家第三天后，就把我最喜欢的电脑椅搞成了"残废"，撕毁了

两条床单,咬坏了一根水管,造成了一次严重的洪灾和一次家里彻底的大扫除。边打扫我边安慰自己:这屋子也确实该清理清理了,估计是麦琪看不下眼去了……

没想到,这丫头在以后越发显露出了野蛮的倾向,很快成为我们小区无人敢惹的霸王。带其他被麦琪殴打致伤的小狗去医院是常有的事情,其中还包括一只超级无敌的大狗。我就纳闷了,一条母犬怎么可以那么有领导欲望?但说实话,我还是很欣赏它这一点的,同时也更加感觉"麦琪"这个名字符合它了。

麦琪刚到家里的几个月,还一直保持着金毛犬的造型,但是从第4个月起,它的生长发育便开始脱离一只金毛犬的发育轨迹,开始长出只有雪橇犬才有的双层毛,耳朵也有竖立之势,当然最终未能如愿,它还是个垂耳。而且在麦琪兴奋的时候,它的耳朵会变成馄饨皮状,这是我一直百思不得其解的。于是从5个月开始,"馄饨皮"就成了它的绰号。

不过很庆幸,麦琪竟然保留了金毛犬特别喜欢水的优点,我简直是太高兴了。这个优良的遗传让我从此以后都不用给它买好的衣服,每年可以省下一大笔服装费。麦琪只要看到水,绝对不会考虑是臭水沟还是汪洋大海,用世界上最优美的姿势鱼跃而入,直到游得体无干肤为止,然后麦琪还会无比智慧地用我的衣服来擦干自己的浑身湿毛。

等下,等下!我似乎闻到一股煤气味,应该是麦琪!没错。噢!我的天啊!这已经是第4次了,上次差点没有把家给炸飞了。不说了,不然我怕要煤气中毒了……

宠养提示

如何饲养金毛犬?

金毛幼犬并不需要太多的运动,特别是天气热时。幼犬最佳运动是让它在草地上自由自在地游戏奔跑。4 到 6 个月起可以开始带着它散步(千万不要用脚踏车或机车牵着跑),但是一开始时不要走太远,要逐渐地加长散步距离。

绝对不要让金毛幼犬(12 个月以下)与其他粗鲁的狗玩在一起,特别是大狗。金毛幼犬快速生长的四肢是很容易受伤的。

12 个月大以前,不要带着幼犬跑步,如此会给尚未完全钙化的骨骼带来太大的压力。12 个月大以后带它跑步,同样记得一开始时不要跑太远,要逐渐地加长跑步距离。

金毛幼犬 4 个半月大以前,不要让它自行上下楼梯。上下汽车时也要小心,若离地面太高(例如后行李箱),不要让它自行上下,要抱它。

如果你的金毛幼犬太胖了,不要增加它的运动量。先减少喂食量直到体重恢复正常,再慢慢增加运动量及食量,直到两者达到平衡。让过胖的幼犬过度运动,会造成骨骼的永久伤害。

游泳是一项很好的运动。金毛幼犬喜欢游泳,但必须逐渐让它习惯水,最好是你跟它一起下水。注意在它睡觉前一定要全身都擦干了,特别是耳朵内一定要保持干燥,以避免感染。有些狗对盐分(海水)过敏,在海中游泳后一定要尽快用淡水将其身上的盐分冲掉。

金毛犬 21 个月大就算是成犬了。记得它是猎犬,要有适当的户外运动,以及适当的食物及照顾。

豁豁就是这样自信

第一次发现它像人一样四脚朝天的样子,我以为它升天了呢!吓得差点哭出声,冲过去摸摸它的肚子——热热的,软软的,还有心脏怦怦地跳!谁说睡觉一定要雅观?豁豁就是这样自信!

白兔豁豁进入我们家纯属于无心插柳之举。

它是老公在地摊上发现的。当时正是北方的三九天,老公下班路上发现一个地摊的小笼子里有一只拳头般大小、正在蠕动的活物,那是只冻饿交加濒于死亡的小兔子。老公顿生怜悯之意,毫不犹豫将它带回了家。

小白兔看样子才刚刚满月,只有我的手掌那么大,钻进老公的皮鞋都绰绰有余。它浑身雪白,没有一根杂色毛,耳朵长长,尾巴短短,耳朵比尾巴要长,眼睛是粉红色的,瞳仁像红宝石一样闪着红光,真是招人喜爱。我和老公看它嘴巴是三瓣的,就给它起了名儿叫豁豁。

以前我每天都会买好多绿叶子菜回家,把其中稍微老一点的部分给豁豁做粮食,大家就可以吃嫩尖尖。可是没过多久,调皮的豁豁就老是趁人不注意的时候把嫩叶嫩枝吃个精光,结果倒成了我和老公吃老的,它吃嫩的,虽然这样让人感觉有些本末倒置,但我和老公还是容忍了它的这个臭脾气。谁说宠物一定要吃主人的残羹剩饭?豁豁就是这样自信!

　　你别以为豁豁吃嫩叶子就满足了，告诉你吧，那是它的副食，它的主食是肉！它最爱吃的是炖排骨、涮羊肉、米粉肉，偶尔有红烧鱼也大快朵颐！除了这些，它竟然还吃蟑螂，而且是被灭害灵毒死的蟑螂！吃了以后还快活地到处溜溜达达，一点反应都没有，真是好肠胃！谁说兔子只能吃萝卜白菜？豁豁就是这样自信！

　　豁豁吃饱了就不想动，随你怎么逗，它就是想睡觉。很多动物一般睡觉都蜷缩成一团，或者侧身睡，或者趴着睡，可豁豁是——仰面朝天睡大觉！第一次发现它像人一样四脚朝天的样子，我以为它升天了呢！吓得差点哭出声，冲过去摸摸它的肚子——热热的，软软的，还有心脏怦怦地跳！谁说睡觉一定要雅观？豁豁就是这样自信！

　　从没有听说兔子会叫，豁豁偏偏就会叫。一次是被老公无意间踩了一脚，另一次是在楼前草坪里和一只京巴狗打了个照面。若问豁豁的叫声动听不动听？实在不敢恭维也不好形容，是极凄厉、极恐怖，像静夜里的婴儿哭……不叫则已，一叫惊人。豁豁就是这样自信！

　　没有人教过豁豁上厕所，也不知道它是怎么学会的。反正不管厕所里有没有人，只要它老先生要上厕所，任何人都不能挡。厕所的门不能锁紧，因为豁豁那无坚不摧的牙齿可以咬住门的边角，然后把白脑壳一扭，门就开了，它一蹦一跳地进入厕所，根本不理会你在马桶上对它如何大呼小叫，自顾自地开始自己方便。谁说面对面上厕所就会尴尬？豁豁就是这样自信！

　　别以为它方便之后就完事了，最恐怖的时刻就要来临了！豁豁仍然是那么悠哉游哉，拍拍屁股，抬腿就走，剩下浑身冒火的你不停

地擦着被它强有力的后蹬腿甩在脸上的不知道是什么成分的水点！等你恢复正常,怒气冲冲地拿着家伙准备好好修理一顿这个对你的脸恶作剧的讨厌鬼的时候,它老早就躲在沙发或者床角落里去了。哼哼,你能拿我怎么样？谁说人定胜天,谁说动物就不能称王称霸？豁豁就是这样自信！

宠养提示

饲养兔子时需要注意哪些问题？

1. 经常给新鲜的绿色或叶茎肥厚的食物,所有留在笼中超过10分钟的新鲜食物都要拿走,若不然便会枯萎、发霉或腐烂。由于坏了的植物会增加兔子患病的机会,因此要经常放置干草减少宠物盘污染。

2. 不要突然转变兔子的食物,若你一向以干粮喂饲兔子,就不要突然转喂新鲜植物。

3. 清洗干净那些喂饲用的蔬菜或生果,并要抹干水分。

4. 不要喂刚从雪柜拿出来的食物给兔子吃。

5. 不要喂冰冷、罐头或烹过的蔬菜给兔子。

6. 不要在路边采摘绿色食物,或把狗便溺过的草给兔子吃。

7. 供给大量且多变化的食粮,每次都给较少的分量,并加入合适植物,要保证大量的干草,那么便不用担心出现消化问题。

8. 定时喂饲你的兔子,兔子的肠胃很快可适应常规时间。

9. 肯定你的兔子有适量的运动,那么便会更健康和充满活力。如果太肥,要进行禁食斋戒一星期,短时期禁食不会影响它的健康,在这段时间,只给兔子水和干草;肥胖的兔子很易生病或早死。

10.在你的花园草地，最好不要使用化学肥料或灭虫剂等，更不要使用化学物质，以保障你的兔子安全健康地成长。

窈窕淑女小白

> 可能因为小白是一只女猫的缘故，生来就很淑女，脾气好且会拍马屁，谁呼唤它，它都会先礼貌地答应，然后再小跑过去和人家亲热一番。小白同学不光得到了人们的喜爱，它还是我们小区的猫花，所有的男猫咪都想做它的丈夫，可惜小白眼光太高，只和一只纯白色的波斯猫建立了很好的友谊。

我深爱着小白，不仅仅是它毛茸茸的可爱样子，更因为它身上有着众多的优点。相信我给你介绍完它，你也会喜欢上它！

优点一：不管我回家多晚，它都会一直等着我归来，才放心睡去。

虽然妈妈曾 N 次提醒我别自作多情，人家等的是我喂它的猫粮，而不是我本人。可多次事实可以证明，小白绝对不是那样的猫，因为有好几次我工作到凌晨一两点钟才回家，小白看见我回来后，只是放心地"叮嘱"了我几句就呼呼睡了，根本没吃我喂它的好吃的，所以绝对是妈妈错怪人家了。有一只猫为我这样忠心耿耿地守候，我也不能亏待人家，所以我对小白非常宠爱，给它买最好的猫粮，让它住最舒适的"别墅"！

优点二：小白脾气好、人缘好！

你别看它只是一只小猫，可它和全小区的大大小小老老少少都建立了很好的关系，大家非常喜欢它，一天见不到就会议论它的去向。可能因为小白是一只雌猫的缘故，生来就很淑女，脾气好且会拍马屁，谁呼唤它，它都会先礼貌地答应，然后再小跑过去和人家亲热一番。小白同学不光得到了人们的喜爱，它还是我们小区的猫花，所有的雄猫咪都想做它的丈夫，可惜小白眼光太高，只和一只纯白色的波斯猫建立了很好的友谊。唯独小区里的狗狗们不太喜欢小白，总追着它跑，我想可能是源于嫉妒吧。虽然小白很是害怕，但小家伙聪明绝顶，对待小狗狗的策略是绝不跑直路，这样小狗狗就追不到它了；对待大狗狗的策略更绝，就是直接钻进那些停放在小区里底盘低的汽车下，大狗狗们身子大，钻不进去，每次都是急得在汽车四周狂转。小白则悠闲地趴在车下"偷笑"。

优点三：小白极爱干净！

简直可以称之为洁癖！只要没事就翻来覆去没完没了地梳理它那身白毛，我算过，最短的一次也要 40 分钟！我给它洗澡的时候，它也非常地乖，从来不抓我，也不叫一声，好像知道我是为它做清洁工作。

优点四：小白聪明绝顶！

小白其实是我收养的一只流浪猫。刚开始的时候它经常出现在我家的阳台附近，一副饥肠辘辘的样子。我看它可怜，就偶尔在阳台外放一些吃的。可是有一天，小白居然神气地站在我房间窗外的护栏里呼唤我，我真的惊呆了——它是怎么找到的？！你可知道，我家的阳台和我的房间一个在南面，一个在北面，离得非常远！所以家人都开玩笑地说，小白端了我的老窝！夜伴猫声你该知道是怎样的感

觉吧？我的床紧挨着窗户，而且晚上我睡觉的时候总是习惯把窗帘拉开一个缝隙，这就成了小白随时和我对话的通道！时间长了，我哪里忍心它还这样流落在外，就将窗户打开，让它正式成为我们家庭中的一员。

优点五：小白非常守时！

自从小白进入我家后，每天7点钟它都会准时叫我起床，只有看我睁开眼睛，它才放心地离开，但是过不了30分钟，它肯定会再来查岗，若发现我没起，它就会喵声不断，并且变换着各种声调，直至把我叫起！所以我现在养成了7点钟准时起床的好习惯。有一次我加班回来，凌晨4点才睡。闹钟小白一如既往地在7点喵呜上了，要知道，老板是允许我回家睡一天的啊！可是小白在这方面简直就是一根筋，我不起床它就一直叫下去，嗨，真是没有办法！

小白优点还有很多很多，就不一一列举了，倘若被它知道恐怕会骄傲。话说回来，就算小白没有一点优点，我相信当你看见它那双会说话的眼睛，你也会像我一样被它征服。

我会一直这样宠着我的小白，要让它一直这样幸福生活下去！

宠养提示

如何调教猫咪学会社交？

拥有一只漂亮而友善的猫咪，是很多猫主的愿望。当朋友来拜访时，如果你的猫咪大方地出来迎来送往，陪客人玩耍，一定能增添很多乐趣。相反地，如果它躲到床下或柜子顶上不肯见人，甚至浑身发抖，客人走后还惊恐不已，对它、对你都是个遗憾。

1.调教的最佳时间

由于猫咪的生活环境相对闭塞，接触外界较少，因此养猫的朋友一定要在猫咪的幼年，为它安排足够而愉快的社交机会。猫咪2～7周龄，是社交的敏感时期。让小猫及早学习社会化，能预防成年后的行为问题，建立好习惯比日后纠正坏习惯要容易得多。

2. 接触更多的人

从2周龄起，猫咪就应该得到主人的爱抚，一天几次，一次几分钟，并逐渐增加爱抚的时间和密度。爱抚的同时，要温柔地和猫咪说话。如果有条件，应请亲友一起抚摸猫咪，让猫咪适应更多的人。

3. 接触更多的物品

猫咪在断奶后，会逐渐开始探索身边的事物。主人应抓住这个时机，让它有充分的生活体验，减少对陌生事物的恐惧。逐步把会发出噪音的吸尘器、洗衣机、门铃等日常用品介绍给猫咪，帮助它们适应家庭环境。狗叫声、汽车喇叭声，也应让它们经常感受到。

我的另类宠物

我计上心来，拦路劫持了一整支队伍，装在瓶子里，管它们叫我的"蚂蚁兵团"。我喂它们的办法是，打开瓶盖，扔一小块水果下去，看它们迅速把食物包围起来，一点一点蚕食掉。我喜欢在上课时偷偷拿出小瓶，放在课桌里独自欣赏：它们像一股流动的沙在透明的玻璃瓶里上下起伏，有时又像一场装在瓶子里的小小的龙卷风！

提起宠物，童年的时候我曾经拥有过，但是……没有一样是正常的：一只死了很久我却以为是在冬眠、还经常拿出去晒太阳的非洲蜥蜴；一只从素食动物被我养成了肉食动物、最后患了精神分裂症的松鼠；还有就是我的蚂蚁兵团。

很多朋友知道我过去养蚂蚁，都会感到惊诧，他们很想知道我怎么喂它们，怎么让它们聚到一起不跑散，难道是通过吹哨子？我只好告诉他们，就是一只小瓶子，里面有半瓶蚂蚁，每天装在兜里，与我形影不离。

记得养蚂蚁的那年我只有10岁。我很希望在家里拥有一只小猫或小狗做宠物，可一直遭到父母的坚决反对。有一天我在花园里正为一只可爱的小猫不能成为我的宠物而暗自伤心，忽然发现地上有一群蚂蚁在紧张地爬来爬去，看样子，是要下雨了，它们正向有利地势搬家。

"对呀，这些家伙也挺可爱！而且可以逃脱妈妈的手掌心！"

我计上心来，拦路劫持了一整支队伍，装在瓶子里，管它们叫我的"蚂蚁兵团"。我喂它们的办法是，打开瓶盖，扔一小块水果下去，看它们迅速把食物包围起来，一点一点蚕食掉。我喜欢在上课时偷偷拿出小瓶，放在课桌里独自欣赏：它们像一股流动的沙在透明的玻璃瓶里上下起伏，有时又像一场装在瓶子里的小小的龙卷风！

有时候我会找个安静的地方，认真地观察这些蚂蚁，感觉瓶子里的它们就是一个完整的世界，它们在这个拥挤的世界里喜怒哀乐，而我自己却像是个完全多余的人。

和朋友们讲起养蚂蚁的事，他们都觉得我很酷，却不知道一个小

女孩每天抱着蚂蚁瓶东躲西藏的滋味，也不能理解当不小心把瓶子打翻在地时那种绝望的心情，尽管我飞速蹲下身想捡起来，可是我的"蚂蚁兵团"早已损失大半，那一刻算是刻骨铭心地体会到什么叫"覆水难收"。尤其不敢告诉妈妈，如果让她知道，她肯定一边尖叫一边拿出吸尘器，把房间每个角落吸个遍。

有一次，我在家里又一次不小心打翻了瓶子，而我的蚂蚁兵团的团员们迅速地逃离了瓶子，只剩下几个反应慢的没有爬出来，我慌忙收起瓶子，眼泪就要流出来了。这时候我忽然想到蚂蚁喜欢吃甜的东西，我就在一个角落里放一撮白糖，躲在一边守株待兔。不一会儿，几只蚂蚁就被吸引过来了！我高兴地叫起来，我知道我又能拥有它们了！

一个多月后，它们便慢慢被我回收到了瓶子里。事实上，半年后仍不断有星星点点的散兵跑来投靠。几次的失手让我练就了一种绝技，就是飞快地捡起蚂蚁，而且每个都毫发无伤。

所有的故事都有结局，关于蚂蚁兵团的故事结束在一个有着灿烂阳光的午后。因为阳光好，所以妈妈决定在那天洗衣服。她哼着歌，掏着我外套口袋里的东西。我当时正在房间里写作业，突然听见了很熟悉的尖叫声！

我冲到妈妈身边，发现我的蚂蚁兵团已经不见了，连同我的瓶子也没有了踪影。此后，我苦苦寻找了很长时间，都没有结果。但愿妈妈将它们连带瓶子扔出去的时候，瓶子被砸碎，让它们回到广阔的世界……

从那以后，每当我看见沙漏的时候，就会想起我的"蚂蚁兵团"，以及它们在瓶子里掀起的一阵阵黑色的小旋风，那是我童年最美好的回忆。

宠养提示

如何把蚂蚁当宠物来养？

相对于其他宠物来说，蚂蚁养起来相对简单。现在市场上有种叫"蚂蚁迷宫"的休闲产品，它可以轻松地帮助喜欢养蚂蚁的朋友们解决养蚂蚁的问题。

在设计新颖、制作精良的透明容器里，灌注了凝胶，你就可以饲养可爱的蚂蚁了。凝胶提供了蚂蚁维持生命的水和营养物质。因此，你不用喂食，也不用给它们洗澡，更不用带着这些小可爱去宠物医院。

蚂蚁需要经过入住、适应环境、"推举"头领、开工等阶段。蚂蚁开工是主人最兴奋的日子。在蚂蚁挖掘隧道的日子里，你可以亲眼目睹那些精彩的情形。蚂蚁工作、交流、休息、哺喂、争执等都会给你带来意想不到的感受。尤其是工作着的蚂蚁，充分展现了蚂蚁大力士的风采，让你感动、让你敬佩。

由于蚂蚁主要生活在地下，我们没有办法看到它们在地下是如何挖掘隧道、建造厅堂、贮藏食物和养育后代的。但是采用透明的容器及模拟土壤的透明凝胶，就可以让我们透过蚂蚁小屋真切地"窥"见蚂蚁们在里面的全部"隐私"生活。

未遂的心愿

> 在一片荒草地里,一个很大的土坑中,他们发现了黑剑。它躺在那里,很瘦,但很安详。爪子上全是泥土,估计坑是它自己挖的。

有一年,老三的家乡发了洪灾,地势低的房子都倒塌了。一时没有房子可住,老三就带着全家人搬到了山上的仓库里暂住。

那里有条看仓库的黑色公狗,叫黑剑。那段时间,山上闹狼,并经常有厮打声传来。所以一入黄昏,大家就会急忙往家赶,以防遭不幸。黑剑非常尽职尽责,牢牢守着仓库,一旦有什么响动就狂吠不止,因此老三一家人晚上都能安心地睡觉。

有一天,黑剑上山几天未归,大家很担心,怕它遇上狼。到第三天上午,老远,看见一团东西,跌跌撞撞半走半爬,向仓库这边过来。当大家认出那就是黑剑时,它已不省人事。

只见它浑身是血,脖子都要被咬断了,已露出气管,呼吸似有似无。耳朵已被撕烂,肚皮撕开,它是拖着肠子回到家的。当库管急得不知如何是好时,老三脱下自己惟一的外套,将黑剑包起,抱回家了……

几个月后,黑剑兴奋地戴着老三为它做的尖钉脖圈,重新出现在大家面前。

从此,黑剑除了看仓库,就是形影不离地保护老三。

一年后,政府为发洪灾的地区建好了一排排新房子,老三一家也要搬回去了。

搬家那天,黑剑随着搬家的卡车跑出好几里地,最终未能追上。

半年后,老三去那个仓库看黑剑,库管告诉老三,黑剑在几个月前就走了……

事情是这样的:

老三一家搬走后,黑剑由于当时的两个身份(看仓库和看老三的家),无法远行追寻老三,就天天守候在老三住的那间房子外面,不允许任何外人进屋。它不思饮食,日见消瘦。

但是,突然有一天,黑剑不看门了,自己溜达到半山腰上的一片荒草地。居然3天未归。

库管怕又是狼在搞鬼,就带着几个人一起去找黑剑。

在一片荒草地里,一个很大的土坑中,他们发现了黑剑。它躺在那里,很瘦,但很安详。爪子上全是泥土,估计坑是它自己挖的。

人们都说,它是带着未遂的心愿走的。那个心愿,就是,永远保护老三。

宠养提示

看家犬如何训练?

看家犬为家庭内的警卫守护犬,以警戒防敌、看守物件和保护幼童为主职。看家犬以能沉着防敌、"汪汪"狂吠使家人注意者为上品。

优秀的犬能将不速之客驱至屋角,使他一步也不能动弹而等待主人处置,这种技能最为可贵。见人就采取攻击态度的犬,不足以胜任看家的职务。训练看家犬时,应教犬伏在门口或门旁边,命令它"守门"。无论任何人要想进门,必须经主人传令请进才让进门。

起初训练时,可以请一位不相识的助手装作客人,不待请进而径直入门,此时则命令犬对他咆哮,若助手再不停步,便咬住他的衣服不放,但绝不允许咬伤客人。

房中无人时,教犬看守,不允许任何人私自入内。训练时,也使一位不相识的助手私自进入主人房间,主人自己躲在一处,犬若无所表示,就惩罚它,并对它说:"以后要当心!"犬经反复多次训练自然而然地就会担任这项任务了。

假如有不速之客闯入主人家内,而这位客人又是因事而来,主人不能不接待但又不放心时,主人可先叫犬紧紧跟随客人,他不走犬也不走,他坐犬也坐,他若触摸东西,犬就吠几声,再咬住他的衣服不放。

看家犬的训练,应以尽可能使犬了解人们的语言为最高目标。它在家庭中,不仅是一位守门员,更应是一位富有礼貌的传达员及招待员,善于观测主人的脸色,听从主人的指挥,并很敏捷地做好各种工作。

担任守夜的犬,白天可以系之于人声不多的僻静处,夜间就解去绳带任其自由。犬在白天经过足够的睡眠,到了夜间精神格外兴奋、振作。只要关上大门后每夜带它巡视数次,它就自然养成守夜的习惯。

鼠在我家

一段日子后,我们发现,可能是在健身房的两层"别墅"里上蹿下跳的缘故,肥嘟嘟、圆滚滚的小家伙,"瘦身"初见成效,竟练出小腰身来了。

女儿一直想要养只宠物,因为她的同学有很多人都在养,而且经常和她讲是多么多么好玩。女儿知道我们不愿养宠物,于是,只要一有机会,她就会在我和她妈妈耳边絮叨:某某同学家里的小猫特别讲卫生,会蹲在主人家的坐厕上"方便";某某同学的小狗特别机灵,会模仿主人的动作;某某同学家真有意思,竟然养了一只宠物猪……

对她的"思想动员",我们只是听听,有时也会发出几声惊讶,就是不置可否。我和她妈妈对养宠物的时尚,从观念到行动,还有相当的距离。心想,只要我们不明确表态,她大概不会擅自牵回一只大狼狗的。

没想到有一天,女儿突然拎了一只笼子回来,我凑上去一看:天啊,竟然是一只老鼠!记得我小的时候,农村的家里经常闹鼠灾,为了消灭这些家伙,我家养了大花猫,还到处准备了鼠胶、老鼠夹之类的武器。即使这样,一只母老鼠还在我家床底下生了一窝小老鼠,每当夜深人静的时候,它们就开起了"家庭舞会"。我们费了九牛二虎之力,才将它们一网打尽。一想起这事,我这心里现在还疙疙瘩瘩的。

谁曾想，今天鼠辈竟然被请进了家门做起了宠物！

女儿见我们不高兴，耐心地做起了说服工作："你们别以为它是普通的老鼠，这叫仓鼠，它可是俄罗斯纯种的，特别可爱！台湾人都管它叫'黄金鼠'，是很多家庭的宠物。"

看着这个小面团似的小老鼠，我的记忆还一直停留在过去对老鼠的认识中。真是搞不懂女儿，这仓鼠没有漂亮的外形，也没有敏捷的身手，还不如养只猫或者狗呢。但是既然女儿已经买回来了，总不能不让它进家门。我和老婆只好妥协了。

女儿可忙活开了：每天要在笼子里放些瓜子，还要给它喂水。小仓鼠昼伏夜出，白天睡觉，晚上活动。看见它不大爱动，女儿说房子太小了，要给它换一个"大房子"。后来还真买了一幢"别墅"，两层楼的，二楼是睡房，一楼是起居室和健身房。刚开始，把它放进睡房，它不下来；把它放在楼下，它又不上去。

慢慢地，小仓鼠习惯住"豪宅"了，会不停地跑上跑下，后来也会在健身房里玩转轮。一开始在转轮顶上玩，后来会在转轮里面玩。

一天晚饭后，大家想逗逗它玩，可是却不见了"鼠影"，转轮却在飞快地转动，原来它躺在转轮下面，四脚朝天地玩转轮。小家伙还真逗乐！

每当它玩转轮的时候，就会发出"哒、哒、哒、哒"的响声。刚开始，误以为是远远传来的鞭炮声，我们还说，又不是什么节日，怎么会有人放鞭炮？

一段日子后，我们发现，可能是在健身房的两层"别墅"里上蹿下跳的缘故，肥嘟嘟、圆滚滚的小家伙，"瘦身"初见成效，竟练出小腰身

来了。

　　瓜子是小仓鼠的主食。看着放进了瓜子,它就会趴在那儿,用前爪抱着瓜子,埋头啃开一边。它还会像玩杂耍似的,啃完一边,还会调过来啃另外一边。有时也给它一些饼干、面包屑、水果等,它也会吃得津津有味。

　　有一天,发现给它的一堆瓜子,没一会儿就只剩下瓜子壳了。我们很纳闷:怎么吃得这么快? 后来发现,它把瓜子仁全啃下来,然后搬进睡房里,囤积下来。一想,那几天,天气转凉,它大概以为要过冬了。还有一次,买的瓜子瘪的多,它可能发现放进去的瓜子没有几个有瓜子仁,看也不看就进屋睡觉去了,看来它还真聪明!

　　小仓鼠饿了的时候会给我们信号。每当它想让人给它喂食时,就玩一会儿转轮,再跑到笼子边上东张西望,等待美食的到来。我们一听到"哒、哒、哒、哒"的声音,就知道小家伙在向我们发出要食的命令了,赶紧乐颠颠地去孝敬它吃饭。

　　最有趣的,要数给它"洗澡"了。在给它准备的"澡堂"里,铺上一堆细细的白沙子,把它放到里面,它就会不停地打滚,去掉身上的污垢和气味。我们定期给它打扫卫生,清理瓜子壳,更换刨花。每次打扫完,小家伙就会特别兴奋,跑个不停,卖力地玩转轮。

　　渐渐地,给小仓鼠喂食,清理屋舍,已经成为我们家每天的必修课。小家伙滚动转轮有节奏的细细响声,也会打破深夜的寂静,增添几分动感和生气。小仓鼠那略带机灵的憨态,常逗得我和老婆哈哈大笑。

　　真没想到,我们竟然能和女儿一样爱上老鼠!

宠养提示

如何正确给仓鼠洗澡?

由于仓鼠是居住在干旱平原地带以及沙漠地区的,加上仓鼠的毛比较密且柔软,所以是不能用水洗的,水洗后不易干,且容易造成仓鼠生病,严重者甚至造成死亡。

正确的洗澡方法是提供仓鼠专用的沐浴沙,仓鼠会利用沙子来去除身上的脏物及细菌。也可以用猫砂代替,以降低成本,但只能去除仓鼠身上的脏物,起不到真正的效果,不能去除细菌。多数沐浴沙可重复使用两到三次,重复使用前将沙内的脏物挑除,移至太阳下晒几个小时就可再使用了。

可有两种方式给仓鼠洗澡:

1. 定期将仓鼠拿至盛有沙子的容器中,洗完后将仓鼠拿回笼内。

2. 准备沐浴房放置于笼内。

两种方法各有优缺点,第一种方法可以节省沙子,且好清理,但仓鼠却不能随时享受沐浴的快乐。第二种方法沙子较浪费,因为仓鼠在打滚的时候会将部分沙子刨出沐浴房,同时会在里面便便,需经常更换。沐浴房中可准备大小适中的容器,有条件的也可以购买专用的仓鼠沐浴房,比较美观而且使用方便。

半夜寻食的猫

> 只要楼道里没有人了,我打开房门,轻轻地叫声:"猫咪——"它就会像小马一样从楼道顶头飞奔而至,倏地闪身进屋。原来它一直在地下室门口探着脑袋等我开门。但如果它跑到半路忽然从哪间屋子闪出个人来,猫便会掉头狂奔而去,那种慌不择路的急刹车,明明白白地显示着它对人的惊恐与畏惧,难怪这猫从不在白天进楼。

长这么大,我只接触过一次猫,说"接触"是因为我并没有真正收养它,只是每晚它来吃饭、小憩,而后又义无反顾地奔向它的自由天地。也许对于它来讲,这也是它与人的唯一一次亲近。

发现这只猫是在一个记不起的日子的半夜。

那时候,我和先生刚结婚,手头没有什么钱,租了一幢筒子楼中的一间小房子住。由于我和先生的工作都不坐班,因此我们一直过着晚睡晚起的懒人生活。

一天午夜,我和先生刚刚欣赏完一部恐怖电影,忽然听见门外有猫细细地叫,我当时汗毛都立起来了,缓了好半天才明白确实不是电影而是屋外的猫叫。

由于电影遗留的恐怖还没有在我体内消失,我和老公没去理睬,相拥着睡觉了。

第二天的午夜,又一次听到猫的叫声,我和老公开了门,同时很

奇怪,因为我们从来没在这楼前楼后看见过猫。它从哪儿来的?猫面带怀疑地看着我们,而后,竟然贴着门边儿蹭进来了。

"它肯定饿了,它是在找食。因为筒子楼里的人们总是在晚上将垃圾扔到各自门边的,第二天早上自会有打扫卫生的人扫了去。它是趁晚上到这些垃圾里来找吃的呢!"先生说。

"是啊是啊,要不然它怎么肯进咱们家,素不相识的,赶快给它找吃的!"我有点鼻子发酸,想不出来这猫能在那些垃圾中找到什么吃的,也许是半个冷硬的馒头吧,大概连这都不总有……我赶忙给它找吃的,竟然没有现成的熟肉,晚饭早吃过了。好在还有奶粉,冲了稠稠的一小碗,猫没客气,全部都吃光了。

猫吃饱了,放松了对我们的警惕,身子骨舒展开来,有些慵懒地坐在地上,仔仔细细洗它的脸。我们也开始仔细看它,是只长得很好看的猫呢! 看上去还很小,圆脸、大眼睛,只是瘦得让人心疼。

它大概从来没有吃饱过,真是个苦孩子啊,我和老公恻隐之心开始涌动。

一会儿,猫走到门边扒拉门把手,看来它要走了。再待一会儿,再待一会儿吧,我对它说。猫并不搭理我,只是对着门叫"喵,喵——"因为是半夜,怕吵着别人,只好放它走。

第二天,我们专门买了香肠,希望它还来。晚上还是那个时间,它果然又来了。

我发现它是从筒子楼下边的地下室蹿上来的。也不一定要过了半夜,只要楼道里没有人了,我打开房门,轻轻地叫声:"猫咪——"它就会像小马一样从楼道顶头飞奔而至,倏地闪身进屋。原来它一直在地下室门口探着脑袋等我开门。但如果它跑到半路忽然从哪间屋子闪出个人来,猫便会掉头狂奔而去,那种慌不择路的急刹车,明明白白地显示着它对人的惊恐与畏惧,难怪这猫从不在白天进楼。

相处了一段时间，这只猫慢慢肯在家里待一阵了。我们给它备了个小筐，里边铺上我的棉椅垫，猫吃了饭，通常会跟我们玩一会儿，然后就会进去舒服地睡一觉。不过，它睡醒了，伸伸懒腰，还是会坚决地走。

有一次我想给猫洗澡。先生认为洗了也白洗，因为它总是走，还会再次弄脏。但我还是决定给它洗。洗过澡的猫，毛色顺滑了许多，加上这一阵的油水，终于显出姑娘家的本色。虽然并不是什么高贵的品种，但黄褐相间的花毛，加上那对漂亮的眼睛，就有了很妩媚的样子。

猫就这样进入了我们的家，每天来，每天走。

大约有人疼爱总是好的，猫也快乐起来。时常在屋里转着圈儿咬自己的尾巴玩儿，有一回我们吃了咸鸭蛋，就手把蛋壳给了它，猫快活地疯了起来，左扒拉右扑棱，追着蛋壳满屋跑。于是我们专门买了乒乓球给它，马上小球儿就成了它的宠物。

后来我发现，我们的猫姑娘竟然还喜欢照镜子！猫儿第一次照镜子，是我随手将桌上的镜子拿到它面前，想看看它的反应。想不到猫儿看见镜子中的猫，立即就激动起来，想必是见着了同类，居然伸出小爪子到镜子底座下去掏，自然什么也掏不出来。于是马上转到镜子后边去找，那副认真劲儿，着实让人忍俊不禁。

这猫儿的灵性，也是超乎我们想象的。在后来大半年的时光里，猫儿早已经长成一只矫健的大猫，我曾经从窗户中不止一次地看见它在对面一间旧平房的屋顶蹿上蹿下，易如反掌。但只要在屋里，这猫儿竟然从未上过我的床和桌子。我们就一间屋，所有的东西：床、椅子、书桌、饭桌就那么腿挨腿地挤在一起，猫儿却永远遵守着只上椅子的准则，而决不上别的东西，哪怕桌上正放着给它做好的黄

花鱼。

别人家的猫恐怕没有它这样规矩的，而我也从没有教过它，这真让我百思不得其解。先生说，它大约是怕你不高兴，怕你因此而不喜欢它了。而我私底下也确实并不希望它上床，因为不知道它刚从什么角落跑了来，毕竟不同于家养的猫。难道，这猫竟会看透我的心思吗？另外，这猫儿也从来没在我的屋子里便溺，一次也没有过。

不过它到底是只野猫。每当我们真将它逗急了的时候，猫儿会立即耸身弓背地盯住我们，那会儿的猫眼中，妩媚尽失，只剩下凶凶的寒光。不过，它倒从来没有真的咬过我们，只是我们此时倒会一下子心软下来，慨叹这孩子在外面的生活一定很不易，自己要面对多少次突来的麻烦甚至灾难。

后来，我发现它怀孕了！我一直期望着它能将小猫生在家里，毕竟家里条件好一些，并且我们能给它保护，然而还是没有。生小猫的那天，是它唯一没有露面的一夜。

第二天夜里，猫来了，消瘦而疲惫，屁股后面挂着干涸的血迹。我不知道她是在哪儿生产的，那时正是冬天，冷风刺人。那夜，猫吃了一整条鲤鱼，而后没有睡觉就走了。我希望它有一天能带它的小猫来看我，却从来没有。后来的许多天，我都试图在楼前长满草丛的园子里找到猫儿一家，也从来没有找到。

发现小猫是在两个月之后的一个阳光明媚的下午。先生忽然惊喜地拍着我的头：看小猫！我从书桌前抬起眼睛，看向窗外，草地上，我的猫正带着它的孩子在晒太阳。小猫只有一只。想必别的孩子终于没有躲过那严冬寒风吧。

我激动地跑到外面，猫妈妈慈爱地看着我将试图逃跑的小猫捧到手上，那是只美艳惊人的小白猫，不知道它爸爸是不是波斯种，这小猫纯蓝的眼睛，粉红的小嘴，像玩具，根本不像是真的。

后来,我们买了楼房,要搬家走了。猫儿一直是与高层楼房势不两立的,于是它和它的宝宝依然留在了它恋爱、生产的园子里。

从那以后,我再也没有见到过它。

宠养提示

怎样为母猫接产?

在正常情况下母猫能顺利地分娩出胎儿,不需要人工助产,不适当的干扰反而影响母猫分娩。

给母猫接产应先对母猫的分娩过程进行仔细地观察,发现分娩出现障碍时,才给予必要的帮助。在观察中如发现羊膜未破裂,羊水尚未流失,表明分娩刚开始,不要急于帮助,应继续观察。如羊膜破裂,羊水已流出半个小时左右还未见胎儿产出,或母猫已阵缩,或母猫阵缩虽有力,但胎儿夹在产道排不出来,说明发生了难产,此时应立即采取必要的措施,将胎儿从母猫产道慢慢拉出,向外拉时定要随母猫的宫缩慢慢牵出。

仔猫产出后,在通常情况下,母猫会用牙齿撕破羊膜、咬断脐带,用舌头舔净仔猫体表的黏液,并给仔猫哺乳。但有少数母性不强或没有分娩经验的母猫,不去护理仔猫,此时主人应帮助剪断脐带,擦干口腔、鼻孔中的黏液,以利仔猫的呼吸,同时还应擦净体表黏液,并将仔猫放在干燥、温暖的猫窝中,防止受寒。

老帅

> 最后一个早晨，老帅早早地起来，像往常一样把奶奶叫醒。奶奶亲了亲几天没动的老帅，轻轻地为它打开屋门。老帅步履蹒跚地走了。

除了我之外，老帅是我奶奶的至爱。因为它身上带着棕黑色条纹，叫声洪亮，大有狮虎之雄风，因此大家都叫它老帅。

论年纪，老帅长我一岁，大概正因为如此，老帅总是"倚老卖老"，从不把我放在眼里。每天在我身边昂首翘尾地走来走去，看都不看我一眼。偶尔，我挡了它的去路，它就站定不动，抬起头向我"嗷嗷"大叫两声，那威严的样子使我不得不低头让路。

我多希望能像别人那样亲亲热热地抱抱自己家的小猫，可是，即使我想摸它一下都办不到。无数次的尝试使我付出了血的代价，让我彻底放弃了这个念头。老帅的爪子敏捷而锋利，对待我和老鼠同样毫不留情。也许对于它来讲，被一个比它还小的女孩子玩弄，是严重的被亵渎。

老帅的生活很有规律。每天清晨五点左右，老帅从窝里走出来，站在窝前打一个长长的呵欠，弓弓背，然后蹬住后腿，前腿使劲向前伸展，做一个优美的高低杠一样伸懒腰的动作，抖抖身上的毛，蹿上奶奶的床，用爪子拍拍奶奶的鼻子和脸，再用头拱拱奶奶的脖子。直到奶奶极不情愿地从床上爬起来，披好衣服，为它打开屋门，老帅才

无声无息地消失在窗外了。

大约9点钟，老帅通常会叼回家一只老鼠，卧在院子里晒太阳。太阳照得它带有棕黄色条纹的皮毛闪闪发光。这家伙把老鼠轻轻按在爪下，眯着眼睛好像睡觉的样子。老鼠见猫睡了，爪子松了，于是想开溜，却被老帅一次又一次抓回来。有时老帅兴致高，将捕获的老鼠像球一样地拨来拨去，直玩得老鼠奄奄一息，再将它一口吞下去。嘴角的血是一定要舔干净的，不然即使是最宠它的奶奶也不会让它进门。

其实，对它望而生畏的不仅是我和老鼠，还有邻居家的狗阿康。阿康一贯在附近一带作威作福，谁家来了人它都狂吠不止，常有小孩被它吓哭，还有大人被它咬伤。

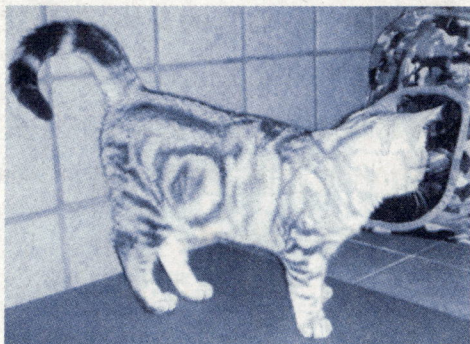

话说有一天，老帅在院子里晒太阳，阿康大摇大摆地走过去，用鼻子嗅了嗅老帅的屁股，汪汪大叫。包括阿康在内，大家都以为老帅一定吓得大叫一声，蹿上旁边的大柳树。可谁也没料到，老帅霍地站了起来，转向阿康，腰向后弓，前爪和头紧贴地面，浑身的毛都竖了起来，老虎一样金黄色的眼睛逼视着阿康。阿康一愣，慢慢地向后退了几步，转身就跑……

自此，阿康见了老帅，总是一声不吭远远地绕着走，而老帅依旧在院子当中旁若无人地晒太阳，一副唯我独尊的派头。

无数个春夏秋冬过去了。我也渐渐地长成了大姑娘并且考上了大学，老帅明显地衰老了。皮毛发涩，眼睛也不像先前那样炯炯有神。它终日眯着眼睛躺在窝里或是卧在暖气上，好几个小时一动不动。那天我平生第一次抚摸了它，它没有一丝反抗，我却没有胜利的

喜悦,反而觉得有一滴泪在心中滑落。

老帅的大牙掉了,这颗曾撕碎过无数只老鼠皮毛肌骨的大牙终于光荣退役了。老帅甚至连软软的熟肉馅都吃不了。每天,奶奶把装牛奶的碗放在它的窝前,希望它能多喝一点,再多喝一点……

最后一个早晨,老帅早早地起来,像往常一样把奶奶叫醒。奶奶亲了亲几天没动的老帅,轻轻地为它打开屋门,老帅步履蹒跚地走了。

老帅再也没回来。猫和人一样重感情,它不愿意主人看到自己已死的样子和僵直的身体,不愿意主人为自己伤心,因此躲到无人注意的地方独自死去。

那时候老帅18岁零5个月。

它在我心里一直保留着威严的样子,我一直怀念着它。

宠养提示

怎样照顾老猫?

就像照顾老人一样,主人对于老猫的照料应该更加细心。

老猫的代谢速率较慢,因此对于能量的需求较少,主人如果仍给它喂幼猫或成猫饲料,或者猫罐头,很可能会造成痴肥的现象。另外,老猫也没有足够的能力来代谢或排泄过多的蛋白质代谢物,应降低食物中脂肪的含量,以限制热量的摄取。老猫应该适度地增加维生素 A、B_1、B_2、B_{12}、E 的摄取,应稍微限制磷的摄取,以减少肾脏的负担。

如果有条件,最好选择特别为老猫设计的饲料,老猫的嗅觉及味觉都会变得不够敏锐,因此这种饲料必须是高品质、富含所有营养素

及口味佳的饲料,喂食的方式最好采取少量多餐,以弥补消化吸收功能的不足,突然更换饲料常常会引起老猫呕吐及下痢,充分新鲜的饮水更是不可少的。

牙齿保健对于老年动物特别重要,猫特别不能忍受口腔疼痛及疾患,会导致食欲废绝、渴感缺乏、脱水以及嗜眠。主人可经由宠物医生推荐,采用不同的方法,如犬猫专用牙刷、牙膏等产品,并给予干饲料。

老猫更应该每日定时刷毛,不但有助于皮毛的健康,也有助于防范异常行为的发生。很多人认为老猫不需要每年定期的预防针注射,这是相当错误的观念,因为免疫能力会随着年龄而日益下降,因此每年的预防注射是必需的。

花狼

> 我就那么矛盾重重地喂它、呵斥它、疼它、恨它,企望它少一点兽性,有一点人性。有时候,看着它躺在我的车下避暑或在草地上蜷缩着过夜,我就原谅了它的种种错误。

去年冬天,一只黑白花的流浪猫来到我家门口叫,我家养着两只猫——闯闯和闹闹,急急地跑向门口去呼应它的问候,看来很想交它这个朋友。不过它叫叫就走了,好久没有出现,我也没怎么在意。

第二年春天,它开始频繁地拜访了。

我就在院子里给它准备猫粮和临时宿舍,但我没有收养它的计划,我家已经有两只猫需要照顾了,再说,流浪猫那么多,我收养不过来,而且也不知道它是否有病,我一直把它和我的咪咪们隔离着,至少是一个纱门。

花狼是我给它起的名字,因为它是黑白相间的花色。另外,它像狼一样独立,一样充满了兽性。

花狼很瘦,是雄猫,没做过手术,我不知道它有多大,也不知道它是不是别人抛弃的。它一开始就被我家的闹闹接受了。我很奇怪我家闹闹的择友标准,我看见过非常漂亮的流浪猫在我家门外叫,我家闹闹也在叫,用一种很恐怖的声音,歇斯底里地吼,而且身体弓起,全身的毛炸开着,像盛开的菊花,看样子要和人家拼个你死我活。但花狼来就不同了,我家闹闹拼命地挠门,挠纱窗,就想出去和它玩。

闹闹本来是只雄猫,而且我已经给它做了节育手术,因此,闹闹对花狼的友好完全是出于友谊而非爱情。闯闯对它也比较友好,但缺少闹闹的热情,往往是在一旁看着它们追逐打闹,最多是跟着玩上一小会儿,它们在一起玩的时候不多。

后来,我发现花狼真的有病,而且还特别厉害。发现病,是在我的咪咪们身上,起的是红色的丘疹,痒、出血。在没有接触它之前,我的咪咪们都是好好的。

不久,我也开始跟着倒霉了。那天,我抱过花狼,才把它放下,它上来就是一爪子,气得我当时就把它打跑了。事后我去打狂犬疫苗,那针很疼,打在胳膊上很难吸收。它抓我的伤口一个星期才好,我家的咪咪们在我给它们洗澡的时候偶尔也会抓我,最多是伤口出血,但不肿。更加倒霉的是,当天我带着伤胳膊上班,单位的同事为了表示友好,在我的臂上拍了一下,我"嗷"地一声惨叫!把办公室里的同事们吓了一大跳。

当花狼再次来找我，看着我不住地哀鸣，我依旧忍不住心软。我告诉家人都远离它，自己却去给它加粮加水，并企望它良心发现，不主动攻击我们。结果失望的总是我，只要看着我要离开，它就忍不住伸出尖利的爪子。

我就那么矛盾重重地喂它、呵斥它、疼它、恨它，企望它少一点兽性，有一点人性。有时候，看着它躺在我的车下避暑或在草地上蜷缩着过夜，我就原谅了它所有的错误。我会为它准备好每天的猫粮和洁净的饮水……天热了，我会打开门，让它进来，在屋里躲避火辣辣的太阳。但这样的结果是它老不请自入，只要我出入小院，它就迅速地蹿进来，抢夺闯闯和闹闹的食物。它好像老觉得我喂它们的不一样，非要吃屋子里的，哪怕外面它的食碗里有。

后来，我决定不让它再进家门，因为它越发得寸进尺。那天我们出门，我锁上外面塑钢门，让它睡在门斗里的藤椅上，回来却发现它和闹闹正躺在我的床上——它会扒开纱门进屋了。以后最经常发生的是我们斗智斗勇，我要迅速地开关门，把它阻止在门外，还不能让它抓到我；它要在我开启门的刹那，从我脚下溜进来，蹿进我家床底下……

它后来的行为让我非常痛心，并最终下决心不再喂养它。那天邻居阿姨来告诉我，别再喂花狼，她为外孙女养的三只小兔，都被它吃了！第一只被全吃光了，只剩了肠子；第二只被咬掉了鼻子，当天就死了；第三只被咬掉一条腿。阿姨的血压为此高了好几天。

我答应了阿姨的要求，不再喂花狼。但我食过好几次言。一次是我看见它瘦得皮包骨地摇晃着向我走来，我的心就软了。我对它，

也对自己说:"这是最后一次喂你,谁让你吃其他的动物!"再一次是我看见它在雨中,看着我家的小院积水,不敢过来,我就出去把猫粮放在它跟前。最近两次是它被人打断了左前腿,我心疼得忘了一切,又把家里咪咪的餐具拿了出去,放在门斗里,并让它在那里避雨。花狼好像也知道它不受欢迎,吃完就知趣地走了。

我感觉它仿佛是一个流浪的、叛逆的小孩,也想得到温情、想得到关怀,可是吃了太多的苦,对任何人或事已没有了信任,可它自身矛盾重重……为了保护自己而去攻击别人,同时又耐不住内心的寂寞去寻找别人的呵护……

几个月都没有看见花狼了,直到有一天我在院子里听到邻居阿姨说,它可能不在了,以前它偷吃过别人家的金鱼,人家一直说要打死它。

我听了,眼泪在眼眶里开始打转。我赶紧回到屋里,让忍了半天的泪痛快地流下来。我不恨那些打死它或准备打死它的人,谁让它那么残忍,非要去伤害其他的生命,但我也心酸,毕竟它也是一条生命。生存并更好地生存,是生命的本能,人又何尝不是这样呢?

宠养提示

怎样改掉猫抓咬人的习惯?

很多家养的小猫咪快满两个月的时候,看到人就抱着又抓又咬,尤其是公猫,更加厉害。究竟为什么?其实也难说清楚,反正幼猫在发育期间,都喜欢玩狩猎抓跳的游戏。如果猫猫没有其他猎物可以玩的话,就只好玩你啦!

解决的办法是帮猫猫买些玩具,如磨爪用的地毯组合,吊起来的

小球，会动的玩具鼠之类，让猫猫玩玩具累了，自然没精神抓你玩了。

另外还应该帮猫猫剪指甲，避免指甲勾到或是抓伤人。

假装叫痛也有效果，猫猫抓你的时候就大叫痛，然后不要理它，别跟它玩，大部分猫猫不喜欢弄痛主人，注意到主人不高兴，就会小心而不去弄痛你。或者干脆不理它，让猫猫意识到玩得太疯，所以主人不高兴了。

另外，如果遇到比较恶劣的猫猫，也可采取喷水的办法，就是当猫猫要扑咬你的时候，拿准备好的水枪或喷水器喷猫猫水，几次后，猫猫就不敢再扑咬你了。

鹦鹉红娘

> 将鹦鹉拿回了家，心一阵阵发酸的亮子情不自禁地又冲鹦鹉说："甜甜我爱你。"不料鹦鹉马上也开口说："我要你亲口说，我要你亲口说！"

转年就30的人了，亮子还一直没有女朋友，爹妈着急，每周都要打电话过来询问。其实亮子也着急，可是这事情得看缘分，哪里是能强求得了的呢？

这一天亮子下楼，正赶上楼下有人搬家，搬进来的姑娘那叫一个漂亮！亮子瞟了一眼，眼睛就直了……

后来经过打听得知这个女孩叫甜甜，而且没有男朋友！得知这个消息，亮子这个美啊，决心不论付出任何代价也要追到甜甜。

可是怎么表白呢？人家会不会喜欢我呢？万一我说了人家不同意，住得这么近以后多尴尬呀。对于如何表达爱，亮子绞尽了脑汁。

亮子终于想出了好策略，决定双管齐下。一方面主动进攻，去甜甜家假装问问是不是停电了，过一段时间再找借口说正炒菜没盐了借点盐，再过一段时间假装写文件遇到了困难，问甜甜有没有工具书……

另一方面，他到宠物市场买了一只鹦鹉，在家里一遍遍地对它讲："甜甜我爱你！"

几个月后，亮子回到家，一开门，鹦鹉突然开口冲他说了一句："甜甜我爱你！"

"哦耶！"几个月的心血没有白费，鹦鹉终于学会了这句话！亮子就等着这一天呢！

为了让鹦鹉能顺利地完成使命，亮子又开始了巩固训练。后来，终于练到了亮子一给它食物，鹦鹉就不停地说："甜甜我爱你！"

这时候，亮子通过不断地创造机会和甜甜接触，彼此的了解也增强了很多。他越来越喜欢甜甜了，看得出，甜甜对他也挺有好感，起码不反感。

现在万事俱备，就差东风了。

这一天，亮子最后一次给鹦鹉喂食，听到鹦鹉又一声清楚地说"甜甜我爱你"后，亮子决定行动了。

他压抑着内心的激动，装成很平静的样子来敲甜甜的门，谎称自己要出差几天，没办法照看鹦鹉，希望暂时寄养在甜甜家里。

"好的好的，我也很喜欢小鸟的。"甜甜高兴地接过亮子手中的秋千架，将鹦鹉提到自己屋里去了。

亮子兴奋极了，他想甜甜只要给鹦鹉喂食，鹦鹉就会出其不意地说出一句"甜甜我爱你"，甜甜一定会想到这是亮子教它的，也就明白

亮子的心了。

亮子在外边躲了 3 天，也煎熬了 3 天，终于忐忑不安地回到了家。没想到，他还没去甜甜家，甜甜就来找他了。亮子激动异常：肯定是甜甜听了鹦鹉说的话，知道了亮子的心，就迫不及待地来见他了。

不料甜甜却告诉亮子一个不幸的消息。他把鹦鹉放在甜甜家后刚走不一会儿，甜甜家养的那只宠物狗就扑过去一口咬住了秋千架上的那只鹦鹉。由于鹦鹉的脚被小铁链拴在秋千架上，想飞也飞不了，只有扑打翅膀挣扎着。甜甜听到声响跑过来看时，那只鹦鹉已经被小狗咬死了。

亮子大失所望，他倒不是十分心疼那只鹦鹉，而是自己精心设计了差不多半年的求爱计划彻底破灭了！

亮子表面上对甜甜说没关系，让她别在意，可他心里简直恨死甜甜家的那只狗了。看到那只浑身雪白的宠物小狗还大摇大摆、满不在乎地在甜甜家门口玩，亮子一狠心，想了一个主意。

第二天，他剥了一只小火腿肠，将几天前买的一包老鼠药一粒粒按到了火腿肠里，趁人不备，扔给了那只小狗。小狗闻了闻没觉出异样，就津津有味地吃了起来，不一会儿就将那根火腿肠吃光了。

几个小时后，天黑了。亮子听到外面有哭声，他出来一看，见是甜甜。她抱着那只雪白的小狗在哭。亮子心中一惊，但还是故意问甜甜："怎么啦？"

"我的狗生病了，我也不知道是什么病……"甜甜一边哭一边说。

看到甜甜那样伤心,亮子忽然后悔自己的做法了。小狗虽然咬死了他的鹦鹉,但那怎么说也是一个畜生呀,而他作为一个人,干那偷偷摸摸的事就有些不光彩了。

想到这里,亮子过去抱过甜甜怀中的小狗说:"我带它去医院!"

亮子急急忙忙将那只狗抱到了宠物医院,告诉医生它不小心吃了鼠药。幸亏及时抢救,小狗才没有死,亮子守在宠物医院连续两天,经过治疗后的小狗又恢复了往日的活泼。

亮子从医院把小狗抱回来去还给甜甜,甜甜高兴地对他连声道谢:"你心眼真好,对小狗都这样好,对女朋友肯定会更好……"

"我……我还没有女朋友。"亮子有些尴尬,不好意思地小声说。他怕甜甜再问下去,自己会露出破绽,就赶紧告辞要走。

"等等!"甜甜突然叫住亮子。亮子吓得一哆嗦,以为甜甜了解了自己"迫害"小狗的底细。

但甜甜却进到里面屋子里,再出来的时候拿出亮子那个秋千架,架上站着亮子那只鹦鹉!

"你不是说它被小狗吃掉了吗?"亮子惊奇地问。

"你这只鹦鹉张口胡说八道,我真恨不得让小狗吃了它!"甜甜沉着脸嗔怒道:"快把它拎回去吧!"

原来这只鹦鹉圆满地完成了亮子安排的"任务",对甜甜说了"甜甜我爱你",但却没有感动甜甜,反倒惹她不高兴了。

看来自己是单相思了,精心设计的"求爱行动"宣告失败。

将鹦鹉拿回了家,心一阵阵发酸的亮子情不自禁地又冲鹦鹉说:"甜甜我爱你",不料鹦鹉马上也开口说:"我要你亲口说,我要你亲口说!"

亮子大吃一惊,但他马上又惊喜起来:怪不得甜甜假意说鹦鹉被小狗咬死了,原来是想先不还给他,而自己偷偷训练鹦鹉说这句

话呀！

亮子激动得直想亲吻鹦鹉！他跳起来冲出屋去，向楼下的甜甜家奔去……

宠养提示

鹦鹉喂养时应该注意什么？

饲养鹦鹉是件乐事，看见爱鸟尽情享用它的食物，作为主人也会感觉很享受。然而很多鸟友都容易犯以下的错误，使得鸟儿出现状况：

1. 过量喂食幼鸟

担心幼鸟饥饿而过量喂食。在自然界中，鸟父母必须轮流外出觅食来哺育雏鸟，雏鸟不能被喂到嗉囊满胀，因此雏鸟的喂食应该采取少量多餐的模式。而且喂食之前，应先确定上一次喂食的食物均已消化完毕，避免旧食物的积留、发酵而造成嗉囊炎。

2. 只喂食葵瓜子

一般而言，鹦鹉类都喜爱享用葵瓜子，多数鸟友便以此为它的唯一食物，殊不知这会减少鹦鹉采食的乐趣与能力，而且只喂食葵瓜子容易导致营养不均衡。另外，葵瓜子富含脂质，容易导致肥胖方面的疾病。

3. 饲料保存不当

饲料保存不当而导致食物变质，甚至产生毒素。鸟友不察觉而继续喂食，爱鸟当然会出问题。所以建议依照饲养的数量来选择饲料，要注意保质时间，将饲料储存于干燥、甚至冷藏的环境。

市面上有很多种鹦鹉食品，都要花不少钱，什么食物经济实惠又适合鹦鹉呢？

1. 水果类。如苹果、柳橙、番石榴、木瓜、莲雾等。

2. 蔬菜类。叶菜类蔬菜可尝试,另外,胡萝卜也是不错的选择。

3. 主食类。如煮熟的米饭、吐司、面包等。

一夜一天的缘分

> 猫儿依偎在我的怀里,它的依赖被我当成了默许。抚摸着它的绒毛,我觉得它已经是我的财产了。当时我没有想到,我和它的缘分只有一夜一天。

从未想过要养宠物,可是那天我在朋友家见到了两只可爱的小猫,占有它并成为它主人的欲望却如此地强烈。

那两只小猫是朋友刚买来的。当时纸箱子还没有撕开密封,一只小脑袋正在拼命向外挣扎。朋友急忙地展开里面的布袋,一个雪白的小脑袋立刻伸了出来,粉红的小鼻子拼命地吸着气。另一只则拱着它,求告般传出"呜呜"的声音。

这一只小猫气喘匀了,就主动缩了回去,另一只跟着探出头来。也是一样的雪白,淡蓝色的小眼睛有些忧郁,同样潮湿的小鼻子拼命地吸着。

布袋口不大,这两个小家伙倒还懂得谦让,它们两个可爱的样子逗得我们哈哈大笑。

为了让它们都能获得充足的空气,我们连忙把两个小家伙从纸箱中解救出来,两只雪球样的小生灵出现在我们眼前。一对小波斯

猫！它们两个怯生生地在灯光下眨着眼睛。最后，它们伸出小爪子向前试探，身子挤在一起，相互望望，又同时向前迈了一步。

从它们的神态中可以看出一种信任和亲密，看来是出自于一母同胞。我满怀欣喜地抱起其中的一只。它柔软的小爪落在我的手臂上，鼻子嗡动着，像是有些紧张。但它很快就安静下来，只是清亮的眸子不时地扫向另一个方向，寻找它的伙伴。另一只也眼巴巴地盯着它，不时摇一下尾巴，像在打招呼。

当朋友说如果喜欢可以抱走一只时，我立刻欢天喜地地答应了，我承诺一定将小猫养好！猫儿依偎在我的怀里，它的依赖被我当成了默许。抚摸着它的绒毛，我觉得它已经是我的财产了。当时我没有想到，我和它的缘分只有一夜一天。

当我把选中的猫儿重新放回纸箱时，两只小猫同时开始反抗了！首先是这一个不愿意进去，拼命往外爬；外面的则摇摇晃晃地想进去。看得出，它们是要在一起。我按住里面的那只猫，迅速盖好盖子，它叫起来，声音凄惨，生离死别似的让人难受。一咬牙，我抱起纸箱转身就走，任凭它在里面挣扎呼唤。

没想到进家后一开箱子，我就遭到了猫儿狠狠的一爪，它咬牙切齿，像个小凶神恶煞。不仅如此，它还趁着我清洗伤口的机会，蜷缩到了一个角落里，瞪着警惕的眼睛盯着我的一举一动。

我还以为它会信任我，但是没有想到它消失得这么快。我唤它，哄它，拿出鱼来引逗它，它只是拼命地向后缩，逼得紧了，还扬起小爪子来示威。那么小小的一只猫，全身的毛居然全都竖了起来，敌意太明显了，几乎让我想到武侠小说里的高手，浑身都是杀气。我叹了口

气,心想过几天它明白了我对它的爱就好了。

晚上关灯以后,我却无法入眠。它在房间里不停地跑动,跑几步叫一声。开始时声音很大,渐渐地就弱了哑了,却更显得如泣如诉,叫得我的心一阵阵紧缩。天色微明的时候,它终于睡着了,依然缩在角落里,前爪微微蜷着,像是随时准备进攻。我把鱼放到离它不远的地方,希望我不在的时候它能安静下来并吃点东西,在我回来的时候回心转意。

下班一开门,眼前的一切让我失望:猫儿骤然瘦了一圈儿,盘子里的鱼竟然一口都没动,它的毛失去了光泽,身体显得更小了。眼睛大了一圈,眼神却黯淡无光。有人说猫是水做的,只一夜一天,它已经是一只失去水分的精灵了。可是一见到我,它的爪子又动了动,开始处于高度防范状态。

对于这样一个固执的小东西,我能怎么样?我立刻打电话给朋友,告诉她我必须把猫送回去。

这就是我和猫儿产生的唯一一次缘分故事。甚至还没来得及给它起名字,我就在它坚毅的个性和渴求的目光下妥协了。猫是倔犟的,这种倔犟在强大的人类眼中似乎有些好笑,但面对猫的坚持,我除了妥协,还能做些什么?

宠养提示

如何让猫不认生?

要想让猫不认生,经常抱它,和它玩是非常重要的。

从幼年时期开始就经常被人抱,经常和人一起玩的猫会喜欢和人亲近。但也不要让猫觉得厌烦地老是抱它,不要勉强抱猫。

有时和猫一起玩,给它投球啦,或者一边逗它一边抚摸它,进行肌肤交流。如果主人是单身生活或家庭成员较少,也可经常让喜欢猫的朋友到家里来玩,让猫体验一下与陌生人的交往。

如果主人是单身生活,白天只有猫在家的情况下,回家后与猫进行肌肤交流就显得更为重要了。也可以在出门的时候,使用录音电话跟猫谈话,使它习惯于人的声音。

家有咬人狗

> 每逢元旦,妈妈总会给每个被波波咬过的人送去一份礼物以表示歉意,最后这个送礼物的名单上竟然有了四五十个名字。

妈妈这一生养了20多条狗,其中一条名叫"波波"的黑斑狗,给我们家惹的麻烦比其他20多条狗加在一块儿还多。

确切地说,罪魁祸首的黑斑狗其实并不是我的狗:那年暑假我从姥姥家回来就发现弟弟趁我不在把它给买了回来。这条狗高大结实,脾气火暴,一举一动仿佛都认为我不是这个家庭的一员。

作为家庭一员,稍微有点好处就是被波波咬的概率要比陌生人少些。可能也知道妈妈对它好,这么多年来它谁都咬过,就没咬过我妈妈。

我们家那时候住平房,有段时间忽然闹起了耗子,谁家都没有见过像我家这样的老鼠,好像受过训练一样,到处乱窜,如入无人之室。

可气的是,波波对此袖手旁观。一天晚上爸爸从饭店吃饭回来,把装有残羹冷炙的盘子摆在厨房的地上,指望耗子们吃得酒足饭饱之后不要再到别的屋子里去。

波波跑到厨房和耗子们待在一起,趴在地上,自个儿"汪汪"个不停,好像在给耗子们助兴。爸爸趁上厕所的时候顺便到厨房里去了一次,看看情况如何。只见波波趴在那儿睡着了,把耗子忘得一干二净,耗子们还在那里大吃特吃。这可把他给气坏了,这时老鼠开始追爸爸,情急之下他煽了波波一耳光,波波竟朝他扑上去,然而扑了个空。它马上感到很内疚,妈妈说,它总是在咬了人之后感到内疚。可我们弄不清妈妈怎么会知道这些。它看起来可一点也不。

每逢元旦,妈妈总会给每个被波波咬过的人送去一份礼物以表示歉意,最后这个送礼物的名单上竟然有了四五十个名字。没有人明白我们为什么不除掉这只狗,我自己也搞不清,为什么一直留着这个祸害。我想有两三个人曾企图毒死波波,它这么难以驯化的秉性确实让人讨厌,可波波活了将近11年之久,它甚至在老得快走不动的时候还咬伤了上门找我爸爸打麻将的老王。我妈妈很讨厌这个老王,总找爸爸打无聊的麻将,妈妈于是劝慰自己说,波波咬他咬得对:"波波都把他看透了。"

我们总是轮流往好的方面调教波波,可总无济于事。它从未脾气好过,即使在饕餮大餐后,谁都不知道怎么回事,不知道是什么在作祟。波波脾气总是暴躁,尤其是早晨。

弟弟一次发现波波正心神不定地嚼着晨报,便生气地随手拿了一个柚子砸了一下它的脸,然后没管它就来到餐桌前吃饭。波波纵身一跃飞过餐桌撞到了椅子上,接着立刻回身一扑终于逮住了弟弟,并在他腿上狠狠来了一口,然后就此停手,它从不咬第二口。妈妈总拿这一点来为它说好话:她说它是个急脾气,可从不记仇;或许它身

体总不舒服;它身体不壮……可是,谁都能看出,它也许身体不舒服,可壮得出奇。

一天早晨,波波轻轻咬了我一口,我弯腰捉住它又短又粗的尾巴把它提到半空。那纯粹是逞匹夫之勇,真不知道我当时是怎么了,我只知道确实是被它气疯了。我只要揪着尾巴把它提离地板它就拿我没辙,可它猛烈地扭摆着身子,不停咆哮,我明白自己这样坚持不了多长时间。于是我把它送进厨房扔了进去,然后关上了门,这时它不停地撞门。

粗心的我忘了厨房还有后门。果不其然,波波从后门冲出来,与我狭路相逢在客厅里。慌不择路的我赶紧爬到电视柜上,可这个可怜的电视柜未能支撑住我的分量,随着一声巨响,连同电视、电视柜上的小零碎以及我自己全部砸到地上。波波被这声巨响吓了一跳,当我站起来时它已经不见了。我们又是吹哨又是大喊大叫,可到处都找不着它。

晚饭后,隔壁家的王大妈到我家来串门,我们正和她聊着找不到波波——这时她刚刚坐下来,就听到波波"嗷嗷"一叫,张牙舞爪地从躲藏多时的沙发下面跳出来,照着王大妈的腿就咬了一口。妈妈检查了伤口,擦了碘酒,并且告诉王大妈只是小伤:"它只是撞到了你,明天我带你去打疫苗就没事了。"王大妈气急败坏地走了,以后再也没有登过我们家的门。

被波波咬过的人很快形成了一个联盟,不时有人给爸爸或者妈妈出主意解决了这条咬人的狗,省得再给别人找麻烦。可妈妈总是说不是波波而是那些被咬人的错。"它冲过去,他们就尖叫起来,"她解释说,"这让它受了惊。"后来大家对妈妈的娇

宠实在没辙了，就建议把狗拴起来以保证大家的安全，可妈妈说以前拴起来过，可是它什么也不吃，这样可能会被饿死的。

在波波最后的岁月里，它几乎整天待在户外。它不喜欢待在屋子里，也许那儿对它来说有太多不愉快的回忆。总之很难把它弄进屋子里来，因此垃圾工、送蜂窝煤的人、卖小吃的人都不愿靠近我家的房子。我们不得不把垃圾送到很远处的垃圾站，为买蜂窝煤来回奔波，而嘴馋的弟弟还得在一条街以外去等卖糖葫芦的人。这样持续了一段时间之后，我们摸索出一个天才的做法哄这条狗进屋，然后把它锁起来，这时就可以让人来我们家进行必要的往来。波波只怕一件东西：雷雨，打雷会把它给吓得魂飞魄散，它会冲进屋，躲在床底下或者衣橱里。于是我们用一块一头有个木把手的长长的薄铁片做了个"打雷机"，每当想要波波进屋，妈妈就使劲地摇。它对雷声模仿得非常完美，可我猜想这也许算是有史以来最为烦琐的家务事了，它着实让老妈费了不少心思。

波波死前几个月里，它得"把一切再看一看"。它慢吞吞地从地板上撑起来，低声嘟哝着，迈着跛腿漫无目的地挑衅，有时目标就是来访者。一次一个推销员被波波折磨得歇斯底里。波波就像追随鬼魂一般跟着这个推销员进屋。它的双眼正好盯着推销员左边的一个地方，那人直到波波慢慢走到离他还有三步远的地方终于按捺不住大叫起来。波波犹豫不决地绕过那人进了门廊，独自呜咽着，可推销员还是叫个不停。

波波在一天晚上非常突然地死去了。我和妈妈把它埋在我家后园子的葡萄藤下，我执意要给它像人一样立一个墓碑，妈妈说在后园子里这样看起来太恐怖，在征得妈妈同意后，我把一块光滑的木板立在孤零零的波波的坟前。在木板上我拿铅笔写道"当心此犬"。

现在想起来，我依然认为这是一个颇为经典的墓志铭，因为它朴

素而又不失波波的尊严。

宠养提示

如何改掉狗咬人的坏习惯？

狗在同人类生活前处于野生状态，撕咬对它来说是生存的必要手段。它们通过这种方式来守护自己的势力范围，并且使弱小的动物屈服于它们。

狗和人类一起生活，有精神压力或恐惧心理时还是会咬人。狗把人咬伤是很危险的，所以应该从小时候就告诫它，咬人是一种不被允许的事，并让它明白主人才是更强的一方，培养它的顺从意识。

当发生狗咬主人的情况时，要注意养成以下习惯：

1. 严厉训斥它

爱犬咬人后要马上训斥它，或是托着它的下巴训斥，或是将杂志卷成筒向地板上敲、发出大声音来恐吓它，这些都是很有效的方法。纵容狗向主人撕咬会养成咬人的恶习，应该及时告诫它咬人是不对的。

2. 当狗安静下来后要夸奖它

训斥完，狗受到惊吓会安静下来，这时应该及时夸奖它。

有时狗见到陌生人会因警戒或恐惧心而咬人。这时可以请朋友帮忙，训练狗习惯与生人接触。当发生狗咬陌生人的情况时，除了要严厉训斥外，也要注意养成以下习惯：

1. 让朋友喂给爱犬食物

让朋友喂给爱犬食物时，要让它看见食物是从主人那里递给朋友的，这样可以让它明白，这个人是主人所信赖的，并不是危险人物。

2. 一同夸奖它

吃了朋友喂给的食物后,两个人一同夸奖它,这样就能让它逐渐习惯与生人接触了。

猫的爱情唤醒了我

小虎的举动又让我吃了一惊,它纵身一跃跳上了我家的窗台,窗台很窄,几乎站不下两只脚,小虎死死地抓住纱窗,再一跃跳到我家的旧空调交换机上,它和丫丫的距离更近了,它们几乎贴在了一起,丫丫昂着头尽量贴近小虎,还伸出一只手轻轻地想要抚摸小虎,小虎更是尽力地把脸贴过来,那情景简直无法形容,太感人了!

爱情,是多么美好的字眼!没养丫丫前,我对这两个字已经丧失了感觉,甚至达到了望而生厌的地步,但是我在亲眼见证了丫丫和小虎的爱情后,却对爱情有了新的认识……

几年前,我也曾有过轰轰烈烈的爱情,为了他我抛弃了家乡舒适的工作和他来到北京。5 年过去了,我们拥有了十几万的存款,我正想着结婚生子过幸福生活的时候,他竟然使一个女孩怀上了孩子!并且,卷走了我们所有的存款离开了北京……

我一无所有地留在了这个本不属于我的城市,爱情和男人对于我来说已经没有了任何意义,我还能相信谁呢?

后来因为寂寞,我收养了一只小女猫丫丫,与它相依为命,在它

身上投入了所有的爱。转眼丫丫一天一天长大,从一个无忧无虑的"小丫头蛋儿"变成了一个亭亭玉立的"大姑娘"。

"姑娘"已经到了多愁善感的年龄,因为找不到如意郎君,便整日整夜地叫,我知道它在闹春。可是因为各种原因我没有及时给它做绝育手术,一方面希望它能有自己的宝宝,一方面没有时间,怕手术后不能很好地照顾它,再后来丫丫被别人家的猫猫传染了猫癣,两个月的时间才慢慢康复。绝育手术便一拖再拖。这时候的丫丫已经一岁多了,洁白的毛如同漂亮的蕾丝礼服,一双鸳鸯眼,如两颗宝石镶嵌,端坐的时候像一个公主一般,高贵典雅。

那几天,房东已经给我下了逐客令,因为丫丫整晚整晚地叫,害得邻居们都不能入睡。房东限我一周之内必须搬走。

就在我着急找房子的一天晚上,丫丫溜了出去。早上我起床,刚打开一道门缝,丫丫就像个土匪一样"刺溜"窜进家门,我才知道丫丫整夜未归!丫丫在外面搞得好脏,白色的毛都变成灰的了,躺在地上跟我撒娇,我心疼地抱起它,它娇滴滴地轻声回应,我发现它的眼神特别的奇怪,有从未有过的温柔,还有一丝羞涩……

第二天,我回家给丫丫洗澡时,竟然发现小家伙身上有跳蚤!还好我有经验,抱着它慢慢摘取,又拿福来恩给它滴,可是让我奇怪的是,跳蚤是哪里来的呢？难道是……

当我关灯睡下,忽然听到了窗外一声猫叫。丫丫突然从柜子上跳了下来,两眼睁大,跳到窗前紧张地张望。我也赶紧起来查看究竟,原来有只猫想跳上我家的窗台。因为我的窗口很高,所以外面的那只猫跳了很多次都失败了,我站在床上仔细张望,外面的场景真的让我惊呆了,那只大猫改了路线,努力向我家窗口旁边的小平房屋顶上跳跃,屋顶很破旧了,那只猫因为抓不住瓦片屡屡失败,一次次狠狠摔下去。每跳一次,丫丫都紧张地抓住纱窗,每次摔下去丫丫就长

长地叫一声,仿佛在心疼地说:"算了,不要跳了……"外面的猫也叫着,却不放弃,一遍一遍地跳,一遍一遍狠狠地摔下去,我感动得眼泪都掉下来了,着急却又不知道怎么办好。

跳了十多次,这只猫终于抓住了一块砖,爬了上来,月光下我终于看见了它:矫健的身材,背上有黄色的虎斑,这个像小老虎一样的家伙,就是我家丫丫的白马王子么?半米远,它和丫丫隔窗对望,你一声我一声地叫,头一次觉得丫丫的叫声这么的好听,像一首幽怨的情歌……我犹豫要不要把窗户拆掉(因为是装着铁丝纱窗),脑海却想着,这个"小虎"应该是只流浪猫,否则丫丫身上怎么被染上了跳蚤?这个小虎会不会有病……矛盾的心理让我不能做决定,只能让它们就这样遥遥相望了。

终于找到房子了,交了订金,准备周末搬家,晚上我收拾到很晚,听见一声猫叫,哦!小虎(我在心里已经这样称呼它了)又来了,这已经连续三天,每天晚上如约而至,先是奋力地跳上来,然后就卧在对面的屋顶上,痴痴地望着我家丫丫,丫丫也凑在纱窗前,忧郁的双眼凝视着它的心上人。小虎可能从来都没有见过这么漂亮的猫,瞧丫丫的眼神,是那样的痴迷。

"可是明天我们就要搬走了,丫丫你可能再也见不到它了……"我喃喃地说,丫丫的爱情就要失去,而我对爱情的感觉却慢慢有所萌动。

突然,小虎的举动又让我吃了一惊,它纵身一跃跳上了我家的窗台,窗台很窄,几乎站不下两只脚,小虎死死地抓住纱窗,再一跃跳到我家的旧空调交换机上,它和丫丫的距离更近了,它们几乎贴在了一

起，丫丫昂着头尽量贴近小虎，还伸出一只手轻轻地想要抚摸小虎，小虎更是尽力地把脸贴过来，那情景简直无法形容，太感人了！

一会两只猫都卧下睡了，丫丫已经好几天没有怎么睡过了，现在在窄窄的空调上，隔着纱窗，丫丫和小虎居然一起睡得那么香，那么安心……

我实在是看不下去了，要把纱窗拆下来让小虎进来，可是我一动，小虎就紧张地跳了下去，那么高，我猜它一定摔得很痛，我到底还是把纱窗拆了，还在窗边放了些猫粮，抱着丫丫等了一会，它没有来。我怕丫丫跑出去，又把纱窗放上去，过一会它来了，我一拆纱窗它又跳下去……就这样，由于小虎对我的不信任导致了和丫丫永远的分离……第二天一大早我带着丫丫离开了这里，离开了这个让我，也同样让丫丫伤心的家。

过了几天，我接到邻居女孩的一个电话，她告诉我，我搬走以后的这几天，每天晚上都有一只大猫在我家窗前叫，整夜整夜，赶都赶不走……

搬到新家后第二天，我就带着丫丫去做了绝育手术，残忍是残忍了些，但这是无奈的选择。我在心里对丫丫说：妈妈对不起你。但如果下辈子你还能遇见小虎，妈妈答应你，无论如何都要你们在一起……

这件事情之后，爱情这两个字眼，又在我心中变得鲜活起来了，我再一次相信这世上存在着属于自己的真挚爱情，至于何时得到，只不过是早晚的事情。

宠养提示

猫咪绝育手术的常见问题

给猫咪做绝育手术对猫咪本身是大有好处的。不仅可以减少疾病发生,还能让猫咪从因发情而引起的紧张、烦躁、食欲下降的情绪中摆脱出来。最重要的是,可以避免盲目繁殖,控制流浪猫咪的数量。

最好在猫咪生理成熟之后,约 6~8 月龄施行绝育手术。绝育手术所需时间,女猫约需 40 分钟,男猫 10 分钟即可完成。

至于住院与否,需要看动物手术完成后的情况而定,若主人不担心自己的猫猫伤口感染,回家后仍能给予很好的照料,那在猫猫手术麻醉恢复后即可出院。一般来说,男猫手术后当天就可以恢复。女猫的恢复期大概是 2~3 天。绝育手术的痛苦比起猫咪频繁发情而造成的精神和身体上的痛苦实在是小得多。

绝育后的猫咪会有如下的变化:

1. 因为不再受激素的困扰,会从烦躁、紧张的情绪中脱离出来,恢复到以前那种天真、快乐的状态中。

2. 不会再因发情而走失,避免了主人和猫咪的双重痛苦。

3. 需要注意的是,因为生活安逸,没有烦恼,猫咪会略微发胖。不过大多是从因发情造成的消瘦恢复到正常体重。另外,不要在手术后给猫咪喂大量的营养品,这样也会造成猫咪的发胖。

鸭少爷

混血儿的忍耐力大概到达了极限,这一次竟然一边叫嚷着一边咬起我来了,它咬住我的裤角不放口,一口不解气,就咬第二口,而且你越打我就越咬!我一看不行,这家伙今天是真急了,都咬到我的肉了,您别说,还真疼。这回反过来是我满屋跑了,它在后面追……

如今,养什么宠物的人都有,我就有只鸭子,像个少爷一样伺候着。

它长着长长扁扁的黄嘴巴,整个脑袋是黑色的,脖子是白色的,接下去的翅膀部分又是黑色,尾巴又是白的。我怀疑它可能是一只黑鸭子和一只白鸭子的爱情结晶,又让我联想到一个黑人和一个白人结合的产物——一个身上一道黑一道白的小孩……所以给它起了个名字叫"混血儿"。

混血儿很淘,没有不爱干的坏事,因为这个不知挨了多少打。

混血儿刚不大点儿的时候,养成了个坏毛病——吃垃圾。每每厨房里发出塑料袋响,肯定就是混血儿在那儿干坏事。每当这时候,我就拿起身边的抹布朝混血儿后背一顿敲打:"今天我非要把你打出个样儿来。"混血儿就没命似的张着翅膀满屋子跑,最后跑到床下不出来了。在床底下像个小可怜似的:"呱呱——别打了,我知道错了,呱呱……"后来,也不知道是真打出来了,还是明白吃垃圾不是什么

"大宅门的少爷"做的事儿，混血儿终于不再吃垃圾了。

可每次路过垃圾桶的时候，看见喜欢吃的黄瓜头儿、苹果核、好玩的鸡蛋皮和诱"鸭"的红红绿绿的包装纸，它还是想用扁嘴去扒拉扒拉。这时候我只要一叫：混血儿！可能是畏惧了抹布的威力，它保证一溜烟跑过来，还叫着："呱呱呱，我可乖了，别打，别打。"

混血儿就这点好，很服管教。可有时它觉得有理，你打它，它也不服呢！

玉米渣儿对于混血儿来说就像米饭、馒头对于我们一样，不一定喜欢吃，但什么也取代不了它们的主食地位。对于混血儿来说，虽然玉米渣儿没西红柿那么好吃，没有西瓜那么香甜，没有白菜那么爽口，也没有薯片那样难得，但关键时候还是棒米渣儿解决肚子问题。

周末大家起得都晚，早上没人给它"做饭"，混血儿可不干了。它满屋子地跑，叫着："呱呱、呱呱——我饿了，快给我做饭，呱呱——快点儿，快点儿！"

一看大家都没有起床的意思，它就干脆跑到厨房装粮食的柜子旁，自己下嘴叼上了。一听见塑料袋响，我以为它又在那里吃垃圾，赶紧飞身下床，拿起一块抹布，直奔厨房。

一见厨房满地的玉米渣儿我扑哧一下乐了，但还是挺生气，拿着抹布问它："你怎么自己吃上了？"

没想到，它这下可抓到理了，开始耍上了少爷脾气，对着我一通叫："呱呱、呱呱——怎么了，你不给我吃，我自己还不能吃了！"

"这还得了，以后家里没人，你还不把厨房给弄翻了，敢偷嘴吃，还是要打！"我举起抹布又一顿敲打。混血儿的忍耐力大概到达了极限，这一次竟然一边叫嚷着一边咬起我来了，它咬住我的裤角不放

口，一口不解气，就咬第二口，而且你越打我就越咬！我一看不行，这家伙今天是真急了，都咬到我的肉了，您别说，还真疼。这回反过来是我满屋跑了，它在后面追……

多亏我机灵，一下子跳上床，它在床下生气地大叫，叫得声嘶力竭，脑门上的毛竖着，一副怒发冲冠的样子，平时的乖模样不知道跑到哪里去了。

我暗自庆幸它跳不上床来，可我也不敢轻易下地。人被只鸭子制住了，真没面子！看来下次不能再打这家伙了，否则还真难收场啊！

鸭少爷，我算服你了，下次不敢再乱打你了！

宠养提示

如何饲养宠物小鸭子？

小鸭子是不喝水的，只能吃菜叶。菜叶和瓜果有农药残留，没有去皮的千万不要给小鸭子吃，它太小，没有人的抵抗力强，建议如果有熟的鸡蛋可以掰碎了给它吃，没有鸡蛋可以喂小米、大米，熟的豆类也可以，但不能太凉。还有去皮的瓜果切记要去掉皮，要切细点短点。

小鸭子天性好水，如果绒毛弄湿了，要快速用灯光，最好自然阳光，晒干身上的水，不然会拉肚子，抵抗力也会急剧降低。另外，小鸭子怕孤单，如果你只有一只的话，要多陪陪它，多抚摸它的头，让它在你的手里、怀里睡觉，感受到你对它的关爱和温暖，平等地对待它们。一般喂食要把食物放到干净的地上。同时家里有植物的话，一些掉下来的叶子它也吃的，当然你的植物不能有毒。

需要注意的是：两周内，不能让小鸭子直接接触水，只能在小米里和一点点，不然会死掉，因为小鸭子是不能碰水的。两周后，可用温水给它们洗澡，注意要快点用吹风机轻轻吹干。还有每两天要让它们游一次泳。

另外，喂水的碗要小一些，不然它们会以为是泳池，还会在里面大便，这样它们就不会喝那些水了。玩耍的话，可以带它们去晒太阳，让它们在小范围的草地里自己玩，还可以在那里拍手让它们追着你跑。

神仙龟侣

在确认周围没动静后，水盆里的蛋蛋慢慢爬到水盆的边上趴好，并把自己短短的尾巴甩一下，好像表示"准备停当"。笨笨这时候游过来，努力地爬到它身上，然后再往上爬，翻上水盆边沿。费了好大劲爬上去的笨笨还不忘回头看看自己的"垫脚石"，看样子像是在和老婆说感谢。

5年前，两只巴西彩龟下榻在我家的洗手池旁。刚来我家时，它们比五分钱硬币大不了多少。给它们起名煞是费了我一番心思。后来看着它们在水里伸着长脖子，晃着小脑瓜，左瞧右看笨手笨脚的样子，我当即决定给它们起名为笨笨和蛋蛋！对了，它们是一对神仙龟侣，笨笨是老公，蛋蛋是老婆。

蛋蛋活泼好动、性格泼辣。都说巴西龟懒散，动作缓慢，那蛋蛋绝对称得上是有个性的美女。它只要感觉有人俯着身子接近，不但不躲，反而从"房子"里探出头来，快速扒拉着4个小手掌，脖子探得老长，一对"芝麻眼"毫无怯意地盯着你，等着喂食。如果主人一直未有行动，它便会将头缩回去又伸出来，如此反复耍赖，直到你缴食投降。蛋蛋食量不大，但嘴很刁，像很多女孩子一样，饮食很挑剔，但是它的喜好又和一般的女孩子刚好相反：素食杂粮一律不吃，只吃荤的。所谓的荤食是红虫子，几条就够它一天的吃喝。吃饱喝足了就美滋滋伸长了脖子，手脚张开，大模大样很惬意地趴着。

笨笨堪称绅士中的典范，每次都安然享用老婆蛋蛋大快朵颐后遗留的残汤冷羹，就连蛋蛋常挥舞着小爪，在它身上踩来踩去也不动声色，真是"宰相肚里能撑船"啊，笨笨似乎与生俱来这样一种包容的王者之气，或者说是谦让老婆的大丈夫的气概！但是，笨笨对于自由的渴求，可是比蛋蛋更加强烈。只要有机会，它就沿着水盆向上爬，但总是摔得倒仰。

有时候，我也让它们在地上遛遛弯儿。它们常常先是缓慢地散步，你一个不留神，这两个小家伙就三步并作两步，连滚带爬地钻到阴暗角落里趴着做美梦去了。每次我都得费九牛二虎之力才把它们找到。这时候，它们往往已浑身沾满尘土，露出两只小眼睛冲你眨呀眨，小腿用力蹬踢着。为了严肃纪律，我干脆把它们放进盆里，关上十几天禁闭，让它们反省错误。

但是，以后的日子，我经常发现笨笨擅自离开自己的驻地，跑到外面的世界来。没有我的帮助，它是怎么跑出来的呢？我好生诧异。

后来，我经常静静地潜伏在它们的水盆旁边，观察情况。一次，我终于看到了它"越狱"的一幕：

在确认周围没动静后，水盆里的蛋蛋慢慢爬到水盆的边上趴好，

并把自己短短的尾巴甩一下，好像表示"准备停当"。笨笨这时候游过来，努力地爬到它身上，然后再往上爬，翻上水盆边沿。费了好大劲爬上去的笨笨还不忘回头看看自己的"垫脚石"，看样子像是在和老婆说感谢。

哦！笨笨一直向往自由，原来都是蛋蛋自愿当"垫脚石"帮忙逃出来的啊！真是一对恩爱的夫妻啊！

从那以后，我索性就把它们放在浴室里，让它们四处游走。它们喜欢躲在马桶刷下面，或许觉得那样比较有安全感。兴致来的时候，也会爬到外面认识世界。

一天晚上我准备洗澡睡觉，浴室里，笨笨和蛋蛋又躲在马桶刷底下开小组会议。我突然发现地上多出了一个白色的东西，看似虫子的外壳，一个拇指大，椭圆型。我吓得"妈呀！"一声，是白色的虫子吗？难不成又是什么新品种？我厌恶地看了一眼，然后用脚踢了一下。那东西滚开了，消失在视野中。

洗完澡，我刚要进入梦乡，突然听见妈妈的声音："乌龟下蛋啦！"我心里一喜又一惊，这下完了，乌龟蛋肯定就是我踢了一脚的那个东西！我的心猛烈地抽了一下，赶紧冲出房间，发现那个小东西安静地躺在妈妈的手心里。石头终于落地。

我拿起它，像宝贝一样仔细端详，乳白色的壳，稍许有一些透明，可以看出蛋清是淡橘色的。对着灯光照，发现蛋的中央有一个微微发红的球，那应该就是蛋黄吧。想着一个小生命也许正被孕育着，我就觉得内疚。那一脚，差一点……再认真检查了一下，蛋壳上确实有一条细小的划痕，应该是我的错。反过来想，我还在里面洗了半个小时，东踏西踩竟然没有弄碎这个小家伙！

· 116 ·

兴奋的我拿着小蛋徘徊，想寻求一些办法来安置这个小东西。放在盆子里？不对，乌龟不孵蛋。我忽然想到一本宠物杂志里有一期介绍海龟内容：雌海龟爬上岸，挖了坑，下好蛋，铺上沙，就走了……

很快，我将一袋子黄沙拎回家，把小蛋埋在里面，郑重其事地浇上水。我双手合十，期待着笨笨和蛋蛋的爱情结晶早日降临世间……

宠养提示

如何饲养乌龟？

家庭饲养乌龟可用缸、盆等器皿，如果有条件，最好在庭院内挖筑半水半岸的水池，这样更适合乌龟的生长。

乌龟可吃的食物很多，但主要食物是动物性食物，如小鱼、小虾、鱼肉、蚯蚓和各种水生小动物，也可适当间杂喂些米饭、面条屑、浸泡过的谷、栗、糠粉、菜叶、水果粒等植物性饲料，最好在植物性饲料中掺入少许含钙和各种维生素的片剂，使其生长得更好。

投喂食物，一般可 3 天投喂 1 次，投喂量可根据乌龟的大小酌情增减，一般可按其体重的 5%～10% 投喂，在春秋季气温适中、食欲较旺时适当增加。冬季来临之前，要比平时多喂一些，为其冬眠准备充足的养分。

投喂的食物要求新鲜，尤其是气温很高的夏季，动物性饲料容易受热变质，不宜喂隔夜的食物，寒冷的冬天，也不宜喂冰冻的饲料，防止发生消化不良等疾病。

在喂食过后，若发现有剩余的食物，要及时清除干净，避免污染

水质及其生活环境,这一点,在夏季尤其要注意。

　　饲养乌龟的用水,不宜过多过深,一般只需 2～3 厘米,与龟背持平即可。饲养中应根据水质的洁净程度决定是否换水,一般发现水质受到污染或混浊时即应换水。夏季时候,水应换勤些,冬天可少换,其冬眠时更不宜多换,而且换进的新水,应比平时的水温略高 2℃～3℃。从秋季开始降温时,就应将饲养的缸、盆放置在避风和有阳光的温暖处。对体弱有病的乌龟,寒冷时应将水加温至 20℃ 左右,给予保养。加温的方法,可用 100～150 瓦的白炽灯进行照射增温。

　　在乌龟冬眠时,不要让其全部浸在水中,应使它处在潮湿的沙土中,并给予 15℃ 左右的环境(不宜过高)。至翌年 4 月,在气温升至 20℃ 时再喂食物。

黑小样捉老鼠

　　平时,这小家伙不玩到深更半夜,是绝对舍不得打道回府的,可那一天,它出去不过个把小时就回来了。它一溜小跑,从半开的门里挤进来,轻盈地跳上床,把那个灰色的、小小的战利品,放在了正处在"饭后瘫"状态的我的眼前。

　　在高楼林立的大都市里,家养的猫能遇到老鼠的概率已经微乎其微了,有的猫就算见到老鼠恐怕都会被吓倒:这是什么怪物! 不过我家的黑小样确确实实会捉老鼠,并且捉住的老鼠已达 4 只之多!

我家的活宝黑小样，男，大黑猫一只，如今刚满一岁半。

黑小样第一次捉住老鼠时，才刚满两个月。那是一个凉风习习的夏天傍晚，黑小样吃饱喝足了，照例溜溜达达地出去玩了。平时，这小家伙不玩到深更半夜，是绝对舍不得打道回府的，可那一天，它出去不过个把小时就回来了。它一溜小跑，从半开的门里挤进来，轻盈地跳上床，把那个灰色的、小小的战利品，放在了正处在"饭后瘫"状态的我的眼前。

"老鼠！"毫无心理准备的我，惊叫着从床上弹起来，一蹦八丈远。我这人虽说平时有些傻大胆，可本姑娘活了20多年，毕竟头一次在这种状态下、这么近的距离，看到这种恶名远扬的活物呀！我疯狂地奔到墙角抄起扫帚，回过身的时候，老鼠已经窜到了地下，接下来便是一场一鼠跑、俩"猫"追的游戏：蹲下、站起来、追、趴下，桌子底下、床底下……可是追着追着，我就觉得不对劲了，不知道从什么时候起，上蹿下跳的，只剩下了老鼠和我，我们的黑小样同学已经蹲在一旁，瞪着那双贼溜溜的大眼睛坐山观虎斗了。

"你……你也太不像话了吧！"我指着黑小样的鼻子，气不打一处来。可一转身的工夫，老鼠也不见了踪影！黑小样舔着爪子，一副"事不关己"的派头……我气得眼冒金星，愤愤地抓起抹布倒上酒精，像《猫和老鼠》里的倒霉主人一样，狠狠地擦着"吉瑞"跑过的地方，然后揭下几乎所有的布制品，一股脑塞进洗衣机，倒进双倍的消毒液，我洗！我洗！我洗洗洗！

也不知道小老鼠躲藏到了哪里，会不会钻进我的被窝……在惶惶不安中，我度过了难熬的一天两夜。出乎我意料的是，在此期间，我既没有听到令人讨厌的磨牙的声音，也没有看到惊天动地的猫鼠大战，再加上黑小样那好像什么都没有发生过的样子和经常半开的门，我以为，老鼠已经悄悄地溜走了。就在我粗心大意地准备重新让

生活步入正轨的时候，状况又出现了——黑小样它老人家不知道从哪个角落里把已经死去的小老鼠掏了出来，并且又一次放在了我的床上……我欲哭无泪呀！刚换上的新床罩又要清洗消毒！老公出差了也不在家，我还得捂着鼻子亲自把那具已经有点发臭的小小尸体清理出去。

拿竹夹子夹着那灰黑的、僵硬的一团往外走的时候，我看到了那双未闭上的已经失去神采的小眼睛，心中竟然无端地生出了一丝怜悯，这只老鼠肯定是活活吓死的，黑小样也不知道使了什么样的坏，还不如直接吃了它，省得它受这份罪……

阿弥陀佛，终于过上了平安无事的日子。

可是……

一天早上，已经"长大成猫"的黑小样逍遥一宿后回来了，和往常不同的是，它那天没有"喵喵"地叫我开门，而是用爪子把门挠得山响。它进来后，也没有像往常一样与我蹭来蹭去地表示亲昵，而是径直走进屋里去了。我虽觉出有点不对劲，但睡意蒙眬中，还没有意识到事情的严重性。等我反应过来的时候，黑小样已经把那只比上次大出两倍的黑东西放进了它的食盆（还好这次没有放在我的床上），接着又开始了猫追鼠跑的游戏！

怎么办呢？我带着哭腔推着鼾声如雷的老公，"喂，醒醒！黑小样又弄回来一只老鼠……"我满以为有洁癖的他会跳起来，勇猛地把不速之客赶出去，谁知人家老先生只把眼睛勉强睁了条缝，问道："有多大？""这么大呢！"我努力地张开拇指和食指比划着，"好样的！小样这孩子还真能干！"呼—呼—呼—鼾声又起。好吧！既然你不管，我也豁出去了！我气鼓鼓地坐在了床上，观察这场猫与老鼠的游戏。

你看它，按住、撒手，再按住、再撒手，抛起来、打出去，再扑过去、按住……黑小样玩得很尽兴，耳朵朝前竖着，大眼睛瞪得圆溜溜的，

脖子上的毛也乍了起来,活脱脱一只黑色的小狮子。终于,蒙头乱撞的老鼠钻进了角落,黑小样一边用爪子掏着,一边哼哼叽叽地叫,跑过来求援似的看着我,见我不理它,又跑回去接着掏,努力地掏……

老公起床后幸灾乐祸笑呵呵地上班走了,剩下了我、黑小样、老鼠和一屋子狼藉——几乎所有家具都被移到屋子中央。黑小样抓不到它,我只好参加到这场战斗中。老鼠没有死角可躲,只好到处跑。要说这只老鼠毕竟是只大老鼠,顽强得很,被我们逼到墙角里,竟然敢一蹿一蹿地龇着牙对我们嘶叫,别说我不敢抓它,连黑小样也犹犹豫豫地蹲在了一旁……看样子抓住它是不太容易了,最关键的是我已经累得失去了耐心。我打开了门,希望即使抓不住它,也能把它赶出去。谁知吓坏了的老鼠竟然对大开的门视而不见,最终竟从纱门挤了出去,冲上露台一头跳了下去……黑小样追过去探着头往下看,失望地叫着,我们家的第二次老鼠危机就这样以这只老鼠的自杀告终了。

经过这两次残酷的实战训练,我对老鼠已经不那么"敏感"了,并且很有先见之明地做好了预防工作——胶皮手套、塑料袋和老鼠笼子,就放在随手可以拿到的地方,以求在最短的时间内将"战俘"控制在我军防区内。

还别说,我的那些东西还真没白准备,这不,就在前天晚上十点多,门外突然响起了异常的"吱吱"的嘶叫声,不用问,黑小样又逮了一个!

我和老公迅速各自抄起家伙,占据有利地形,可是接下来却听到

了黑小样"喵喵"叫门的声音,咦?嘴里叼着东西能叫得这么响吗?我狐疑着打开门,黑小样的嘴里确实没叼老鼠。怎么回事?正在我奇怪的时候,黑小样转身到一个角落里叼了个东西,"噌"的一声蹿了进来。哼,这个鬼东西肯定是怕我们不给它开门,先把老鼠藏在一边,骗我们开了门再……这只老鼠也真是大脑迟钝,它把你放下了,你倒是跑啊!还傻呆呆地等在那里,真是个智商超低的老鼠!

我虽然大脑里想了这么多问题,手脚却没有就此闲着,就在黑小样把老鼠放在地上的一刹那,我迅猛地扑了上去,一把抓住了老鼠尾巴!老公也不示弱,抄起塑料袋就把老鼠捂在下面,然后只一秒钟就把我们共同的"俘虏"塞进了老鼠笼子。简直配合得天衣无缝!我们把老鼠笼子放在露台上,让黑小样到外面去玩了……

在大多数城市猫都已经退化得见了老鼠吓得直哆嗦的今天,按理说,聪明勇敢的黑小样同学是应该受到嘉奖的,可是我却怎么也乐不起来。一方面是因为黑小样抓老鼠给我带来了不少麻烦,另一方面,对于黑小样的小俘虏,我真的不知道该如何处理。放生?我从小就知道老鼠会和我们争夺粮食,破坏我们的东西,传播各种疾病;弄死?我下不去手。我的眼前映着在露台上看到的那双似曾相识的、圆睁着、失去了神采的小眼睛。我们说老鼠坏,是因为它们损害了人类的利益,可是在人类一步步占领了几乎全部地球之前,很多地方又何尝不是老鼠的乐园?

同是生物,它们生存就有罪?

"喵呜——"黑小样在挠露台的门,而门外的笼子里也响起了老鼠声嘶力竭的"吱吱"声,黑小样对于我们来说,是可爱的猫咪,是温柔的宠物,可是对于老鼠来说,却是个不折不扣的杀手。我决定不再介入它们之间的这场生死游戏,也不想去判断它们之间的是是非非。

我打开了露台的门,也打开了老鼠的笼子,一切听从老天的安

排吧!

宠养提示

如何预防猫吃死鼠而中毒?

猫不仅善于捕鼠,有时候还会吃死鼠,而这样的行为很容易造成小猫的死亡。为防止猫吃死鼠中毒,很重要的一点是不让猫到处乱跑,使猫没有机会接触到死老鼠。

此外,还要强化训练猫不吃死鼠或其他死禽。如果看到猫叼回死鼠,要立刻夺下,用小棍轻打猫的嘴巴,不准它吃。隔几小时后,再把死鼠放在猫的嘴边,见其有闻嗅咬食的动作再严厉制止,抽打猫的嘴巴。然后,再次引诱它,若屡教不改,就加重处罚。如此反复几次以后,猫就会改掉吃死老鼠的习惯。

如果你的猫不幸误食了毒物,可以给它喉咙里灌入盐水,引它把毒物尽量吐出来(一般用一茶匙盐兑一杯清水即可)。如果吞入的东西有腐蚀性,请给它灌注牛奶。如果你的小猫已经失去了知觉,就绝对不要用这些办法,应赶快去找宠物医生,并随身带上剩下的有毒物品及其包装,这些都会对医生起到帮助作用,有效增加你的小猫死里逃生的机会。

另外,中毒的原因有时是因为你的猫的被毛沾上了如洗洁精等有毒的东西,而再经由舐舔进入体内。如果是这个情况,主人可以替它们用宠物清洁剂彻底清洗干净,以免它们再次舐有毒的东西。

忠诚义犬

故事中的主人是多么地悔恨暂且不提,只是让人感叹人类对自己最亲的朋友都不能信任,还能信任谁呢?

有两个关于狗的小故事一直在民间流传:

一个故事是这样的:在一个小镇上,有一位妻子生完孩子后不久就过世了,遗下一个孩子。丈夫为了生计常在外奔波,没有人照顾小孩,于是便叫他的爱犬照看。

一天,主人办完事赶回家里,抬头一看,顿时惊呆了:到处是血,孩子却不见了!再一看身旁的狗,只见它满口是血。主人明白了:肯定是狗兽性发作,把孩子吃掉了!一怒之下,他操起一根大木棍就是一棒,狗应声死去。

就在这时,主人忽然听到孩子的哭声,那是从床底下传出来的。孩子爬出来时,身上竟然一点都没受伤。他再仔细一看那狗,腿上的肉被撕去了几大块,血淋淋的,屋的一角,躺着一只早已死去的狼。

另外一个故事是说,有一个农夫,救了一条狼狗,因为这个农夫也是一个人住,还没有成亲,于是就带着这条狼狗生活在一起,一人一

狗也相处得其乐融融。没过多久,这个农夫成亲了,婚后不久,妻子给他生了一个胖胖的儿子,两个人都非常高兴,在高兴之余,不免有些冷落了这只狼狗。

一天,夫妻俩把孩子放到炕上,周围用枕头围了一圈,防止孩子掉到地上,然后两个人出去办事。

过了两个时辰,夫妻俩高高兴兴地回家来,一开门就被眼前的情景吓傻了。这条大狼狗满嘴是血,正在舔着孩子的右耳,孩子侧面也全是血。妻子赶紧跑过去一把抱起孩子,农夫这时也缓过神来,抄起门后的猎枪,把狼狗打死了。

两个人带孩子去看病回来。把孩子放到炕上,才注意到,在炕的角落里,有一只硕大的老鼠,已经死去多时了,嘴中还叼着孩子的半个耳朵。

农夫这时才明白过来,到底是怎么回事。

故事中的主人是多么地悔恨暂且不提,只是让人感叹人类对自己最亲的朋友都不能信任,还能信任谁呢?

宠养提示

如何让狗和宝宝安全友好地相处?

狗是很受欢迎的家中宠物,尤其是小孩的好朋友。在小孩年幼的时候,就应开始教导他们如何安全地接近狗和如何与狗共处;同时,也要更细心地管教好家中的爱犬,要知道,它们的天性或一些无意的行为都有可能给小孩构成伤害。

在婴儿出生前,训练家中的狗只能坐在婴儿房门口,只能在主人或家中的人命令准许之下,才可一起进入婴儿房。

家中会因为多了一个婴儿而变得特别吵闹,不妨试放一些婴儿声音的音乐带,音量由小渐大,使它慢慢适应这种环境。

在把婴儿由医院带回家之前,可先将婴儿的衣物带回家,让它闻一下,使它习惯及认识该种气味。而当婴儿回家之后,第一步是先让母亲与狗接触,但此时切忌母亲同时抱着婴儿。当狗见到母亲的情绪稳定后,令它坐下。让婴儿慢慢接近它,给它看见。若它是一只容易紧张的狗,最好先用锁链拴好。

在狗和小孩一起玩的时候要注意,即使让孩子和性情最温和的狗一起玩,大人都要在场进行监督。狗喜欢成人抚摸它,但也许不习惯小孩急促的动作。

大一点的孩子会喜欢与他们的宠物建立更亲密的关系,可让他们选一件有趣的工作,如为狗梳理、喂食或放狗。但注意放狗到外面去时,一定要有大人在一起。

大爱无言

> 不明真相的爱犬仍然一如既往地到车站去接主人。等啊,等啊,深夜过去,天空泛白,日头高挂,太阳又落山了,仍然不见主人身影。一天过去了,两天过去了,三天过去了,这只狗仍然一动不动地在站台上等着。

在意大利多年前曾经发生过这样一个真实的故事:一个铁路工人每天傍晚结束工作后在他居家的小站下车时,他的那只相伴多年

的爱犬都会风雨无阻地在车站迎接他,然后亲亲热热地一起回家。一天,不幸降临,工人在火车上因故身亡。不明真相的爱犬仍然一如既往地到车站去接主人。等啊,等啊,深夜过去,天空泛白,日头高挂,太阳又落山了,仍然不见主人身影。一天过去了,两天过去了,三天过去了,这只狗仍然一动不动地在站台上等着。有人给它吃喝,它拒绝,有人想领走它,它没有任何反应,眼睛仍然直直地望着铁道的远方,周围熟悉这只狗的人们都知道它是在痴心地等待自己的主人。

这只狗后来终于在等待中饿死渴死在纹丝未动的位置上。它的忠诚感动了车站周围的人,大家就在车站站台上为它制作了一个雕像。

小狗不会说话,但是它用无言的爱表达了对主人极致的忠诚:没有你,让我怎么活?

后来意大利中南部美丽的海滨城市安丘又发生了一个类似的催人泪下的故事:

某日,人们看到一只黑褐色的狗,带着似乎找不到回家路的痛苦眼神,孤独悄然地走进了安丘公墓。它沿着墓园长长的小路无声地走啊,走啊,用鼻子到处闻着。

墓园的工作者埃乔先生开始关注这条狗,刚开始不知道它在寻找什么,直到看到他卧在了一个新的坟墓前,发出凄惨的、低低的呜咽声,才开始明白了是怎么回事。这是公墓新开辟的一块墓地,新的坟墓前只树了一块小小的大理石墓碑。经过长时间的寻找,这只狗终于找到了埋葬它主人的坟墓。它卧在那里,"呜呜"地哀叫,似乎流出了眼泪。

它在那里纹丝不动地待了好几个小时，直到天黑，才一步一回首地、依依不舍地离开。它走后，埃乔先生才关上了公墓大门。

第二天一大早，狗又来到墓园找它心爱的主人。这次，人们看到它毫不犹豫地径直朝着第一天发现的那个新坟墓走去。到了坟前，它用鼻子闻了闻地面，就卧在了那里，长时间地伤心呜咽，以后就静静地、一动不动地待上好几个小时。

后来，一个祭拜丈夫的妇女走过来，给了它一碗水，它立即喝光了，它太渴了。女人抚摸着它的身体，它向女人投去感激的目光。但是当女人向它做出跟她走的手势时，它坚决拒绝了。

第三天，人们知道了那个坟墓里埋的是一位退休老人，生前没有亲人，显而易见，这只狗就是他唯一的朋友。

从爱犬找到主人坟墓的那天起，它每天都准时无误地来找它的主人，到了墓碑前，点点头、哈哈腰后，就卧在主人坟墓旁边伤心地呜咽，然后静静地待着直至墓园关门。人们开始认识了这只爱犬，每天都会给它带来足够的吃喝，时不时地心疼地抚摸它几下。后来人们给它起了个名字：奇波（意为"石碑"）。一到夜幕来临，它就会离去，没人知道它到底藏身何处。人们曾经试图跟踪它，但是，奇波都成功地把他们甩掉了。

奇波的故事传到所有要来安丘公墓悼念亲人的来者耳朵里，于是他们来扫墓时，除了给亲人带上一束鲜花外，都忘不了给奇波带些狗罐头和饼干。

一位家畜专家说，奇波会每天哀念主人直到永远。

有的人会让你失望，狗却给你真诚。人们应该从动物身上学习人类正在失去的东西……

宠养提示

如何观察爱犬的情感和意愿？

你的爱犬虽然不能像人一样说话，但是它能通过动作、姿态来表现其感情和意愿，这是一种无声的语言——体态语言。一个好主人应当能够正确地理解这种语言，从而合理、科学地饲养管理自己的爱犬。它们最重要的情感和意愿有以下一些：

1. 喜悦。犬不停地跳动，身体弯曲，用前腿踏地或者尾巴使劲地左右摇摆，耳朵向后方扭动。大型犬还可能把前腿抬起，去舔主人的脸。有的犬可能表现出过分喜悦，情绪失禁，这种情况多发生于幼年犬，随着年龄的增长而逐渐消失。犬在喜悦的时候发出的叫声是一种明快的"汪汪"声。

2. 愉快。犬在心情愉快、兴奋、对人表示好感的时候，表现要比喜悦的时候稳定，只是慢慢地摇尾巴，喉咙中发出轻微的"呜呜"声，有时也会不停地舔主人的手和脸。

3. 撒娇。犬在撒娇的时候，会用鼻子发出"呵呵"的声音。在请主人宽恕而撒娇时，则会把尾巴垂下来。在它想得到什么，或者催促主人和它一起玩时，会轻轻地摇动尾巴，不再垂下去。

4. 愤怒。犬在愤怒的时候，全身僵直，四肢伸开，犬毛倒竖，同时嘴唇翻卷，露出牙齿，发出威胁性的"呜呜"声，以恐吓对方。尾巴也会轻微地摇动，耳朵竖立着朝向对方。

5. 悲伤。犬在悲伤的时候，会发出"咕咕"、"嚆嚆"的叫声，表示希望得到主人的接近，以"诉说"自己的哀伤、痛苦和不幸。在这种时候，犬也会低垂着尾巴，以求救的姿态摩擦主人的身体。

6.警觉。犬在警觉的时候，耳朵会竖立起来，一点声音也不放过，嘴里会发出"汪汪"的叫声。在外敌接近的时候，则发出连续的"汪—汪—汪汪汪—"叫声。

7.恐怖。犬在恐怖的时候，因感到恐怖的不同程度，会不同程度地垂下尾巴。把尾巴完全卷到两腿中间时，则表现出极端地恐怖，耳朵也扭向后方，呈睡眠状态，全身紧缩成一团。

8.寂寞。犬在寂寞的时候，全身松弛而瘫软，像打哈欠一样，发出"啊啊"的声音。

军中"宠物"

> 哭着哭着他睡着了，当醒来的时候火车已经开出几百公里了，睁开眼的时候，他发现坐在附近的人都在往车窗外面看，他也好奇，也看了一眼，天啊，他的心都碎了！雷鸣张着嘴一直不停地跟着火车跑……

因为喜欢狗，新兵训练完后，他被分到了军犬队。雷鸣是所有军犬中最通人性、最勇敢的，唯一的缺点就是狼性不改，跟其他的军犬格格不入，而且难以驯服。因为它是好的狗种，部队里不忍心放弃它，可它总是一意孤行，只要一有机会就会往外跑。

雷鸣成了他的部下，竟被他驯服了！雷鸣很听他的话，不需要铁链，不需要笼牢，雷鸣也不会跑。在起床的号子响起之前，雷鸣会用舌头舔醒他。晚上睡觉雷鸣也要躺在他的床下。感情处得就像亲兄弟一样。

一个雷电交加的晚上，军营外传来狼嚎的声音，大家都很紧张，雷鸣却要撞门出去，他想制止它，可这一次雷鸣没有听他的话，夺门冲向雨中。

他不放心，跑出去追雷鸣，指导员闻声也赶来了，雷鸣冲出军营向狼嚎的方向跑去，指导员掏出枪瞄准了雷鸣——他一步冲上前去，抓住指导员的手，哭着求指导员放过雷鸣，他宁愿雷鸣跑了，也不愿意它被打死。指导员无奈，放下了手中的枪。

第二天他被记了一大过，他无怨无悔，只要雷鸣没事就行。

没想到三天后，雷鸣又回到了军营，他惊喜地抱着雷鸣大哭，以为再也看不到它了呢！而雷鸣低声地叫着，舔着他的脸，他分明看到雷鸣的眼中也流出了泪水。

作为惩罚，雷鸣被关在铁笼子里，用粗粗的铁链拴着。他怕它寂寞，只要有时间就陪着雷鸣，跟它说着话，他一遍遍地告诉雷鸣，我们是军人，就要服从军人的天命，没有军令，不能自己行事，否则就要接受处罚。他一遍遍地说，雷鸣不再狂躁不安，很安静地趴在笼子里睡着了，他知道雷鸣听懂了。

几个月后，军医在给军犬例行检查时发现雷鸣怀孕了！而军犬是不能怀孕的，这时候他才恍然大悟，才明白了雷鸣为什么在那个雷雨天出去。按照军条，雷鸣是要被打死的。他舍不得雷鸣死，更舍不得雷鸣肚子里的小狗，它们会有着灵敏的狼性，是狗中的极品啊！

雷鸣仿佛知道了自己的命运，它变得很沉默，每次看着他的时候眼睛里都会流出泪水，躺在铁笼子里也变得十分温顺。可是他现在宁愿雷鸣咆哮着逃跑……几次他都想偷偷地把雷鸣放了，可是每次都被发现了，指导员知道他的心思，一直派人盯着他。

第二天一早雷鸣就要被执行了，晚上他买了雷鸣最喜欢吃的兔子去看它，雷鸣却一动不动，一直流着泪看着他，他不时转过头去擦

眼泪,一遍一遍说着:"雷鸣,你要能跑就跑了吧!在这里你会被打死的!"雷鸣静静地听着。

他一狠心回宿舍睡觉,一整夜,战友们都听到他拼命压在被子里的哭声。

早晨,他听到了雷鸣狼一样的嚎叫,他捂住了耳朵不敢再听下去,那一声声喊叫把他的心撕得一片一片,他疯了一样跑了出去,趴在操场上大哭起来。

嚎叫的声音消失了,他的眼泪打湿了操场上的泥土,他实在控制不了自己的情绪,在操场上痛苦地翻滚着,嘴里念叨着雷鸣的名字。

忽然,他感觉头上被热乎乎地舔着,他以为是错觉,抬起头来一看,雷鸣正看着他!雷鸣的嘴上全是血,同时他也看到了从营房门口冲出来的人,他高兴极了,他知道雷鸣挣脱了!他赶紧把自己的身子挡在雷鸣前面,大喊着:"雷鸣,快跑!能跑多远跑多远!快!"雷鸣看了看他,瘸着腿迅速向远方跑去,他心里是高兴的,他知道雷鸣会活下去的!

他又被记了一次大过,如果再有一次,他会被赶出军营,而且还要接受处罚。

每天没事的时候他都会到操场去,他在那里怀念雷鸣,他不知道受了伤的雷鸣现在怎么样了,想着想着,竟然躺在操场上睡了过去。

睁开眼睛,他看到雷鸣正低头舔着自己的脸呢!他以为是做梦,狠狠掐了自己一下,疼!不是做梦,是雷鸣!他一把抱着雷鸣无声地哭了。雷鸣的肚子大了,腿上的伤已经好了,但是瘦得皮包骨头,身上的毛也不像过去那样油亮了。部队里军犬是长期由人喂养吃肉,

但在外面流浪的雷鸣要自己想办法填饱肚子,他无法想象雷鸣如何在外面艰难地生存下来的。

他开始每天都去市场上买一只兔子,之后偷偷把那只兔子放在操场附近一个隐蔽的树丛里,雷鸣每天固定的时间出现在树丛中来享受美味,只要能抽身,他都会偷偷跑到这里跟雷鸣待上一会儿,摸摸雷鸣的肚子,让雷鸣舔舔他的脸。

他开始变得神采奕奕,战友们都替他高兴,以为他已经从失去雷鸣的痛苦中走了出来,谁也不知道他的开心是因为雷鸣失而复得了。

不久,他发现在喂完其他军犬后总有一大包的肉剩下,问指导员,指导员说是不要的。他暗自庆幸,不要的肉是好的,不用再花钱去买兔子,雷鸣也能吃上肉啦!

伙食得到了改善,雷鸣又恢复了以前的精神,身子壮了,毛也油亮了,肚子也变得越来越大,跳跃的时候也不像以前那么敏捷,看来雷鸣就要做妈妈了。

一个月后,雷鸣生下了5条小狗,他又开始买牛奶给雷鸣补身体,而狗房里要丢掉的肉也变得越来越多,他想雷鸣真是幸运啊,现在正是需要多吃的时候!

5条小狗非常可爱,它们的父亲是狼,因此它们比一般的狗都要机灵很多。每天抽出时间来看这几个小狗相互嬉闹是他最开心的事情。

小狗一天天地长大,吃得越来越多,他感觉有些力不从心了,狗房里的肉也渐渐地不够吃,他没有办法,只好又开始买兔子。

一天傍晚,他正准备溜出去看雷鸣,指导员叫住了他:"雷鸣的那几个孩子,难道你忍心看着它们长大后也流浪在外吗?"他听了,除了震惊外还有感动:原来指导员早就知道雷鸣没有死,肉是他故意留下的,并且也知道雷鸣生了小狗……

他兴奋地找到雷鸣,轻声地对雷鸣说要把小狗抱到军营里去,让它的孩子也成为出色的军犬,雷鸣好像听懂了,它看了看5个可爱的小狗,冲着军营发出了一声嚎叫,他知道雷鸣同意了,他也明白雷鸣心里也在向往着军营,只不过它知道自己不能再回去了。

他抱走小狗的时候,雷鸣把小狗一只只地舔了一遍,留下了小狗向远处跑去,他看到了雷鸣眼中的泪光,他知道它也舍不得。

小狗们被抱到了军营后,很快成为了军犬队伍中的新宠,它们5个太聪明了!战士们都很喜欢,如果雷鸣知道,肯定也会很欣慰的,他想。

安置完小狗,他退伍的时间就到了。他走了,雷鸣怎么办呢?自从他抱走了小狗,雷鸣就再也没有出现在老地方了,不知道它自己是怎么生活的,它能独自在外面生存吗?

坐在退伍老兵的车里,他还在低着头想雷鸣,突然身边有人喊"看啊,一条狼!"他抬起头来,眼泪夺眶而出,不是狼,那是他的雷鸣,雷鸣一直跟着车跑,他趴在车边上冲着雷鸣喊"雷鸣,回军营去,指导员会照顾你的!"他喊了一路,雷鸣没有听他的,跟了他一路。

在火车站,他搂着雷鸣哭个不停,他也舍不得雷鸣,可是火车上是不允许带狗的,他知道这可能是他最后一次看到雷鸣了,雷鸣流着泪舔着他的手和脸。看着这场依依惜别的场景,战友们又是感动又是羡慕,他甚至都想为雷鸣再停留几天,可是想了想,最终自己还是要离开军队的。

临上火车的时候,他示意雷鸣让它回去,那里有它的孩子,他知道每次驯狗的时候,雷鸣都会在狗场一边偷偷地看。

他上了车,火车开动后,却发现雷鸣跟在火车后面跑!他一次次从窗口挥手让雷鸣回去,雷鸣跟着跑了几公里,停了下来,他不忍心再看,趴在桌子上抽泣着。

哭着哭着他睡着了，当醒来的时候火车已经开出几百公里了，睁开眼的时候，他发现坐在附近的人都在往车窗外面看，他也好奇，也看了一眼，天啊，他的心都碎了！雷鸣张着嘴一直不停地跟着火车跑……

他哭着，嘶喊着，嗓子都喊哑了，可是雷鸣还是不肯停下来。他知道雷鸣是想跟着他走，几千里路，雷鸣会累死的啊！

他赶紧找到乘务员恳求让雷鸣上车，但是不允许狗上车是铁的规定。他实在不忍心让雷鸣这样一直跟着跑下去，不停地让它停下，可是雷鸣却不听他的话，继续跟着火车跑。

1 000 多里路雷鸣跟了过来……

车停站的时候，他第一个跳下车去，抱住了雷鸣，他心痛地抱着它亲着，雷鸣也不停地舔着他。

列车上的工作人员都被雷鸣震撼了，允许他带着行李和雷鸣去装杂物没有空调的车厢，车厢里很冷，也很脏，但是为了雷鸣能够上车，他还是很感激乘务员。

雷鸣上了车后，身体已经虚脱了，它软软地靠在他的怀里，流着眼泪看着他，他想喂它，可是雷鸣却什么也吃不下。它为了追火车，耗尽了自己所有的体力。

他抱着雷鸣，听着雷鸣在他的怀里一声声急促地呼吸，忽然雷鸣发出一声嚎叫，似乎与他说再见，之后便在他的怀里停止了呼吸。

他抱着雷鸣已经僵硬的尸体回到了家，他把雷鸣埋在了自己家的院子里，他知道，雷鸣希望跟他在一起，这一次，雷鸣用自己的生命陪伴了他，它会离他很近……近到每天都可以感觉到他。

宠养提示

如何训练好你的爱犬？

为使你的爱犬像军犬一样根据你的口令、手势顺利地做出动作，准确地完成你的各项要求，作为主人必须像正规的训犬师一样正确掌握训练要领，使爱犬迅速养成良好、稳定的条件反射。

1. 诱导

诱导就是在训练中利用食物、物品、自身行为以及其他因素，诱导犬做出某些动作，借以建立条件反射的一种手段。此法带有引导性，能引起犬的食欲兴奋，尤其是犬爱吃的食物，犬就比较容易兴奋，使犬积极参加训练，能较快地学会动作。由于这种刺激是主动的，犬做出的动作就自然活泼，愿意执行，特别是使用科目的训练效果较好。但其缺点是，不能保证犬在任何情况下都能按要求顺利准确地做出动作，尤其在方法使用不当时，如奖食过分等。

2. 强迫

强迫是使用机械刺激和威胁音调的口令，迫使犬准确地做出动作。强迫的方法主要用于每一个训练科目的初期，即为了加强形成条件反射，在初期使用，或在外界诱因的影响下，预定科目进行不下去时使用。

3. 禁止

这是为了制止犬的不良行为而采取的一种手段。它是用威胁音调发出"非"的口令，同时与强有力的机械刺激相结合使用。如犬追扑家畜、家禽，随地捡食或乱咬人时，就应发出"非"的口令，同时结合使用强有力的机械刺激加以制止。每当犬闻令即止时，要给予奖励。

4. 奖励

奖励是为了强化犬的正确动作,巩固已培养的能力,调整犬的神经状态而采取的一种手段。奖励的方法有给食、抚摸、准予游散和表扬(发出"好"的口令)等。一般在科目训练的初期,为了使犬迅速形成条件反射及巩固所学的动作,都应采用给食抚摸为主,结合表扬给予奖励。

瞧我这一家子

外公最爱和我说话,有时人言,我听得懂;有时用我们的狗言,我就懵了,他实在没有语言天赋,我们叫声的高低、长短他用的都不是地方,这时我就只能观察他的表情了,幸亏我聪明,理解他的意思还没有困难;外婆很温柔,会很舒服地给我挠痒痒,我常常躺在沙发上把肚皮露出来让她给我抓抓,嘿,那个舒坦劲儿,真比大冬天吃火锅还舒坦呢!

先自我介绍一下,我的狗名叫盼盼,妈妈说给我取这个名字是因为有一只大熊猫的名字就是盼盼,所以希望我也像大熊猫一样珍贵、可爱;大熊猫盼盼属于国宝级宝贝,我则属于家宝级宠物。听一些老狗们说,我是出生后不久就死去了妈妈的那种可怜虫,好在经过无法说清的诸多因缘际会,如今我成了我的养母心中的乖宝宝。我的养母待我很好,我在心里也早就默认了她就是我的妈妈。她让我知道,

原来人狗也是可以平起平坐的。

好了，不啰唆太多了，我下面挨个介绍下我的家庭成员。人都说要尊老爱幼，那我就从我的外公外婆说起吧。

首先，外公外婆待我恩重如山，我喜欢吃肉，他们就每天换着花样地喂我，炸的、烧的、煮的，轮着来。为此，每每吃肉咀嚼的空当我都向上帝祈祷，愿外公外婆福如东海，寿比南山。都说美味先从品尝开始，不瞒各位呀，几年下来，我都快成美食家了。真要有个什么狗类美食品尝大赛，千万记得给我打电话啊——当然，打给我妈妈就行了，她甚至会在不和我商量的情况下，就替我报名参加的，毕竟知儿莫若母嘛。

要说外公外婆之间的感情，那绝对是白头偕老的典范，不过即便如此，为了盼盼我，还是会时不时地引发几番争论的。不是说得好嘛，老小孩老小孩，外公外婆上了年纪就愈发显得童趣十足，常常为了争论我更喜欢他们中的哪一个而吵个不休。

说句老实的狗话，有时候，外公这人还真是难为死我这只人见人疼的狗了。为什么这么说呢？听我耐心道来：外公最爱和我说话，有时人言，我听得懂；有时用我们的狗言，我就懵了，他实在没有语言天赋，我们叫声的高低、长短他用的都不是地方，这时我就只能观察他的表情了，幸亏我聪明，理解他的意思还没有困难；外婆很温柔，会很舒服地给我挠痒痒，我常常躺在沙发上把肚皮露出来让她给我抓抓，嘿，那个舒坦劲儿，真比大冬天吃火锅还舒坦呢！你倒说说看，我能不喜欢哪一个呢？他们怎么就不明白我的心思，在我心中，家庭里的任何一个成员都是不可缺少的呀，我都爱死你们每一位了。

下面聊聊爸爸吧，说起来，我多少有点距离感。你们不知情，是继父呀。继父，你知道我的意思了吧，和妈妈不是元配，我哪能不防着点啊。所以，我美丽的尾巴对他摇晃的频率也就相对低些。逢着

他叫我"盼盼……"如果我正忙着的话,我就名副其实地让他盼我一会儿,报到得稍微迟些。他似乎也看出来了,要不怎么老对外公外婆灌输"要养更要教"的道理呢,无非是让我只听他的话,放弃自己的原则,做一只没头脑的小狗罢了,可我是有思想和智慧的呀!

最要命的是,这个妈妈的后老公常利用自己是医生的身份,大谈营养结构的均衡性,害得外公外婆最近开始逼我吃青菜了。天哪,我的美食家还只是初级水平,对肉敏感,对青菜就差多了,鉴赏这类食品,我估计以后还得向短尾巴兔请教一二了。

不过,因为一次事件的发生,让我对这个爸爸有了新的认识。有一次我生病了,爸爸为我忙前忙后的,我一下子就忘了"同性相斥"的道理,心中开始泛起阵阵温情。

最后,关键人物出场,我和你们说说我的妈妈吧。我和妈妈的感情是最默契的,吃饭时我不仅看着自己盆里的,常常还盯着他们桌上碗里的。当然,一切要伪装得相当自然才行得通——我蹲在桌下,装出一副悠闲的模样,其实却"眼观六路,耳听八方"。这个时候,妈妈会趁爸爸不备,用一只手把好吃的偷偷送下来,我通常会用一个漂亮的飞人乔丹三步上篮,把好吃的接过来、吞下去,再若无其事地舔舔嘴巴,免得让爸爸发现,连累妈妈跟着一起挨批评。尽管这样经常来不及品尝美味的味道,但是能把胃肠哄得没什么反对意见。

妈妈尽管也老大不小了,但绝对是个疯丫头,有时在家我追她、她追我闹着玩儿,要是爸爸说我们太疯了,她总爱拿我当挡箭牌,说是在陪我玩儿,哼,这个时候妈妈有点自私的意思了,明明是我在陪她玩嘛。

谈及零食,妈妈和很多女孩子一样,总是偷偷备有许多好吃的,像巧克力、牛肉干、烤红薯什么的,我都觉得不赖;可话梅,就差点儿,只有女孩子们才喜欢吃这些酸酸的又没营养的零食。妈妈还总是很热心地推荐各种话梅给我,遇到这种情况,我通常扭头走开,不和她一般见识。不过,还有一种情况是我从不扭头走开的,直到妈妈亲切地把我抱起来亲个没完没了。那就是快到妈妈下班的时候,我就提前准备好姿势在门口迎接妈妈的大驾光临,尽管有的时候因为时间掐得不准而让我的脖子歪得好生难受,但是值得,因为,她回家后的第一件事就是先给我加餐。哎呀,不好意思啊,把实话说出来了!

诸位,该说的我都说了,只剩下一个不是问题的问题了,需要大家帮我拿个主意。那就是,我看中了小区的一个外国小妞——绝对的出身贵族的那种名犬,她用不熟练的中国狗语告诉我,要想追求她得先让我把自己的一身肥膘锻炼下去。所以我发愁呢,一边是美食,一边是美女,我究竟该何去何从啊?你们给我出个主意吧。

宠养提示

胖狗如何减肥?

狗的肥胖是一个越来越普遍的问题,它可能导致许多问题,包括心脏病、关节问题和糖尿病。因此,如果你的狗狗肥胖,一定要注意减肥。

1. 在不改变食物分量的情况下,喂食减肥饲料。

减肥饲料的颗粒大小与一般饲料没什么差别,但是这些饲料中的纤维素增加了,让狗狗有饱足的感觉,但热量却没有那么高。此外,千万不要因为觉得它可怜,因而心软手软,给它过多的零食点心,造成热量吸收不减反增的情况。

2.固定运动,提高热量消耗

为了让狗狗顺利减重,我们应该提高它的热量消耗量,每天给予狗狗规律的运动时间,才能达到让它减肥的效果。对小型犬来说,在身体状况稳定的情况下,每天早晚,应该各有 1 次 20 分钟的慢走散步;大型犬而言,每天应该维持 2 次 20 到 40 分钟的固定散步运动,这样能够提高热量消耗,并且借由运动增加体力。

3.从环境到心理,让狗狗没有机会发胖

除了正确的饮食和固定运动外,还要注意狗狗身处的环境、心理因素,免得你虽然严格执行减肥计划,它却还是有办法找到可乘之机,痛快大吃。如果你养的狗狗有两三只以上,在喂食的时候,一定要看食物是由同一只狗狗吃掉了,还是大家一起分食?如果有一只狗狗比较健壮、担任"头头"的角色,这只狗狗在吃东西的时候,很可能会抢食、多吃。这时候你要控制这条狗的行为。

4.固定喂食,让狗狗免除没饭吃的恐惧

如果喂食不固定,狗狗在能吃的时候,就会拼命吃,常常会有想要多吃一点、再多吃一点的欲望,以防止没有下一餐的恐惧。除了定时喂食,让狗狗能够放心之外,狗狗在心里不安定或情绪不稳定的时候,也常常会出现"暴食"的状况,所以平时在照顾狗狗时,要多加留意它的表现。

命运的转折

我睁开眼睛，看见旺旺咬着裤腿把我往床下拖。我赶走它，转身睡去。不一会儿，有水滴在我的脸上，我再次睁开眼睛，旺旺竟然叼着一袋牛奶！牛奶从被它咬破的袋子里淌到我脸上。

我永远忘不了那一天。

"砰"地一声响，门关上了。丈夫带着他的所有东西离开了我和我们共同建设了5年的家。

我默默地坐在床上，看着关闭的房门，忍了很久的泪水终于喷涌而出！

他爱上了别的人，我没有办法让他再爱上我，为了那份特有的尊严，我只能放弃……可是，我又是多么地爱他啊，没有了他，我该怎么活下去呢？

我的心情沮丧到了极点，什么都不想说，什么都不想做。我趴在床上，埋在枕头里哭泣，忽然听到床下"嗯"的一声低吟。

是旺旺，它用那双忧郁的大眼睛望着我，我则更忧伤地看着它。哎，可怜的小家伙，我这两天一直没有能好好照顾它。

我想将一切勾起我旧时伤痛的东西全部清除出我的生活，之后开始新的人生。看到旺旺，难免让我想起和他一起叫它"狗儿子"时的幸福时光，那时候我们是一家三口啊……

不能让旺旺再出现在我的生活里，我要将一切都彻底忘记！于是第二天，我收拾好旺旺所有的东西，把它送给了朋友。

旺旺走后，我并没有振作起来，情况却更加糟糕，我一个人无法走出过去的回忆，无法走进未来的幸福中。我在床上躺着，不吃也不喝，甚至想到了死……4天后的下午，我在迷迷糊糊的睡梦中听见门在响。我爬起来，挣扎着向门口走去。打开门，竟然是旺旺！不知道它怎么穿过这个嘈杂的城市找到家的。它浑身脏脏的，右前腿上有一个血迹未干的伤口。

它望着我，我从它的眼睛里看到了被人抛弃的幽怨。是啊，他抛弃了我，我又何尝不是抛弃了旺旺！

带着惭愧的心情我强撑着给它洗了澡，处理好伤口，这时，我已经累得头昏眼花了。我拿出仅有的一点狗粮放在它的碗里，自己便昏沉沉地睡去了。

睡梦中，觉得有人在拉我，我睁开眼睛，看见旺旺咬着裤腿把我往床下拖。我赶走它，转身睡去。不一会儿，有水滴在我的脸上，我再次睁开眼睛，旺旺竟然叼着一袋牛奶！牛奶从被它咬破的袋子里淌到我脸上。

5年了，一条小狗都能知道如此爱我保护我！我的心豁然明朗：为什么要为了一个不如旺旺的人伤害自己？

我挣扎着走到厨房拿出一包牛奶，慢慢地喝了下去。

旺旺每天陪着我，我的身体也一天天好起来。每天下班后，我都归心似箭，因为我知道有个小生命忠诚执著地守在家里等着我归来的脚步。我想我将来的生活一定会很好，我会拥有一个爱我的丈夫，

当然,他也一定像我一样爱着旺旺。

宠养提示

如何救助意外受伤的狗?

宠物狗意外受伤,是每个主人无法预料和阻止的,如果不幸发生,主人应该怎么办呢?

首先,应该给它包扎伤口,以防伤势加重。在明显流血的地方,可用冰块敷着及压迫止血,但要保证狗儿的体温,尽量令它感到舒适。主人不要乱搬动受伤的宠物,并立刻与宠物医生联络,以得到更详尽的指导。主人也不应该让狗独自躺在地上,要尽量留在现场陪着受伤的它。

搬运受伤的狗时,要注意:

1. 把布或毯子之类的东西铺在受伤的宠物下,注意行动要缓慢及轻轻地把它搬到毯子上。

2. 将受伤的狗移放到毯子的正中央位置,由两人分别拉紧毯子的两边,另外一人托着狗的背部,以平衡它的体重。

如果流血不止,主人应该用棉花压按着流血的伤口约 1 分钟左右。如果在按着伤口 1 分钟后,流血的情况还是没有改善的话,便要用绷带扎住流血位置上约 5 厘米的部位,这样可阻止部分的血液流进伤口的位置。

当作妥了初步的急救后,就必须尽快带它们去宠物医院。

圣诞节的礼物

这是个充满爱和鼓励的礼物，其中也包含了他要太太坚强活下去的忠告。他发誓，与太太在天堂相会之前，他会一直等她的。在天堂重逢的那天来临之前，他要先送太太一只宠物给她做伴。

南妮对丈夫瑞蒙的过世，是有着心理准备的。

自从医生宣布他得了癌症之后，夫妇俩就一起勇敢面对这个无法逃避的事实。虽然两人共处的时间所剩不多了，他们一起努力，尽量让时间更充实、更有意义。瑞蒙的经济状况一直很稳定，因此在他过世之后，南妮并无任何负担。只是那份寂寞令人难过，日子也过得漫无目的。

他们曾有过一个孩子，不过在六岁那年夭折了。经历了丧子的痛苦后，他们就一直未能再拥有孩子。不过两个人的生活也过得充实、丰富。双方事业都很忙碌，但彼此都很体谅、很满足。

这些年以来，亲友们因近天年而相继去世，两人得面对这个残酷的事实。人类的肉体若达到一个年龄就会开始失去奋斗的力量，甚至死去，而他们都到了这个年龄。面对这个事实吧——他们都老了。

而现在，时值圣诞节，瑞蒙已不在人世，南妮心里很清楚：今年她得一个人孤零零地过圣诞了。

突然她发现几封邮件，才刚寄到，令她相当惊讶。虽然她的关节

炎让她疼得受不了，她还是弯下身来，把地板上的白信封捡起来。好不容易坐到钢琴椅上，把那些信一封封地拆开。寄来的信大部分都是圣诞卡，看着卡片上熟悉的传统圣诞图案，读着充满爱的圣诞问候，她原本充满哀伤的双眼似乎泛起一丝微笑。她把这信收好，放在钢琴上。这些卡片，成了她圣诞节唯一的装饰品。圣诞节不到一个礼拜就要来了，但是她无心去布置什么圣诞树，更别提瑞蒙亲手做的那个马厩了。

突然间，一阵寂寞感将她吞没，她用手掩住自己的脸，潸然泪下。她要如何才能度过这个圣诞节？要如何才能度过剩下的冬天呢？

门铃突然响起，南妮惊讶得不得了，小声地叫了出来。在这个时候怎么会有人来拜访呢？她打开木门，从门上的窗口看出去，惊讶不已。有一个陌生的青年站在走廊前方，手里抱着一个大纸箱，他的脸根本看不见。她往马路的方向看过去，只看见了一辆小车，线索不足，她判断不出这个年轻人是谁。鼓起所有的勇气，她轻轻打开门，那个男人往门边一靠，开始说。

"是索荷太太吗？"

她点点头。他则继续说："我这儿有份包裹给您。"于是她把门打开，让那个男人进来。他笑容可掬，把重重的包裹放下之后，将原本从口袋露出的信抽出来交给南妮。当他把箱子拿过来的时候，箱子里传来一个声音。她跳了起来！那位男人很不好意思地笑了，并且弯下身来，把纸板弄直打开，请她看看箱子里的东西。

是条狗！再说得清楚一点，是条金色的拉布拉多猎犬，而且是一只幼犬。当男人把那条狗举起来的时候，它不停地扭着身体。男人一边解释说："这条狗是给您的。"那只狗一知道自己可以从纸箱中出来，兴奋得身体直摇，高兴得不得了，疯狂地朝着年轻人的脸不停地舔，弄得他满脸都是口水。"本来是应该在圣诞夜才能把它寄给你

的。"他一边说一边努力地把小狗从他的下巴上拉开，因此说起话来有点吃力，"可是康乃尔公司的工作人员明天就要放假了，这么早就收到这份礼物，希望你不介意。"

由于震惊过度，南妮无法清楚地思考。她说不出完整的句子，口齿不清地说："但是……我不知道……我是指……是谁?"

那个年轻人将小狗放在他们两人之间的门垫上，然后伸出一只手指头，点了点她手上的那封信，并说："那封信解释得相当清楚。在它还在妈妈的肚子里的时候，就已经有人把它买下来了。也就是说，它是买来当做您今年的圣诞礼物的。"

男子转身出去，一股疑惑的情绪让她心中的话一涌而出："……会是谁买的呢?"

男子走到一半突然停下脚步，回答说："是您的先生买给您的。"

是的。一切都写在信里了。看着信中熟悉的字迹，南妮完全把小狗忘了，仿佛在梦游，她走到窗户边，然后坐了下来。眼眶中虽已满是泪水，她还是强迫自己读下去。瑞蒙在过世前三个礼拜已经把这封信写好了，并把它寄放在康乃尔公司，准备把它当做自己最后一个圣诞节礼物送给太太。这是个充满爱和鼓励的礼物，其中也包含了他要太太坚强活下去的忠告。他发誓，与太太在天堂相会之前，他会一直等她的。在天堂重逢的那天来临之前，他要先送太太一只宠物给她做伴。

南妮突然想起那只小狗，这还是家里头一回有小狗。看见小狗抬头静静地望着自己，她相当惊讶，它那喘着气的嘴巴好滑稽。南妮

把信放一旁,用手摸摸小狗金黄色的毛。她本来以为小狗会很重,但是事实上它只有一个枕头的大小和重量,不仅柔软也很温暖。她把小狗抱在怀里,小狗舔着她的下巴,把身子紧紧靠近她的脖子。这份相互关怀,让她再度感动地流下泪来,而小狗则乖乖地看着她流眼泪,不再乱动。

最后,她把小狗放在大腿上,认真地注视着它。用只手随便擦了擦湿湿的面颊,勉强地挤了一个笑容,并说道:"小家伙,就剩你和我了。"小狗伸伸它粉红色的舌头,喘着气,好像很同意主人的话。南妮坚强地微笑,目光从走廊移到窗外,发现黄昏已来临。棉絮般的雪花一片片飘落下来,她看见邻居家的屋檐上点缀着圣诞灯,好像在鼓励她要坚强起来。圣诞歌曲的旋律从厨房传了过来。刹那间,南妮觉得好平安、好幸福。那是一份非常奇妙的感受,就好像让人紧紧拥抱于爱的世界一般。她的心痛苦地鼓动着,但是夹杂着喜悦和惊奇,不是悲伤或寂寞。她再也不需要感到孤单。

她的注意力再度放在小狗身上,对小狗说起话来:"小家伙,你知道吗?地下室有个盒子,我想你会喜欢的。盒子里有一棵树、一些装饰品,还有一些灯泡,一定会让你印象深刻的,你一定会疯狂地爱上它们的。而且我想我找得到那个老马厩的,我们一起去找,你说好不好?"

"汪——汪——汪!"小狗快乐地叫着,好像在告诉她"我愿意",似乎听得懂每个字的样子。南妮抱着小狗,一起向地下室走去。

温馨的感觉荡漾在南妮的心中,她准备欢乐地度过这个圣诞节。

宠养提示

如何教育伴侣犬？

一只有教养的伴侣犬不会到处大小便，不会乱咬人，它只会给你带来无尽的欢乐，像知心伴侣一样。

2个半月到3个月大的小犬，很容易接受新鲜的事物，这时就可以开始初期的教养，使它接受人的爱护而产生依赖感，并使它了解服从的喜悦，以此为基础而加以训练。

首先是大小便的训练：在浴室、阳台或你需要的任何地方，但地点要固定，不可随意更换。当小犬要排便或排尿时，它会东闻西闻或团团转，或怪模怪样地不肯安静，此时就赶快把它放到指定地方。排完便后，给予"奖励"，给它一点食物吃。如果已经排泄在其他地方时，应"实时纠正"，把它带到排泄物前用报纸卷起轻轻地敲它一下，并严厉地说"不行"。然后将排泄物彻底清洗，并将排泄物弄一点到指定地点。如此反复有耐心地教导，相信不久小犬就会养成不随地排便的习惯了。

4个月以上的小狗好动起来，对一切事物都充满好奇感，你可以经常和它一起玩耍，加深情感。同时把你需要的和喜欢的动作逐渐教给它。比如握手、站立、来、去等动作，训练时注意要短而简捷。一次只教一个动作，千万不要一口气教很多动作，它是不会理解的。另外，"对"或"错"的奖励和处罚要分明，"耐心"、"爱心"是成功的最大秘诀。

20年后我依然如此想你

"奔儿喽"不再闹,在我的床头静静地趴了一会儿,静静地看着我。看见我又睡着了,它才默默地离去。起床以后找不到"奔儿喽",几个小时过去了,还是看不到,全家人一起寻找。终于在院外的雪堆里看到已经僵冷的"奔儿喽",原来早上它是和家人告别,然后给自己在雪坑里掘了个坟,就这样离去了。

我养过一条狗,名字叫"奔儿喽"——听不懂吧,北方农村一般管狗都叫"奔儿喽",就好比管小女孩叫"丫头"一样。爸爸说起个一般的名字好养活,因此就这样叫开了。它离开我已经20年了,但我始终无法忘记它。

见到"奔儿喽"那一年我8岁,上小学二年级。"奔儿喽"不知道从哪里来的,在我家附近的菜市场一带流浪,身上带着伤,脸上淌着血,缩在墙角怯生生地看着我,看上去小小的,应该还是个"婴儿"。

我飞快地跑回家跟爸爸说了这只流浪狗,还伤心地流出了泪。爸爸被我的一行清泪打动了,跟着我去学校门口捡回了小狗。小狗被洗干净、伤口包扎起来、躺在小窝里睡了一觉,就恋着我和家里的每个人不肯走了。

我一家接受了这位来客,给它取名"奔儿喽"。

从此"奔儿喽"在我家落了户,每天它不是在屋子周围"巡逻",就

150

是在大门口"站岗"。家门口只要有人,它总是第一个到门口迎接。是家里人,就亲热一番;来了客人,必须经过它从头到脚地嗅一遍,认可了才能进门。虽然那时家里没什么财产,但偶尔也会有偷鸡摸狗的,晚上只要院子里有什么动静,"奔儿喽"必然起来狂吠,而且这一夜它一定在院周围巡视,不再睡觉。

虽然那是上个世纪的东北小城,但城里不让养狗这一点却是相同的。"奔儿喽"在我家开开心心刚过了两年,就遭遇全国"打狗热",城里明文规定不让养狗。

那一天我的爸爸骑着单车,车后驮着装"奔儿喽"的箱子,骑了4个小时把"奔儿喽"送到乡下去放生。这一天我回到家,没有"奔儿喽"迎到门口喧闹迎接。我黯然无措地呆坐在门槛上,感觉没有了魂儿一样。

10 天后的晚上,我们正在看电视,忽然听到大门有异常的动静,出去一看,原来是"奔儿喽"在挠门!家人连忙把"奔儿喽"抱进屋,但见它浑身是伤,没有人知道"奔儿喽"是怎么从几十公里外的农村找回家的!没人知道那十个白天和夜晚发生的事。

我家的人再也不能没有"奔儿喽"。以后我们一家人和"奔儿喽"不离不弃,共同生活了17年。从我是个9岁的小姑娘,到结婚、生子,我始终是它认定的主人。

打狗之风并没有过去,相反几年打一次弄得狗不聊生。那几年全家人及狗都很默契,远远看打狗的来了,家人一声呼哨,"奔儿喽"马上藏进柜子里。打狗队的人一般也是听到风声来的,手持木棍进

了屋子到处乱敲,可无论他们怎么敲,"奔儿喽"一点儿声都不出。打狗队找不到狗只好走了。我喊一声:"好了,出来了!""奔儿喽"才抖着身子出来,还要怯生生地躲在妈妈背后半天才能撒欢。

越是流浪狗越聪明,狗有很丰富的语言,主人的话它能听懂大部分。狗耳朵向后尖尖地收起来,表示它想跟你交朋友;发出"呜呜"的声音,是它发出警告。它能哭能笑,表情丰富。狗一般不咬人,除非人和它没有沟通好,彼此误会以为受到威胁才会咬人。"奔儿喽"后来有了正式的户口,终于不用再躲打狗队了。

有一天晚上全家人都在看电视,"奔儿喽"却突然躁动起来,乱蹦乱跳,非要拖着我爸爸的裤子去厨房。我爸爸没办法跟着它去厨房一看,发现煤气泄漏了!

还有一次,我妈妈做饭,已经把油下到锅里了,突然头疼就去吃了一粒药,然后在床上躺一会儿,把油锅完全忘记了。又是"奔儿喽"跳来跳去,一定要拉着我妈妈去厨房,当时我妈妈不舒服,还训斥"奔儿喽"别淘气,但它不听,还是死命拉。我妈妈拗不过,进厨房一看油锅已经烧起来,再迟一会儿厨房就着火了。

我16岁那年,中学毕业去当兵。我离开家的那几个星期,"奔儿喽"整天蹲在门口向远处眺望,茶饭不思,有时还独自哭泣。一家人像哄小孩一样哄它,它才渐渐恢复往日的活泼。也许它很难理解,人为什么要离开家。

很多爱狗的人都说,狗是上帝送给人类的朋友。狗的情感很简单,有个主人可以守着就一心一意幸福。但人得了温饱、家庭、富贵、权利之后还是不一定幸福。这到底是人的幸还是不幸呢?

"奔儿喽"在我家因为得到很好的照料,活到了17岁,身体渐渐虚弱,还患了白内障和骨质疏松,它要老死了。那是12月的一个清晨,外面的院子里堆满了积雪。大清早,"奔儿喽"似乎很兴奋,跳到每个

人的床上闹。我以为"奔儿喽"的病好了，有些高兴。我睡眼蒙眬地拍了拍"奔儿喽"说："别闹，我还要睡呢。""奔儿喽"不再闹，在我的床头静静地趴了一会儿，静静地看着我。看见我又睡着了，它才默默地离去。

起床以后找不到"奔儿喽"，几个小时过去了，还是看不到，全家人一起寻找。终于在院外的雪堆里看到已经僵冷的"奔儿喽"，原来早上它是和家人告别，然后给自己在雪坑里掘了个坟，就这样离去了。这是20年前的往事，但我和家人们谁也没有忘记。

到这里，我终于忍不住哭了。不知道有多少人会在亲人去世20年后还这样情深意切地想念。若"奔儿喽"地下有知，也可瞑目了。

宠养提示

一只有教养的狗应具备哪些素质？

你经常可以看到在公园里需要主人追在屁股后面大呼小叫的狗，还有在公共场所对着陌生人龇牙咧嘴的狗，以及在客厅里上蹿下跳，搅得主人根本没法和客人好好说上几句话的狗……总而言之一句话：这都是些没教养的狗，它们的表现无意间泄露了主人的水准（包括层次和能力）。

什么样的狗才是有素质有教养的呢？至少要包括以下几个方面，这也正是别人对你的狗产生最初印象的方面：

1. 狗能够很顺从、准确地听从你的每一项指令。这些口令至少包括坐下、趴下、站着别动、坐着别动、过来、自己去坑吧；等等。

2. 狗应当对你的客人和陌生人表现出足够的耐心和友善，当然，这里不包括闯入者。在你和别人谈话的时候，狗应当安静地坐在你

脚边,或者是趴在你脚边,直到谈话结束。而不是不耐烦地走动,甚至是试图拉着你离开。和陌生人见面时,狗不应当显得焦躁不安,在主人的授意下,它应该乐于接受来自陌生人的抚摸。

3.在碰到别的狗的时候,你的狗应当可以和它们友好而平静地相处,而不是像有些狗那样,表现出强烈的攻击欲望或者是恐惧畏缩。

4.带狗上街时,训练有素的狗穿行在人群和街道之间,应当像在你家的花园或者是楼下时那样,从容镇定,而又始终对周围怀着有礼貌的好奇心。

5.对于身边的突发事件,你的狗不应当有过度的反应。它可以表现出好奇、探究的欲望;但不能显得紧张、害怕或者是条件反射式的攻击。

嘟嘟的劫难

> 嘟嘟和每天都会在这个时候相遇的小狗伴多多、米米打了招呼,之后在如茵的草坪上尽情玩耍起来,主人们还在相互夸奖着小狗的可爱,却怎么知道一场劫难正在悄悄降临!

睡梦中的我感觉到胳膊一次次的潮湿温热,不用说,又是我的小宝贝蛋在催促我起床了,这是它每天叫醒我的方式,同时,又不会吵了家人的好梦。它就是这样聪明啊!

　　"走,散步去!"我像往常一样,带了钥匙和收拾它排泄物的卫生纸、塑料袋,欢快地下楼了。每天这个时候是我和嘟嘟最最快乐的时光。

　　我的嘟嘟快乐地在小区干净的甬道上小跑。我们每天都是在清新的空气和金色的阳光中开始新的一天。嘟嘟和每天都会在这个时候相遇的小狗伴多多、米米打了招呼,之后在绿茵茵的草坪上尽情玩耍起来,主人们还在相互夸奖着小狗的可爱,却怎么知道一场劫难正在悄悄降临!

　　两辆城管执勤车和一辆小卡车飞驰过来,我为了嘟嘟的安全,下意识把它抱在怀里,正在诧异,在小区里开车怎么能这么快呢……说时迟,那时快,从车上跳下五六名身着制服的工作人员,冲上来嚷道:"拿狗证看看!"

　　我心里很清楚,关于宠物管理是利民的举措,但是往往下层的执行人员比较粗鲁,这是生活中经常碰到的事情。我把嘟嘟抱紧,忙不迭地说:"我们有户口,今年2月份上的!"

　　"拿来呀!"一个高个中年男人叫着,一副不信任我的样子。

　　"哦,在家呢,我这就去拿!"我又急又怕。

　　"先把狗关笼子里再说!"警察高声吼着,好像我和嘟嘟是窃贼。

　　"不! 我们明明有户口,我马上拿,但不能关我的狗!"我真的急了,我不能让嘟嘟落在他们手里。况且我们按照规定已经交了3年的养狗费了,各种手续一样没落,凭什么要抓走我的嘟嘟。

　　这时,三个工作人员把我和嘟嘟包围了,其中两个上来就抓住我的两个胳膊,一个掐住嘟嘟的脖子拼命从我的臂弯里抢!嘟嘟被它们掐得喘不上气来,舌头伸出老长,我分明看到往日鲜红的小舌头因为窒息变得发白发紫! 嘟嘟的小爪子紧紧扒住我的肩膀,它指望在这种危急的时刻有主人保护它,可我是一个柔弱的女孩,从来没有和

别人吵过架,此时,在身强力壮的男人面前我显得那么渺小,无助。

我只有一个念头,千万不能让嘟嘟落在这些人的手里,在他们眼里小狗是他们完成任务的数字,根本不是可爱的小生命!很明显,他们缺少对动物的爱心!

"我的嘟嘟,你们不能这样对待我的嘟嘟!放开!"我声嘶力竭了,依旧抱紧我的嘟嘟。我知道,我一松手,嘟嘟的命运就莫测了!我们老老实实地交费,办证,此时他们却不听你的任何解释。

"你不是有户口,有证件吗,那好,狗我们带走,你拿证去赎吧。告诉你吧,像你这样的人我们可见得多了,别想糊弄我们!"

此时此刻,我知道,我终究无法与他们抗衡,为了嘟嘟受到虐待和惊吓,我平静地说"好吧,让我亲自把嘟嘟放到笼子里,它太小,受不了你们这样!"

卡车上大铁笼子的门打开了,嘟嘟的伙伴都已经在里面了,都吓得瑟瑟发抖。我说:"嘟嘟,我马上拿证来,你等我啊!"弱小的嘟嘟极不情愿地被我亲手塞进了冰冷的铁笼,大铁门"咣"地关上了。嘟嘟胆怯地望着我,它不明白这到底是怎么回事。我的心都快碎了。

"我把证拿来,你们能放了嘟嘟吗?"我太不相信他们,不知道他们还会做出什么,我太不放心嘟嘟,它从一个月长这么大,还没受过这种委屈。

"快去,快去!"这些人不耐烦了。

我不敢耽搁,奔回了家。

可是,当我拿着嘟嘟的所有户口证件,跑到楼下,却眼睁睁地看见三辆汽车绝尘而去,带走了我的嘟嘟!

我的心都空了！我顾不上难过，返身回家叫上丈夫，带上钱，打了车直奔派出所。6点50分，城管的人还没上班，冷冷清清，我问了值班的人，"8点以后再来！"

我和丈夫就站在门口等。我巴望着能看见拉着我的嘟嘟的卡车开过来。可是没有。

不到8点，我们急急地走进去，让那些人验证，他们没说什么，就让我们等那些抓狗的人回来。

很快，他们回来了，我跑到院子里，寻找着我嘟嘟的身影，可是，没有。我的心更加空空荡荡，我的嘟嘟，你在哪儿呢？

我心急如焚，问遍了每一个从我面前走过的城管人员，他们有的淡漠地一句"不知道"，有的说"大概到了北京市限养办吧"。我和丈夫到处打听，最后决定到离这里20多公里外的"北京市限养办"去找。

正是上班的高峰，车开得很慢，坐在出租车上，眼前一幕幕是嘟嘟被城管人员的大手掐住脖子的惨样和站在铁笼里的可怜样，眼前什么也看不见，全是明晃晃的太阳光，我的心痛彻全身。

出租车七拐八绕，多方打听，终于在一条小胡同里找到了限养办。一只空铁笼放在门口，触目惊心。我和丈夫挨着门询问，终于在一个房间里见到了有关负责人，还有一对60多岁的老夫妻，他们也在办理手续领回他们的宝贝。在验证后，我们被准许到一个紧闭着大门的小屋认领嘟嘟。我的心悬了起来，嘟嘟到底怎么样了？有没有受伤，有没有害怕啊？我不敢想。

打开大门的一刹那，眼前的景象使我的眼泪夺眶而出。我看见的还是那只装走我的嘟嘟的大铁笼，里面挤满了抓来的小狗，一条挨一条，一只摞一只。我一眼看见我的嘟嘟正愣愣地倒在笼子里，它吓坏了。我大叫："嘟嘟！我的宝贝！妈妈接你回家！"嘟嘟的大眼睛里立刻闪现了光彩，一下子站了起来，两只黑黑的前爪扒着笼子，大尾

巴摇啊摇。本来白白净净的嘟嘟，现在小脸脏脏的，浑身的毛湿漉漉的，打着绺。而别的小狗对我竟视而不见，它们也一定在思念着自己的主人。

我不知道，从6点50到9点半这段时间，我的嘟嘟承受了怎样的恐惧，它自己受着惊吓，还要亲眼目睹同伴惊叫着被塞进笼子，它一定吓坏了，哪里见过这样恐怖的场面！

我一把将嘟嘟从笼中抱出，不顾它脏乎乎的小身躯，紧紧地将它搂在怀里，嘟嘟亲热地舔着我的脸。我知道，这回再没有人可以把嘟嘟从我的手中抢走。它就像我失而复得的宝物，我已经爱不释手。

"嘟嘟，是我不好，我应该给你带着证件的，可我大意了！"我喃喃着。

我和丈夫坐在回来的出租车上，这次我的心不再空空荡荡，我感受着嘟嘟的体温，它就蜷在我的腿上，实实在在地存在着。我看着它无辜的天真的小脸，眼泪再一次夺眶而出，本来我以为作为主人我会保护它，那句话说得多好，"小狗是主人生命中的一部分，而主人是小狗生命的全部"！本来我以为给它花钱办了户口，就能给它平静、正当的生活，可我的疏忽还是让它受了惊吓。我会在以后的日子里更加精心和细心，一定要让嘟嘟快乐地生活在明媚的阳光下！

我以我的亲历告诫爱狗养狗的人士，千万别怕麻烦，你爱狗儿吗，就给它上个户口吧；你想让它平安吗，就随时随地带着它的户口！

宠养提示

养狗要办理哪些手续？

养狗的规定根据地区的不同而各有所不同，以北京地区为例，截

至本书完稿前，办理养狗相关手续如下：

北京市的居民，个人初次饲养小型观赏狗的申请登记程序为：申请养狗人持居民身份证和户口簿到居住地公安派出所填写《申请养狗登记表》。公安派出所收到申请表后，7日内征求居民（家属）委员会的意见，报公安分、县局审核批准；公安分、县局在收到申请后10日内作出准养或者不准养的决定。

如果准养，由公安派出所向申请养狗人发放《购狗许可证》。申请养狗人可以持证购狗或接受赠狗，然后携狗到指定的动物医院对狗进行健康检查，注射狂犬病疫苗，领取《狗类免疫证》；再持养狗人身份证到指定的保险公司办理狗类伤害他人责任保险。

最后，申请养狗人持本人身份证、《狗类免疫证》、狗保险单、购狗发票或接受赠狗的公证书、3张狗的彩色照片，携狗到居住地公安派出所审验，合格后交纳登记费人民币1 000元，领取《养狗许可证》和狗牌。

另外需要注意的是：申请养狗的居民，每户只准养一只。

烧煤人的狗

小灰狗也有一口没一口地吃着，就像人们看着风景吃零食一样，不像其他小狗那样，人一动嘴巴就眼巴巴盯着。这只小狗的自信和骄傲真的让人吃惊，总让人觉得它是世界上最得意的狗。别说是流浪狗了，就是家里被百般宠爱的少爷狗们也少见这样超脱潇洒的。

严冬到了,烧煤人来我家送煤的时候后边跟着一只脏脏的狗。我本身就喜欢养狗,意念里狗儿们在城市里都是有时间和有钱人的宠物,却不知道这个送煤人是如何养狗的。

于是我就格外惦记那个烧煤的。听说他每天来四次,给八户人家烧。十点多我就注意往窗外看了一眼,果然见这个灰头土脸的人蹲在院子里还跟我妈说着话,旁边一个小灰狗,悠闲自得地趴在土墩上搔痒痒。

我开门出来时竟然被我家的小腊肠康康抢了路,它径直冲向小灰狗,以它的速度,我反应再快也来不及了。小灰狗竟像二踢脚一样飞出院门,但对面是前面楼的院墙,已经无路可逃,康康把它堵截在了死角。我们追出去时,小灰狗已经被康康掀翻在地,像个甲壳虫一样蜷缩着四脚朝天,但却并不示弱,龇着小牙发狠。

我把康康喝住,关回院子。这胆小鬼,前一天放炮吓得像筛糠一样,瘫在地上,张着嘴出汗,滴了一地水,现在倒是来逞能了,是不是觉得人家小灰狗好欺负啊!

小灰狗抖抖身上的土,一个滚就跳起来,若无其事。我也跟烧煤人聊了几句,烧煤人一边剥花生,自己吃一个给它剥一个。小灰狗也有一口没一口地吃着,就像人们看着风景吃零食一样,不像其他小狗那样,人一动嘴巴就眼巴巴盯着。这只小狗的自信和骄傲真的让人吃惊,让人觉得它是世界上最得意的狗。别说是流浪狗了,就是家里被百般宠爱的少爷狗们也少见这样超脱潇洒的。

"这小狗有名字吗?"我问烧煤人。

"叫奔奔,我给它起的名字。"

"哪来的?"我又好奇地问。

烧煤人说:"原来就在街上转悠,我给它喂了两次吃的,不知怎么就跟上我了。"

"那晚上它住哪啊?"我想烧煤人自己都难有什么地方睡觉,哪里又搁置这条狗呢?于是忍不住又问。

他说:"和我住,还老钻被子。"

难怪它这样自信,那些养在大房子里的宠物们也不见得有几个钻被子的。

聊到最后,烧煤人说他还是希望奔奔能有个条件更好的人家。因为自己在这里打零工,冬天烧完了煤,不知道以后还要去哪里。

烧煤人还要赶着去下一家添煤,刚一推车,奔奔就冲出去等在路中间,等烧煤人快到跟前,它就撒着欢飞奔起来,难怪叫奔奔呢,天天跟着自行车走街串巷。它哪里是个狗呢,就是一阵自由和快乐的灰烟儿。

城里的养宠族提起农民和民工不免联系到愚昧冷酷,虐杀动物的元凶。但是奔奔流浪了那么久,只有那个一无所有的煤灰人收留了它。别人家的房子再大,好吃的再多,都不是它的家。

第二天我就要回城市的家里了,我离开的时候还想着,很遗憾没能到他们的家看看,多聊聊。几年过去了,我偶尔还会想起这个烧煤人和这条流浪狗,不知道他和它是否还生活在一起。

宠养提示

怎样预防狗乱叫乱咬?

1. 不要随意挑逗它

对于自己的狗,主人常常出于好玩而挑逗它。但是要注意,这样

会贻害无穷。因为挑逗就是反面的训练，让狗正常的行为规范丧失殆尽。一出家门，它可能就会突然追人、咬人，追犬、咬犬，撒欢乱叫等。

2. 遛狗时不要大意

带狗外出散步时必须佩带牵引带。因为不论那种类型的狗，在听到尖叫声、突然间的震动声、动物的惨叫声等都会产生突如其来的反射。还有，走出自己的家门以后，与熟人和其他的狗狭路相逢的时候，主人千万不要大声说话或手舞足蹈，更不要主动去挑逗其他狗。因为人之间的友好表达在犬的认识中就是袭击。另外，散放的时候不可一心二用。否则，一旦它突然袭击他人可能来不及处理。

3. 狗扑咬人时不要惊慌

有时候，你的狗会对人或者别的动物一边扑一边叫，尽管看上去是它主动袭击人，其实这种表现是源于它内心的恐惧，吼叫的目的是吓唬人和呼唤自己的主人。此时，你千万不要追逐自己的狗，因为这种"进一步"的行为对于它而言就是"合伙打架"。

主人应该原地不动，大声地呼唤它的名字，叫它回来。一旦回来，主人就要严肃批评它，让它安静下来。如果它立即服从主人的口令，要对它进行表扬。尽量将批评和表扬根据它的表现重复几遍，否则它"撂爪就忘"。

辗转的幸福

莫卡妈妈把它重新交托给我的时候，她哽咽着。而莫卡，它沉默地看着我们，一如从前承受苦难般忍受着它和幸福的再次别离。我弯下腰，捧起它的小脸，亲吻它，一如半年前送它走向幸福时的动作。

莫卡原来是我们小区的一条流浪狗。它与别的流浪狗不同，既不慌张地四处流窜，也不惊恐地高声吠叫。我也没有看见过它觅食。它只是安静地，沉默地，卧在两个单元的交界处，晚上则在楼梯间里栖身。

当你注意到它的时候，它就抬起头，沉静地盯着你看。只有当它被惊吓或者驱赶的时候，它才会发出有点嘶哑、有点愤懑的叫声。有一天我注意到它的一只眼眶空陷，红肿着。原来它瞎了一只眼睛！

这就是主人抛弃它的理由吗?!

谁又知道，它的眼睛会不会是主人不小心烫瞎、刺瞎的呢?

疼痛灼烧着我的心，这是一个几乎被判了死刑的生命，全靠自己努力挣扎的小狗。而我能做的，不过是收集一些吃食，给它最后一点温暖。

元旦那天晚上，下了好大的雪。莫卡的叫声，穿透层层飘洒的雪花，听起来那么清晰。我打开窗，空气清冷，莫卡，今夜你将如何度过?

　　第二天,我发现我替它挖掘的栖身之处被人封住,我给它留的盒饭被人扔出,我为它铺的垫子已经不知去向。它能去哪里得到温暖呢?我决定带它回家!

　　如今的城市里,流浪动物数以万计,其中不乏比它漂亮,比它健康的。我自己都知道带它回家是个多么任性的举动。然而,我真的不能看着这样一个坚强的生命,默默消逝在这个世界上。

　　莫卡总让人想到"隐忍"两字。无论你对它好,还是对它坏,无论你对它善意,还是恶意,它总是那样沉默着,安静着,它用它一贯的沉静保持着它在这世界上的高贵和尊严。你若给它一粥一饭,哪怕只一次,再见时一个口哨便能令它见你就欢喜跳跃,娇嗔发嗲。你若给它一个鄙视嫌弃的眼神,哪怕仅仅是那么轻微的一瞥,它都能明白地感知,悄悄地退到一旁,却仍热切等待着你给它下一次亲近的机会。莫卡,就是这样一个孩子,乖巧得让人心疼。

　　但是,我的工作性质决定了我经常要出差,长时间不在家,莫卡怎么办呢?我只好在网上发帖子,希望能有好心人收养莫卡。

　　一个月后,我的手机收到一位李先生发来短消息,希望领养莫卡。李先生说:这是一只最没领养希望的小狗,所以我想把我家这个希望留给它。这话说得多好啊,而且他也确实做到了。

　　之后的半年时间里,莫卡集家人宠爱于一身。感谢莫卡的爸爸妈妈,天天为它烹制新鲜的饭食;感谢莫卡的爷爷奶奶,包容了它一切野孩子的习性。半年时间里,野孩子莫卡出落得毛色水滑,楚楚可人。后来我们才知道,莫卡这只独眼小野狗,其实是只纯种西藏

猎犬。

谁也没想到的是,莫卡的命运会如此多舛。一场家庭的变故,让它再次失去了保护它的屋檐。

当莫卡妈妈把它重新交托给我的时候,她哽咽着。而莫卡,它沉默地看着我们,一如从前承受苦难般忍受着它和幸福的再次别离。我弯下腰,捧起它的小脸,亲吻它,一如半年前送它走向幸福时的动作。

莫卡,请拿出你的坚强,也借我一点点。

莫卡重新回到我的身边。但是由于我工作的无奈,我只能继续帮它找个新家。我在网站到处发布莫卡的领养帖,但我对莫卡在短时间内找到新家很不乐观,做好了打持久战的准备。

但幸福来得如此之快。一周后,一对来自东北的小夫妻给我发来邮件,信里说第一眼看到莫卡网上的照片就喜欢上了它。说好试养一个月,但莫卡到他们家的第一个星期,这对小夫妻就为莫卡办好了狗证。也许真的是投缘,莫卡到新家后一次也没有乱尿过,依偎在女主人身边就好像相识已久。

春节到了,夫妻俩要回东北过年,莫卡被送回"娘家"——我这里住一个星期。我不知道它是否还认得出这个它曾经住过的"娘家"和我这个娘家人。

虽然辗转,所幸幸福终于还是来到了莫卡的身边。

宠养提示

如果宠物不幸烫伤、烧伤怎么办?

若宠物不小心被打翻的热水或热汤烫伤或是不小心被火烧伤

时，主人需要立即以清水来冲洗伤处。如果可以的话，最好是让水流不停地冲洗伤口约十分钟。这是因为宠物的被毛丛生，水要渗透到毛根处的皮肤需要花上一段时间，加上热水浇上身很不容易散热降温的缘故，所以有持续的水流流过伤口，有助缓和皮肤表面的高温及减低对皮肤组织的破坏程度。

主人也可以拿冰敷在患处，但不可以敷得太久，否则皮肤会很快坏死。不要让它们舔灼伤的伤口，这会增加伤口遭细菌感染的机会。

需要注意的是，主人不要把伤处包扎得太久，因为这会令伤口发炎。另外，火酒、滴露等消毒药水也不要涂在伤患处，因为这些药物会使皮肤更快坏死，而且，若这些药物被宠物舔到，又会引起中毒的可能性。

所以除了清水或是淡淡的盐水外，不要用其他用品来清洗遭烧伤或烫伤的伤口，也不要胡乱在伤口上涂抹任何药物。做完这些工作，赶紧带着宠物去医院。

棒打鸳鸯

当我取走那只艳丽的母鸟，把它放回自己的家与公鸟重逢时，没想到的事又发生了：它们很快认出了彼此，抖动着翅膀，兴高采烈地叫着，为久别重逢而欢呼雀跃；接着相依相偎地拥抱在一起，轻声细语地说着悄悄话，为离别而倾诉衷肠；丈夫用勾勾嘴梳理妻子的羽毛，叼来食物给妻子，像是为她压惊和安慰。

　　我特别喜欢养鸟，家里的鸟儿前前后后养了几十只，它们给我的生活带来了无限的生机和活力，更是我退休后修身养性的重要伙伴。在这些鸟中，最令我印象深刻的是一对鸟夫妻。

　　那对鸟夫妻是我几年前从鸟市买回来的，除了它们，我还买回了其他几对。它们都属于"绿黑头"品种，是牡丹系列之一，黑黑的头似墨染，翠绿翠绿的身子，鲜红的小勾勾嘴，特别是脖颈有一圈黄带缠绕，煞是让人喜爱。

　　经过自由恋爱，它们中的几对很快结成了伉俪，没过多久，它们产蛋、孵化出小鸟，转眼之间便成了几口之家。其中有一对鸟孵出的小鸟，经过我仔细地观察，发现它们的头不算太黑，且胸前的黄带有些发红，这当然算不上上等的小鸟了，比起其他窝的小鸟自然逊色很多。

　　我开始探究原因，仔细端详它们的双亲。发现鸟丈夫还算标准，而鸟妻子则差了些，原来这几只小鸟是随了它们的妈了！3 个月后，第二窝小鸟又能独立生活了，我再一看，仍是随妈的多随爹的少！

　　为了优生，就得选择好品种的鸟父母啊！我决定选一只上等的母鸟换出那只逊色的母鸟，给鸟丈夫找个漂亮的新媳妇。可是我怎么也没想到，当漂亮、艳丽的母鸟进了这个家时，公鸟对来这里定居的新媳妇简直不屑一顾，冲着母鸟"恶语相加"，那叫声暴躁，好像在说："我不认识你，你走开！出去！"而母鸟也不示弱，据理力争，分明在告诉对方："你以为我愿意理睬你啊，我是被迫进来的！"我在旁边看着觉得好笑，忽然，这两只鸟一起掉过头来冲我大叫开了，从那表情神态里，我猜出来它们的意思，也许在一起骂我乱点鸳鸯谱。

　　以后的日子，这两只鸟开始了"冷暴力"：谁也不理谁，两根栖杆一边一支，各吃各的，各玩各的，连吵嘴也没看见过，更没见它们动嘴打架。至于鸟窝那更是视而不见。

尽管它们如此冷漠,我仍抱有一丝希望。我想经过长时间的培养,这两鸟会建立起感情来的,很多人不都是这样的嘛! 到时自然就会下蛋孵出上品的小鸟了。

可转眼一个多月过去了,别的窝的夫妻已哺育出了小鸟,而这对鸟仍无动静。又过了两个月,事情发展得更加恶劣了:这两只鸟不仅把栖杆咬断了,还把食盒水罐弄得很脏掉在托盘里,让它们孕育小鸟的窝隔着铁丝被咬了两个大洞,就是不肯在一起,更谈不上相爱了。我这时候才感叹:真是捆绑不成夫妻啊,我错了! 遂决定请回元配夫人,让夫妻二人团聚。

感谢老天爷,我还留着那只被淘汰的母鸟,当我取走那只艳丽的母鸟,把它放回自己的家与公鸟重逢时,没想到的事又发生了:它们很快认出了彼此,抖动着翅膀,兴高采烈地叫着,为久别重逢而欢呼雀跃;接着相依相偎地拥抱在一起,轻声细语地说着悄悄话,为离别而倾诉衷肠;丈夫用勾勾嘴梳理妻子的羽毛,叼来食物给妻子,像是为她压惊和安慰。

自责和不安立刻涌上了我的心头,我发觉自己干了一件极其愚蠢的错事,我恨自己差点拆散了一对忠诚的伴侣,一对永不分离的鸳鸯! 当它们彼此分开的时候,肯定互念着对方,饱受着相思之苦,承受着感情的折磨,郁郁寡欢,但决不喜新厌旧,如此重情重义,确是我不曾想到的,而且我认为的"美女"跟公鸟心目中的标准完全不一样,在它心中,只有它的妻子才是最美丽,最中意的。

十几天后,它们就开始下蛋了,夫妻俩共同承担起哺育后代的职责。

每每想起这件事，我都不免愧疚。发誓再也不干棒打鸳鸯的事了。并且，也立志向公鸟学习，做个忠诚的好丈夫，与老伴恩恩爱爱走到人生的尽头。

宠养提示

如何管理好繁殖期的牡丹鹦鹉？

除了换羽期，牡丹鹦鹉可常年产卵。一般雌鸟一年可产卵3～5窝，每窝产6～8枚，孵化期17～19天。在整个孵化过程中，雄鸟坚守在巢外看护并饲喂雌鸟，雌鸟只是在吃食、饮水和排粪时才出巢。

雏鸟出壳后需经35～40天才离巢，离巢后仍需亲鸟饲喂2周后才能独立生活。可自制一个80厘米×60厘米×40厘米的鸟笼用于繁殖。鸟笼需用12号的铅丝编制，网眼的直径不得超过2厘米，以防鸟钻出飞走。内放一个20厘米×16厘米×16厘米大小的人工巢箱，箱的前面开一直径为6厘米的圆形出入口，口下设一木台，供鸟进出时蹬踏。巢箱木板要厚实些，底部留3～5个直径为0.5厘米的圆孔，以便于通气和排出多余的水。

大笼成群饲养容易繁殖，高3米、长3米、宽2米的笼舍，可饲养20对。笼内多设栖木，纵横交叉，供鸟攀爬栖息。用硬木制成，长20厘米、宽16厘米、高25厘米的人工巢箱，1/3处开6厘米直径的洞。洞口有小台板供进出，人工巢箱里面可分上下层，下层铺3毫米厚的干燥木屑。巢箱挂在高处，并供干草，由鸟自己衔入垫巢。也可用粗毛竹横挂，每节竹洞打一个洞供筑巢。总之，巢箱要多于饲养的对数。

繁殖期间，尽量减少干扰，少惊动。饲料增加骨粉、钙粉、多种维

生素和鸡蛋、包米粉合成的粉料。雌雄鸟自由配对后,相亲相爱,互相理毛喂食,完成交配后产卵。雏鸟出巢后,双亲继续饲喂10余天即可分笼,让鸟继续繁殖第二窝。

一见如故

我们出去迎接这位小客人。还没走到孩子面前,就听到背后传来一个声音。我转过身,看见来恩冲下台阶,直奔小男孩。一定是我们太匆忙,没关好门。我屏住了呼吸,来恩这么激动,肯定会吓着大卫,甚至会把他撞翻在地。哦,不!我想。我们第一次见面怎么会这样啊!

我们拥有的一切都很完美——一座占地40英亩的漂亮木房子,美满的婚姻,而且有一条忠心耿耿的狗。惟一的缺憾就是我们没有孩子。

我们尝试了很多年,想拥有一个孩子,却都没能如愿,因此我和丈夫艾尔想领养一个孩子。基于各种原因,我们决定领养一个年龄大些的。不仅因为我们两人都工作,照顾孩子会成问题;而且我们目前唯一的"孩子"来恩,一条斯伯林格斯班尼种犬——它的精力太旺盛了,小孩子根本控制不了它。

坦率地说,我们从没养过孩子,一想到照看婴儿就有些紧张。领养机构让我们回去耐心等待,几个月后会有学龄儿童可领养。谁知刚过几星期,也就是在圣诞节的前几周,他们就给我们打电话,问我

们是否愿意领养一个名叫大卫的两岁半的孩子，照看他几个月。这使我们措手不及，他们说那孩子急需有个能照顾他的人家。

情况并不符合我们几周前经过一番理性的讨论后提出的要求。困难很多——通知得那么急，我们已经有了度假计划，最重要的是，那孩子才学会走路！我们在房间里踱来踱去，深思熟虑后还是接受了。

"只几个月嘛。"丈夫劝我说。我们互相安慰说不会有问题，但私下里我却满腹狐疑。

大卫来我们家的日子确定了。那天，一辆汽车停在我家门口，透过车窗，我看到了他。在现实面前，我觉得头一下子大了。我们做了些什么？这个孩子要和我们共同生活在一起了，我们对他却一无所知！对他的到来，我们真的做好准备了吗？我看了一下丈夫，知道他心里也在犯嘀咕。

我们出去迎接这位小客人。还没走到孩子面前，就听到背后传来一个声音。我转过身，看见来恩冲下台阶，直奔小男孩。一定是我们太匆忙，没关好门。我屏住了呼吸，来恩这么激动，肯定会吓着大卫，甚至会把他撞翻在地。哦，不！我想。我们第一次见面怎么会这样啊！大卫肯定会很害怕，不愿跟我们一起进屋，整件事情就要化为泡影了。

在我们拦住来恩之前，它已经冲到大卫面前了。它蹦跳着奔向他，开始欢喜地舔他的脸。同时，这个可爱的小男孩抱住狗的脖子，向我们转过头，欣喜若狂地叫起来："这是给我的狗吗？"

我和丈夫站在那里，相互对望了一下，笑了。那一刻，我们的紧张感跑到了九霄云外，心想，一切都会如愿的。

大卫原本只会和我们待几个月，但是8年之后，他仍和我们生活在一起。是的，我们收养了大卫。他成了我们的儿子，还有来恩……哦，它高兴极了，它最终成了大卫的狗。

宠养提示

怎样让狗和孩子安全友好地相处？

1. 选择合适的品种

在家中同时拥有孩子及小狗是一个不错的建议，某些品种的狗尤其适合家中有小孩的环境。例如，拉布拉多、金毛巡回犬、比高犬等，它们会较稳定，比贵妇狗、吉娃娃或小型爹利犬更适合。所有小狗都喜欢咬人的手或脚跟，虽然只是轻轻地咬，但也需要制止。

2. 恰当的拥抱

当家中孩子的年龄越来越大，你要教他如何拥抱狗。首先，要由侧面接近狗只，让它先闻一下孩子手上的气味，然后在拥抱它之前先轻抚它的下巴。切忌用手由它头顶正上方往下移动并轻拍它的头或者轻抚它的后颈，因为这些动作对狗来说是带有攻击意味的，它可能会立刻反应。某些人可能试过以上错误的方式接近狗而没有被咬，会把这番建议当做无稽之谈，但假若有一天孩子真的因此被狗咬了，这段话就会变得有意义。

3. 给孩子和狗学习的时间

对于一些较轻微的意外，尝试不要斥责狗或孩子，例如孩子不小心踩到狗的尾巴，又或者是狗试图从孩子手上抢走一样它喜爱的玩

具。这是一个学习的过程,对于狗和儿童来说都是如此。此刻,您可以教孩子一些控制狗的命令,如"坐"、"走"等,这样可以让狗了解到孩子是它的主人。当孩子和狗一起玩耍得很高兴又安全时,对于两者都要多加赞赏。

你知道我在等你吗?

> 有一年冬天下雪,楼门被关上了,乔乔不能进入温暖的楼道,只能蜷缩在草堆里。有人围过来看,见它一动不动,大家都以为它快死了,有好心人为它盖上了一件毛衣,过了一个多小时,乔乔终于睁开了眼睛。

主人搬了新家,将家里的狗遗弃在旧居。主人如此无情无义,这条狗却痴情地等待在旧居门口,等了主人整整 6 年!

这就是一条名叫乔乔的狗。

原来,乔乔本是小区内一户人家的宠物,可 6 年前主人乔迁新居,临走的时候却将它留在这里。刚搬走的那段时间,小狗每天都守在原来房子的房门口,一动都不动,别人喂它吃东西,它也不理。来往的人觉得它碍事,把它赶下楼梯,可只要人一走它就又回到门前继续等。

每一天,它都徘徊在小区里四处寻找,期待能够再见到曾经疼爱过自己的主人……可是多少个日日夜夜过去了,乔乔得到的只有无尽的失望。

由于无人给洗澡和打理,乔乔的毛渐渐长长,拖到了地上,长毛都打起了死结,浑身沾满了草叶和粪便,长期的流浪生活让乔乔练就了自我保护的敏锐意识,只要感觉有人来抓它,它就会机灵地躲起来。这种生活也带给了它强烈的自卑,整天眼神里带着忧郁四处寻找,只要有陌生人进入小区,它就紧紧地跟着人家到家门口。和小区的其他狗也不合群,总是呆呆地坐在一边,心事重重。它从来不主动攻击居民,即使有人用石子砸它,它也只是溜到绿地里,从来不会去咬别人。

有一年冬天下雪,楼门被关上了,乔乔不能进入温暖的楼道,只能蜷缩在草堆里。有人围过来看,见它一动不动,大家都以为它快死了,有好心人为它盖上了一件毛衣,过了一个多小时,乔乔终于睁开了眼睛。

几天后,人们在小区的街道里又发现了它,但是它非常干净,毛被梳理得很整齐。看来是有人收养它了,可是它为什么还要跑回来在这里傻等呢?

就这样被收养又逃跑,被收养又再次逃跑,无论新主人对它怎样好,就是不能留住它这颗"固执"的心。

这条狗的故事在小区里流传开来,甚至引发了新闻媒体的注意,这条忠诚的狗上了报纸!

小倩听说了乔乔的事情非常震惊,她为世上还有这样的狗而感动得流出了眼泪,她找到了它,想抚摸它,让乔乔感受到人的爱,可是由于长时间没人抚摸过,"乔乔"对接近自己的人都有着强烈的警觉。小倩每天都到乔乔所在的小区来,陪伴了它好多天,乔乔才慢慢地接受了几年都没有得到过的爱抚。

在取得了乔乔的信任后，小倩第二步工作就是给乔乔又长又脏的毛清理。给它梳理长毛的时候，小倩万分小心，只要一碰到打结的地方就不敢用力，生怕弄痛了它。后来实在没有办法，只好为它彻底地剃毛。

在宠物医院，为乔乔剃长毛的女孩流下了眼泪，她们想尽一切办法让这个饱受坎坷的忠实小狗远离痛苦。乔乔的腿只有一双筷子那么粗，整个身体几乎就只剩下了一个空架子，看它站起来的样子都觉得很费劲。

尽管在剃毛的过程中，身上被剃破了两个口子，但"乔乔"只是忍着疼痛，独自大声叫喊，并没有侵犯两个为它剃毛的小女孩，这让在场所有的人都感动不已。

乔乔有了小倩，温暖是有了保障，可是谁能肯定它还会不会再跑掉，再回到老房子那里？它的心能就此停留吗？

宠养提示

如何照料患了皮肤病的宠物？

如果您的宠物患了皮肤病，不要着急，不要厌烦。给您介绍一些健康养育知识：

1. 猫犬舍被褥经常换、洗、晒。（不要用腈纶制品要用纯棉布。）要每日清扫。

2. 每日给犬猫梳理全身毛发一次。这样既清洁皮毛，又预防毛发打结。

3. 每日用淡盐水、湿毛巾给宠物擦眼角、鼻头和嘴巴，然后用卫生纸擦干。外出归来，梳理毛发和四肢，理掉污垢，用干毛巾擦干净

或冲洗四脚。但必须及时擦干脚趾。

4. 夏季 7 天，冬季 14 天，洗澡一次。洗后立即用毛巾擦干或吹干。耳朵内用棉花或卫生纸轻轻擦干，这样可预防耳螨。

5. 定期打预防针、驱虫，远离内外寄生虫。

6. 饮食要合理搭配，少吃咸。肉、饭、菜拌一起，从小培养宠物吃水果和蔬菜，增加 Vc 的吸收，增强皮肤的抗病能力。要常换新鲜水，水盘要每次认真刷洗。

7. 如患有皮肤病应忌口，如：牛、羊、鱼、虾、蒜不能食用。

8. 应给宠物使用专门配制的洗澡浴液，不能用人的。因为人的皮肤与动物的皮肤不同，狗、猫的皮肤相比较脆弱，皮肤表层很薄，没有汗腺，不会出汗，只有鼻头和脚垫有汗腺。再比如新陈代谢的周期，人为 28 天，猫狗为 20 天。毛发生长的特性，猫狗为周期性生长，人为连续性生长。人用浴液、洗发水、洗涤灵、84 消毒液、药皂碱性大，如给犬猫使用会造成皮肤过敏，破坏毛发生长，易得皮肤病。

伯父打狗

> 我只听见伯父喃喃地对伯母说："这条狗可真忠啊！我用镐头狠狠砸它的头，它就躺在那里冲我哀鸣，不躲也不跑，也不过来咬我，任我砸，直到头骨被砸碎了，血流了一地，还低低地冲我叫着，用眼睛看着我……"

上世纪 60 年代末，5 岁的我去农村的伯父家过冬，村里日子十分

清苦,饭菜每天都是窝头、稀粥和咸菜。

他家有一条大花狗,那还是我第一次接触这种动物。这狗总是蹲坐在屋门前,忠实地看护着家门,我第一次看见狗,又害怕又好奇,但不久就和它混熟了,成了朋友,我总是和它面对面地蹲着,用手轻轻地抚摸着它的脸和头,它则懂事地用大舌头轻轻地舔我的脸。

后来,这条狗开始吐血,渐渐喂它东西也不再吃了,看来没几天活头了。

接着新年就来到了。那天早上,我还没睡醒,伯父就叫我起来吃饭,奇怪的是饭桌上全不见往日的窝头咸菜,而是一大盆冒着热气的肉!孩子们一拥而上,争抢着吃肉,要知道,那时候,一年可能都吃不上一次肉啊!

伯父和伯母却没有吃,我只听见伯父喃喃地对伯母说:"这条狗可真忠啊!我用镐头狠狠砸它的头,它就躺在那里冲我哀鸣,不躲也不跑,也不过来咬我,任我砸,直到头骨被砸碎了,血流了一地,还低低地冲我叫着,用眼睛看着我……我……我,哎,没办法啊,它那病,反正也要死了……"听到这话,我脑子嗡的一下,才知道我吃的是那条狗,不禁鼻子发酸,心中难过,但那年月,肚子太亏,难过归难过,仍然埋头吃肉,过了一阵就不去想了。

转眼 30 年过去了。

有一天,我有个城管大队的朋友告诉我他们捡到了好多条狗,问我要不要领养一只。我想到女儿一个人确实挺孤单的,家里养个小狗也好,于是,就抱养了一条小黄狗。

这条小狗很乖,从不淘气,外出时,总拿眼睛瞟着我们,生怕我们丢下它不管。可能是生下来不久就离开了父母,又几次辗转于人手,小狗特别珍惜家的感觉吧!小狗有时候过于依赖我们,被独自关在屋里时,总是大叫,求我们带上它。我唯恐干扰了邻居,有点恼火。

有一次，全家人刚下楼，它又大喊起来，我真的发火了，顺手抄起电线，向它打去，一下，两下，第三下我便住手了，因为它既不跑也不躲，而是四脚朝天，任凭我抽打，一面痛苦地叫着，一面恳求地看着我，我的耳边忽然响起了另一条狗凄惨悲凉的叫声，叫声中充满了对死亡的恐惧、对生命的渴望、对疼痛的战栗、对主人的信任与疑惑。此时，它的主人，一个结实的中年汉子，正抡着沉重的镐头猛砸它的头……5岁时的记忆在那一刻被突然唤醒了！

我一下子扔下电线，抱起小狗，掀起它的皮毛，心疼地看看皮肤是否破了，当我确信没伤着小狗时，才把它放下，一边抚摸着它的头，一边轻声安慰它，小狗见我原谅了它，十分欢喜，忘掉了身上的痛楚，使劲摇着尾巴，不断舔我的手，我轻轻把它放在褥垫上，又抚摸了它一会儿，才走出家门，小狗这次变乖了，没再叫唤。

我们回到家中，小狗乐得发狂，又跑又跳，又扑又亲，玩累了，就趴在床边的地毯上睡着了，在睡梦中，它不时地努努嘴，蹬蹬腿，一定是在做着天真的狗梦，我轻轻地抚摸着它的小爪儿，感慨地想：在人世间，大家都认为孤儿可怜，其实小狗何尝不是孤儿呢？它没有父母和兄弟姐妹，没人疼它，它流落到人世，毫无自卫能力，任何一个人都可以把它置于死地，然而，它对生命的热爱和对幸福的渴望程度一点也不少于人类，不论它落在谁手，主人如何待它便决定了它一生的命运，狗是主人生活的一部分，而主人则是小狗生活的全部！我们为什么不能善待一只小狗，让它快乐地生活呢？

一次趁出差的机会，我又来到阔别多年的伯父家，我不禁惊呆了，这是一间低矮、阴暗、破旧得无法形容的小土屋，炕上炕下，墙上

梁上全是土,没一件像样的家具,到处是蜘蛛网,伯父躺在炕上,瘦弱不堪,满身满脸都是土,已经认不出我了,在我说出和他的关系后,他微微一笑,就恢复了木呆的表情。苦难的日子已把他折磨麻木了。

"我后悔打死那条狗啊!我是作孽啊,这全都报应……"伯父自顾自喃喃地说着。伯父家的哥哥对我说:"我爸他这几年总是叨咕这几句话,我们怀疑他中了狗的魔,让巫医看了也不见好……"

哥哥又告诉我,几十年来,伯父越过越穷,失去了县里的工作,搞个养鸡场又赔得一塌糊涂,而他妹妹患严重的癫痫病,伯父最近又得了癌症……

我仿佛又听到了那条老狗痛苦的呻吟,仿佛看见了它那绝望而恳求的表情。在镐头的呼啸声中,它没有躲闪反抗,而是不断乞求着,它不知自己犯了什么错误,它不相信主人会真的杀死它,将死之际,它用留恋的眼神望着主人,把痛苦和委屈留给了自己,把忠诚和肉体留给了主人……

难道这真的是报应吗?

宠养提示

如何对狗的疾病防患于未然?

养狗时间长的主人也许有这样的经验,前几天狗狗还活蹦乱跳的,可是突然就不行了,送去医院已经太晚了。因此,尽早发现疾病,对于挽救爱犬的生命非常重要。作为一个称职的主人,你应该对小狗的不良反应有尽可能早的察觉。

1. 发烧

发烧是常见的疾病症状,它也是很多夺命病魔的前兆,因此不可

轻视。如果你的爱犬出现浑身乏力懒得运动,鼻头干燥,那么它很可能是发烧了。这时你应该立即为爱犬测量体温。犬的正常体温比人略高,大约为 38.5℃,幼犬的体温更高一些。需要注意的是,犬在激烈运动后和天气燥热的下午,体温会比正常时略高。如果它的体温超过 40℃,那么它就已经发烧了,需要立即送往医院就诊。

给犬测体温可以选用一般的人用温度计。用结实的细线拴在温度计的另一端,绳子头系一只小夹子,测量前用酒精将温度计头部消毒,然后缓缓插入犬的肛门,再用小夹子夹住犬臀部的毛,防止温度计滑入犬的肠道。注意,温度计插入的长度要根据犬体的大小决定,插入的时候一定要轻柔,避免划伤犬的肠道。

2. 发抖

狗在感到寒冷的时候会发抖,一些犬在洗澡后毛未擦干也会发抖,这是正常现象。可是,如果狗在并不冷的时候发抖不停,就要引起主人的注意了。

病态发抖的原因是狗的神经系统出了问题,比如脑炎、犬瘟热等疾病,因为狗的神经遭到病毒的侵害,因此导致发抖。确定它是非正常发抖,主人要将爱犬送往医院就诊。

3. 食欲不振

食量是观察狗是否健康的一个最明显标志。正常的狗有着良好的食欲,如果它的食欲下降,而食物又没有异常的情况下,便可能是疾病的一个信号。

很多疾病会使犬食欲下降甚至丧失食欲,如胃肠道疾病、其他系统的急性传染病等等。主人需要区分犬是食欲下降还是有食欲但不吃食。一些犬的口腔或咽喉被划伤,在吃食和吞咽的时候感觉疼痛,因此也可能拒食。

麦克流浪记

现在所有人都讨厌它，都想踢它一脚。麦克的胆子越来越小了，它不敢主动跟任何人打招呼，不敢正眼看人，低着头，偷偷地望。如果那人脸上有笑容，麦克就摇摇尾巴，如果那个人满面怒容，麦克撒腿就跑。

麦克是迫不得已流浪的，虽然它知道自己的家在哪里，却不能回去。

它的家在离海不远的地方，那是一个宽敞明亮的大房子，主人没有孩子，就拿它当孩子来养。女主人每天都穿得漂漂亮亮，还经常带它到公园里散步，有时候它走累了，女主人还会像抱小孩一样抱起它。

可是，幸福突然间就失去了。一天，女主人看完报纸突然对男主人说："你看，现在狂犬病怎么这么厉害，咱们这个城市都有好几个人得了这病了！太可怕了！麦克不能再养了。"

麦克恰好这个时候不识趣地凑过来和女主人撒娇，可是，它发现女主人看它的眼神很异样，再没有往日的温柔了，变得凶狠狠的。麦克想，一定是她在工作上遇到了什么不开心的事儿吧，以前也是这样，在单位里一遇到不开心的事，回家就拿麦克出气，但过后就好。麦克也知道，女人嘛，就是这样容易善变！

第二天，女主人还是亲热地对它喊："麦克，散步去！"麦克以为女

主人心情好了,高高兴兴跟着出去散步。这次看来是去很远的郊外散步了,因为女主人把它放到了车上。万万没有想到的是,女主人把车开到一个树林中,放下它后,"砰"地一下将车门关死,开着车一溜烟自己走了!

但麦克认得路,这难不倒它。4个小时后,麦克就找到家了。可任凭它在门外怎么叫,主人就是不开门。它分明听见房间里主人在看电视,可它越叫,电视的声音越大。

无奈,麦克就蹲在门外等。又渴又饿的它不敢离开半步,它怕万一自己离开的时候,主人来开门,那可怎么办?半梦半醒的麦克多少次被脚步声惊醒,却没有一次是熟悉的主人的脚步声。他们都睡了,男主人还打起呼噜来,以前这个时候,女主人还亲切地把它抱到床上,可现在……麦克的眼睛湿润起来。

第二天,女主人来开门了,麦克欢快地叫着扑上去,却被女主人一脚踹了个跟头。麦克睁着困惑的眼睛望着主人,女主人穿戴整齐,看样子要上班去,她一边躲避着麦克一边骂:"滚开,你这只疯狗!"麦克更困惑了:"我没有疯啊,以前女主人都叫我心肝儿、宝贝儿的,今天为什么叫我疯狗呢?"于是,麦克恨起那个狂犬病来,它不知道那是一种什么病,反正是因为它主人才不喜欢它的。男主人也上班去了,因为男主人平时就不喜欢麦克,麦克只在远处向男主人摇摇尾巴,没敢上前打招呼。

又饥又渴的麦克,走上街头,它想找点吃的填饱肚子,然后休息一下,准备晚上等主人回来。也许,晚上主人的气就消了,又会让它回家了,还给它吃进口的狗粮。它也怀念起家里那张舒适的床来。以前在家里总想往外跑,以为外面多辽阔多舒坦,以后可再不敢了,要好好留在家里,还是在家里待着舒服啊。

终于盼到了女主人下班,可是女主人从它身边经过时,就像没看

到它一样。麦克急了，"汪汪"叫了两声，它想提醒主人，自己等她一天了，它想回家。可女主人叫了一声"啊，疯狗！你想咬我吗?"接着她迅速地走到门前，以最快的速度打开锁，"砰"地一声关上了门。

　　它听见女主人在急急地打电话，但说的什么却没听清。不久，它听到有急促的脚步声向自己跑来，麦克一跃而起，以为出了什么事。但并没有什么事，只是来了两名小区的保安员。麦克认得他们，以前女主人带自己散步时，他们还逗自己玩呢，还对女主人说自己"真漂亮"。麦克向他们摇了摇尾巴，表示打过招呼了。可他们的脸上却一点友好都没有，走过来就对麦克大吼："快滚!"说着，挥起棍子来。麦克只觉得头上一阵剧痛，眼前一黑，它跟跟跄跄地跑掉了。

　　麦克怕保安员追过来，晚上没敢回家，躲在小区附近的草丛里睡了一觉。天亮后，麦克又去等女主人，可它一进小区门口，保安员就追出来，没追上，就用砖头砸，幸亏麦克跑得快，没砸上，但砖头都碎了，麦克吓出一身冷汗！

　　虽然危险重重，麦克还是想回家，而回家就要经过保安的门口。终于有一次，几名保安把麦克围在中间，把它打得半死，后来它醒过来了，浑身剧痛。它怕保安再打它，就趁着他们吃午饭的时候爬着逃走了。麦克从此再也不敢回去找主人，有时远远看见，也不敢打招呼了，因为每次打招呼过后，都会有保安冲过来。

　　于是，麦克就成了一只流浪狗。

　　它不想远走，没准哪天女主人想起它来，还会让它回家呢。但没有家的感觉真是糟透了。现在所有的人都讨厌它，都想踢它一脚。

麦克的胆子越来越小了，它不敢主动跟任何人打招呼，不敢正眼看人，低着头，偷偷地望。如果那人脸上有笑容，麦克就摇摇尾巴，如果那个人满面怒容，麦克撒腿就跑。

两个月无家可归的流浪生活终于让麦克病倒了，高烧，还呕吐。它终于晕倒在了路边。

醒来时，它看到有几个人围绕在它身边，看到它醒来非常兴奋。麦克看了看周围，终于明白了，原来是这几个人把它送到了医院，看来这次自己病得不轻！

它听到医生叔叔对其他人说，可以给它免费看病，但要留院观察。并且还说："没问题的，它的病一定能治好。"

人群中有个善良的女人高兴得哭了，她对麦克说："宝贝，快点好起来吧，我带你回家！以后保证你不再孤独寂寞受伤害了。"

麦克心里想，我的流浪生活难道真的要结束了？"汪汪！"麦克含着眼泪兴奋地冲着这个新妈妈欢叫了两声。

宠养提示

如何排遣宠物的孤独寂寞？

现代都市人的生活节奏快，由于工作和生活常带来压力和烦恼，很多人养只小狗来放松和解压。但是，如果你平时工作很紧张，还要经常加班或者出去应酬，不能有太多的时间和小狗在一起，您是否感到内疚？如何排遣宠物独自在家的孤单和寂寞呢？您不妨试试以下几个方法：

1. 交流法

出门前，您要态度亲切地告诉它主人要上哪里去，要它在家好好

等待,告诉它主人回来后会带它出去玩,并且会有好吃的奖品等。如果能再给它一些美味可口的小零食,或将狗儿爱吃的东西抹在玩具骨头或狗咬胶上,善于理解人类的狗狗会从交流中得到很多安慰。

2.培养自信法

自信心强的狗不容易产生焦虑。您不妨和狗狗做些游戏,充分赞美和夸奖它在游戏中的出色表现,增强它的自信。

3.慢速分离法

给它一点儿零食,然后主人离开几分钟后回来。虽然只是短暂分别,但狗儿仍会高兴得跳起来,好像久别重逢。之后,逐渐拉长分离的时间,一天之内离开家门很多次,直到狗儿懒得理会主人进进出出,不受分离的影响为止。

4.运动法

出门前,可以带小狗到户外运动一下,让它消耗过多的体力,这样狗儿回到家里会比较累,希望睡觉。

5.注意力转移法

可以给它一件沾满主人气味的旧衣服或袜子,熟悉的气味会使它觉得主人仍和它在一起,它会感到安全。经常给狗狗提供一些好玩的玩具,使它把精力专注于玩耍中,让不安的情绪得到转移,忘记孤单。

田野小刺猬的居室生活

> 家里除了我之外还有一只酒足饭饱后就爱睡觉的懒猫,我们经常为了争宠而吵嘴,不过我不怕它,只要它欺负我,我就缩成一团,专拣它的肚子撞,撞得它直"喵喵"叫,后来它就再也不敢欺负我了,总是躲着我走路,有啥东西也都可着我先吃!哼,以为我从乡下来就治不了你这只城里猫?

我是一只刺猬,祖先给了我一副多刺的盔甲。我常在暮色降临的时候独自在草丛或者田埂上散步,可以嗅到田野的芬芳,享受大自然赐予的自由和美好,最主要的是可以捉到小昆虫或者是挖到花生和地瓜来填饱我小小的肚皮。说实在的,我不是饕餮怪物,我对吃的要求很低,能果腹维生就行。

我最喜欢在月光如水的夜晚在树林里溜达,兔子它们说我是个孤僻的家伙,喜欢玩深沉。才不是呢,我是个害羞的小刺猬,喜欢安静,喜欢安静带给我的温暖和安全的感觉而已。

最舒服的时候就是冬天,我钻进地洞的干草里美美地睡到春天。不用思考,不用为晚餐而惴惴不安,更不必为逃命而魂飞魄散。

散步的时候,我曾经遇到一个非常帅的刺猬男孩,他背上的刺亮得像月光里黑光闪闪的铁枪头。我是那么的害羞,轻轻地挪过去,用潮湿温暖的小鼻尖碰碰他的鼻尖,我多想紧紧地抱着他呀,可他的刺

扎得我好痛。他让我拔下刺来,这样他就可以拥着我一起看月亮了。我用了很长时间来思考这个建议,最终还是离开他,因为,如果拔下刺来,我不知道失去保护的自己将如何继续生活。

去年秋天,我的主人在游玩时在树丛里发现了我。我看见她走近,便露出全身的刺,戒备地望着她。她小心地把我拎起来装进了袋子,从此,我从农村来到了城里,过上了城市的生活。

忘了告诉你,我的主人是一家旅游公司的时尚白领,她叫欢欢,所以给我取了个名字叫乐乐。家里除了我之外还有一只酒足饭饱后就爱睡觉的懒猫,我们经常为了争宠而吵嘴,不过我不怕它,只要它欺负我,我就缩成一团,专拣它的肚子撞,撞得它直"喵喵"叫,后来它就再也不敢欺负我了,总是躲着我走路,有啥东西也都着我先吃!哼,以为我从乡下来就治不了你这只城里猫?

说实在的,刚进城时,我真是眼花缭乱,这里的房子真高,但却看不到多少花草,失落之余还是对新生活充满了好奇和憧憬。城市生活一点没有改变我的习性,我特别喜欢吃苹果和桃子,每次吃的时候都爱把碎渣滚得满身都是!其实我是想把那些渣渣存储起来以备后患——过去在田野里饿怕了,总想留个后手。另一点就是身上的臊臭味没法去除!为此欢欢没少在我身上喷香水。唉,没办法,谁让"人"家与生俱来就有这种"体香"呢!

我和欢欢的美好生活过了大约半年,她就找了个男友,每次回家第一件事再也不是逗我玩了,而是煲起了电话粥,我生气,我郁闷,我吃醋!为了报复,有一次我乘那个男孩来我们家时偷偷地溜到他的旁边,乘机狠狠地戳了他一下。呵呵!可吓坏他了,可是他看到我这

个可爱的模样后,也喜欢上我了,并且还蛮会拍我马屁的,也许是爱屋及乌吧!他为我用薄木板做了一个漂亮的小窝,里面还铺上了一层棉花,这样我就可以过一个温暖的冬天了。为了这事,算了,我大度一点把欢欢让给他一点点吧!

我过了一年城市的居室生活,对比过去的田野生活,两种生活方式各有千秋。我是只乐观的刺猬,喜欢随遇而安,怎么说我也比过去田野里的小伙伴们更有见识了!

宠养提示

如何在家庭中饲养刺猬?

刺猬的适应性很强,对环境要求不严,适合家庭饲养。刺猬有喜静、怕光、昼伏、夜出的习性,家庭饲养最好选择比较安静,人为干扰较少的地方。有庭院的家庭最好饲养在院子里,没条件的可饲养在阳台。用80厘米见方的木箱给刺猬建巢窝,窝内铺上干草、松树叶或秸秆。窝外最好用石头和泥土垒一座小土堆或假山,种上花草,供刺猬活动使用。

刺猬是杂食性动物,在野外主要靠捕食各种无脊椎动物和小型脊椎动物以及草根、果、瓜等植物为生。家庭饲养可以自配饲料,以肉类下脚、粮食及副产品、青菜等按比例配合饲养。另外,毛毛虫、甲虫、蜗牛、蚯蚓等小动物和水果也可喂养。

刺猬年产仔1~2胎,每胎3~6仔。刺猬适应能力强,疾病较少,没有传染性疾病,只要饲养管理和卫生措施得当,刺猬是很少得病的,主要疾病是肠炎、皮癣、寄生虫等,一般用人类相应的药物就可治疗。由于刺猬性格温顺,不会随意咬人,动作举止憨厚可爱,深得少

年儿童的宠爱,逐渐成为人们喜爱的家庭宠物。

瘸人与瘸狗

平房里太黑了,他经常搬个小凳子和狗儿坐在平房外的路边,一边晒太阳一边糊纸盒。它也和主人一样友善地对过往的、认识和不认识的人打招呼,包括曾经给它带来伤痛的那些学生们。

他是一个生活在都市中的瘸子,没有老婆和孩子,也没有了双亲。他唯一拥有的是一间又矮又破的平房和一身人见人躲的脏衣服。他没有工作,所幸的是每月还有几百块的最低生活保障金,他又找了份兼职的工作:糊纸盒,每月能挣百十来元。生活虽然艰难,但能解决温饱,他已经很知足了。

有一天,他在家门口看到一条小狗,正在被一群下课的学生虐待,他轰走了他们,把这个奄奄一息的小家伙带回了家。他把晚餐的白米粥分给它一半,那晚它吃得很香,睡得很甜。

后来,它成了他的伴,一个没有奢求的伴。它的右后腿被那些学生打残了,一瘸一拐的它跟着一瘸一拐的主人,看起来似乎很好笑。他们一同走在街上,经常受到孩子和大人们的起哄和嘲笑。他和狗儿都习惯了,笑笑也不放在心上。

虽然穷,但是他想自己还能养得起它。他心里想,只要自己有一口吃的,就会分给它一半!

平房里太黑了,他经常搬个小凳子和狗儿坐在平房外的路边,一边晒太阳一边糊纸盒。它也和主人一样友善地对过往的、认识和不认识的人打招呼,包括曾经给它带来伤痛的那些学生们。

有一天,一个自行车从他门前经过,挎在车把的塑料袋里掉落了些褐色的颗粒,它跑了过去,痛快地舔了个干净。后来他才知道,那叫狗粮。但,他没钱给它买,每天只能喂它三顿半碗白米粥。

他们就这样天天坐在门前,有时晒着太阳,有时欣赏雨幕,天空阴霾的时候,它会躺在主人破烂的鞋面上小睡一会儿。它很安静,永远静静地陪在他身边,但有一天,它却对着主人大叫起来,凶狠到撕扯他的裤脚。

他不明白为什么,当他责骂,甚至要打它的时候,路人开始围观了。

"瘸子,你房子着火啦!"有人喊道。

他扭头一看,哎呀! 他的小平房着起来了! 原来,炉子上水壶里的水烧干了,引着了窗台上堆放的纸盒。

他和大家一起扑灭了火,怀着愧疚的心情将他亲爱的瘸狗抱在怀里,拍了拍它的头,告诉它:"我明白了,对不起,错怪你了!"

又过了些天,他的纸盒换了钱。他兴冲冲地让它在家里乖乖等着,掩上门去了很久没进过的超级市场。琳琅的货架上,他找到了狗粮,听人家说罐头最好吃,于是他狠狠心买了 3 瓶罐头和 1 袋狗粮。

它一定高兴坏了,他想。

回家的路上他的心高兴得快要飞起来了,阳光照在他的身上,暖

洋洋的。

依旧是他和狗经常坐的地方，停着辆大汽车，好多人围着、看着、议论着。进进出出许多带着红袖章的人，手中攥着铁棒。

它躺在地上，瞪着眼睛，嘴里吐出血沫，大口地、无助地胡乱吞吐着。

他哭了，一撒手，狗粮和狗罐头不知道滚到哪里了。他抱着它汩汩冒血的头，它看着主人，眼睛放射着爱怜的光芒，当最后一口血沫流淌完，它瘫软的身躯终于停止了起伏。

红袖章们告诉他，这是流浪犬，破坏环境，威胁安全……

他哭着告诉他们："这是我的伴儿，我最好的伴儿，它陪过我，救过我，它天天从家里跑到这街道边晒太阳，只为等我回来……"

宠养提示

哪些食物不宜喂狗？

虽然狗对很多食物都来者不拒，但是有些食物对狗是不合适的，对此主人应有所了解。

如果是肉的话，除了腊肉，一般让狗吃生的比较好。但鱼就不同，喂鱼给狗最好应当煮过或者选用罐头鱼。而含脂肪较多的鱼不好消化，不能给狗吃。

虾、蟹、墨鱼、章鱼、海蜇等狗吃了容易引起消化不良，也不能喂。

再说骨头。人们提起狗总说它爱啃骨头，但若是为补充钙质需要给它喂食骨头的话，以牛骨为好，而鸡骨就不合适。鸡骨比较脆，咬碎后容易变成小片，尖端特别锋利，狗吞下后容易划伤胃和肠。

鱼刺也和鸡骨一样危险，所以不应让狗吃。但做成罐头的鱼因

为刺已经酥脆了，所以问题不大。

鸡腿、鸡胸肉等含有丰富的优质蛋白质，但缺点是含磷过多，如果以全营养专用狗粮喂养，再给狗喂其他食物就要格外小心，因为很容易造成新的营养失衡。

胡椒、辣椒、芥末、芥子、生姜等调味料会影响狗的嗅觉灵敏度，所以切不可喂它。

此外如大家所知，不能喂狗吃的还有洋葱头，因为洋葱头吃多了容易引起中毒。其症状为食后一两天内会排出浓茶色的血尿，伴有痢疾和呕吐，对此应特别注意。

嗜甜食如命大概是狗和人的通病，但是点心、砂糖等甜食极容易导致肥胖，而且也容易造成钙的吸收不足和龋齿病，对狗没有一点好处。

狗可以靠吃下的肉类食物在体内合成维生素C。因此没有必要再特意喂狗含维生素C的新鲜蔬菜和水果。

吃百家饭的狗

那天王大爷正好给老黑带了根骨头，把老黑兴奋得眼都绿了，如获至宝般叼着跑到胡同口边上，正琢磨着从哪里下嘴，忽见一个黑影飞般奔了过来，老黑以为碰上跟它抢食的了，当时就急红了眼，顾不上多想，吭哧一口，正好咬在那小子的腿肚子上！

　　这是一个县城普通的小市场，充斥着民工和下岗工人。市场里经常会看见一条黑狗来回溜达，经过每个摊位，摊主就会扔给它点吃的，一圈下来，混得个肚儿溜圆。这条狗就是鼎鼎有名的老黑。

　　老黑是一条流浪狗，谁也不知道它是从哪里来的，很小就混迹在这个市场，吃百家饭长大。卖猪头肉的金胖子、摆水果摊儿的吴嫂、做火烧的王大爷……这条街上大多数摊主，总会或多或少留一口吃的给老黑。有一次卖菜的小四川把一个辣椒丢给老黑吃了，结果遭来大家的一顿恶扁。

　　大家对老黑这么好，除了因为它打小长在这儿和大家处出了感情外，还有一个市场里尽人皆知的故事。

　　市场里天天人来人往，免不了鱼龙混杂。总有些混混儿趁着拥挤，干些个偷鸡摸狗的勾当。那天，就有那么两位挤在吴嫂的水果摊前想下手拎包，不知是手风不顺，还是人们警惕性高，终归让大家发现了。一时间人声鼎沸，群起而捉之。那偷儿也不含糊，见事不妙撒丫子就逃，眼瞅着就跑出胡同口了。这当口，就听他在前面一声惨叫，"扑通"趴那儿了，被赶上的群众扭住就送派出所了。

　　原来小偷是被老黑给撂倒的。那天王大爷正好给老黑带了根骨头，把老黑兴奋得眼都绿了，如获至宝般叼着跑到胡同口边上，正琢磨着从哪里下嘴，忽见一个黑影飞般奔了过来，老黑以为碰上跟它抢食的了，当时就急红了眼，顾不上多想，吭哧一口，正好咬在那小子的腿肚子上！

　　老黑就这样在摊主们的心里火起来了！闲暇之余，大伙儿交口

称赞。吴嫂那参过军的二小子更是根据在部队得来的那点经验，说老黑有狼犬的血统，训练好了可当警犬用。老黑不知道大家为啥突然间对它如此看好，毫不客气地接受着大家的赞誉和美食。

这一天，吃饱肚子的老黑懒洋洋地正准备眯个午觉。不料，陈大脑袋的老婆急三火四地跑了过来，扯开喊破天的嗓子叫了起来："大伙儿说说，这是不是吃饱了撑的，拿咱们老百姓开涮！"

没头没脑的一阵乱嚷嚷，把街坊们招来不少，可谁也没听明白到底是怎么回事儿。众人问了半天，陈大脑袋的老婆才算把事儿给讲明白了。

原来，街委会的李主任到陈大脑袋的摊上买糖炒栗子，顺便告诉他，因为要创办文明卫生城市，上级决定对附近社区进行整顿。家里有宠物的要进行登记，街道上的流浪狗统一收容管理，鉴于老黑的知名度，它已经荣登了黑名单上的第一名。

听到这个消息，人们心里都酸酸的。几年了，人们每天看到老黑在这市场上东游西逛，已成为司空见惯的事儿了。尽管不时带来点小麻烦，可同时也给大伙平添了不少的乐趣。

"这统一收容管理是怎么个意思？"好久，金嫂开口问道。

"啥子管理呦！还不是让龟儿子们弄去吃了！"小四川愤愤地回答。

"这可不行，老黑虽不是什么名贵的狗，可到底是咱们一口口给喂大的。"

"对，一句话就给弄走了，没这便宜事儿！"

大伙儿七嘴八舌可就嚷嚷开了，有出主意到街委会闹上一场的；也有说还是先放到乡下躲几天的。商量来商量去，大伙儿都觉得这些个主意解决不了什么问题。最后，稳重的王大爷开口问道："二子，你最近把老黑训练得咋样了？"

"唉,这不刚有点架子了。"二子闷声闷气地说。

"你说,咱们要把它安置在你们保安队上,晚上巡个逻啥的,咋样?"王大爷又问。

"行,行!这主意好,这样你们晚上巡逻也能壮个胆不是。"吴嫂高兴地不禁两掌一合,二小子也点头称是。

主意很快就这样定了下来,由平时能跟小刘主任说上话的王大爷去街委会撮合此事。既然求人办事总不能空着手,陈大脑袋拿来了2斤糖炒栗子,吴嫂从摊上称了5斤苹果。"要不,我再去切斤猪头肉吧。哎,不知我们家死胖子煮好了没有?"金嫂随着大伙也嘟囔了一句。不知是嗓门小,还是众人没听见,总之,没人搭理她这茬儿。王大爷走出好一段儿了,吴嫂回头又抱了个西瓜撵了上去。

大伙带着担心各自回到摊前忙活去了,市场上又恢复了往日的光景。

老黑压根儿就不知道人们正为它明天的命运揪着一份儿心。这会儿靠在陈大脑袋那暖烘烘的炒炉前睡得正香,粉红的舌头不时悠闲地舔舔嘴唇,大概又做着吃什么美味的好梦呢。

宠养提示

喂养狗狗的原则有哪些?

第一次养狗的人,遇到的第一个问题往往是该喂狗吃什么,怎么喂养才科学? 一般来说,要遵循狗的不同发育阶段,养成定时、定量、定点的习惯。具体来说:

1. 不同时段的狗喂养不同

小狗刚出生时,吃母奶;长牙时断奶,就可开始喂它流质的食物,

肉罐头加温开水调成糊状，或是幼狗狗粮加热水泡软。到了两个月大，则可以开始吃幼狗狗粮。

2. 喂食的次数与时间

每天喂食的次数大致如下：断奶后到3个月大：3～4次；3至6个月大：2～3次；6个月到1岁：2次；1岁以上：1次。喂食的时间可以配合你的作息时间，但可不是喂了就好，还要考虑加上饭后遛狗和大、小便、清便盆、洗碗的时间。至于要喂食多少，通常遵照说明书来给，然后根据上次进食有没有剩余而调整。

3. 吃多少才合适

给狗狗吃饭只要七分饱就好，不要过量，让它舔碗舔得意犹未尽；吃太多加上饭后又跑又跳，很容易原封不动地吐出来。常年关在笼子里的小狗，吃饭是它们少有的娱乐，所以会像饿死鬼一般的馋，别被它们给骗了，以为真的很饿。要替狗儿换食物时，不要一下子全换过来，每回掺一半新的食物，试个两三天，逐渐增加新的分量，一周后再全用新的。如此狗狗的消化系统才能适应过来。

猫魂轮回

她说她把闪闪从二楼窗口扔了下去，跑到下边看没死，又拿了个垃圾袋，把它装在里边，扎住袋口，扔进了图书馆前那条河。一开始它还沉不下去，她就一直看着它挣扎，直到它不动……

你相信猫有灵魂吗？你相信生命有轮回吗？一只小猫闯入了我的生活后，我开始对生命变得愈加敬畏……

一天晚上，我正在寝室睡觉，忽然听到一声轻轻的猫叫声。对猫咪狂热喜爱的我马上意识到有人带了小猫回寝室！果不其然，这是芳芳发现的一只可怜的流浪女猫，只有巴掌那么大，身上秃了几块，有些猫癣。虽然非常脏，但还看得出是只漂亮的小花猫。

小猫的到来让室友们都忙碌开了。大家找了一个纸盒，七手八脚给小猫搭了个有顶有墙的屋子；璐璐拿了一块面包，我则打开一包牛奶来喂小猫；有洁癖的洁雅也递给我一条毛巾说给小猫洗澡专用。看到小猫眼睛亮亮的，我们就给它起了个名字叫"闪闪"。

"现在我们可以照顾闪闪，可是我们马上要放寒假了，到时闪闪怎么办呢？"璐璐担心地说。由于种种原因，我们寝室这四个人都无法将猫带回家里去养。我们决定先在宿舍里养几天，为它治好猫癣，让它熟悉"家庭"生活，然后为它找个好人家。

闪闪有着让人心疼的文静和乖巧。它想吃东西的时候，不会对着你吵叫，而是默默地走过来，用清澈的琥珀色眼睛望着你，直到你领悟了它的意思，等你端过来吃的，它才快步走上去，低头大嚼起来。凭着从小养猫的经验，我以为在猫咪吃东西的时候，用手去把它的饭盆挪个位置，它是肯定会急着伸爪来抓你一下，唯恐你抢走它的食物。但是闪闪没有，我伸手挪它的饭盆，它只是很乖地退后了一步，任由我拨弄……

一天晚上，洁雅回到宿舍，抱怨闪闪把她的床上弄上了猫毛。我不想她絮絮叨叨地责怪闪闪，便主动打圆场，还拿出自己的衣刷给她。

闪闪跳到门外玩去了。洁雅随后出去，"我去图书馆了。"10分钟之后，我听见闪闪轻轻叫了一声，但没有太在意。

闪闪好久没有回房间,我有点着急了。我把走廊和角落全找了一遍,没有。我立即有种可怕的预感:闪闪会不会在刚才洁雅开门的时候跑到外面去了?

闪闪不见了。

我们都很难过,如果是被喜欢猫的同学抱走,闪闪不受虐待还好;但是万一她又回到流浪生活呢? 那就太可怜了!

晚上洁雅最后一个回到寝室,我们马上问她看到闪闪没有,她四周看看,说"没有啊"。我难过地告诉她猫丢了,她只是淡淡地说"野猫是养不住的"。

夜晚我躲在被子里不停地流泪。我无法不想念闪闪,我特地从家里带来了鱼片,我特地给它买了猫粮⋯⋯闪闪,此刻你在哪里? 会不会冷,会不会饿,会不会寂寞? 窗外北风呼啸,闪闪今晚会睡在哪里?

寒假到了,我们各自回了家。闪闪消失后的整整三个月里,我的眼前不停地浮现出它的小身影。有时候走在路上我也会想,此刻闪闪在哪里? 过得会不会好⋯⋯

开学前,我回寝室整理床铺。钥匙打开大门的瞬间,我甚至幻觉闪闪就站在门口,甩着那漂亮的黑黄花尾巴,对我轻轻温柔地叫。然而一切只是我的幻想,我面前剩下的只有回忆⋯⋯

几个月后,我忽然看到一只约半年大的花猫站在校园的围墙上,那样忧郁地望着我。那毛色和眼神让我立即想到了闪闪。

我对它轻轻地"喵"了一声,它没有逃跑,还是那么静静地望着我。我想,闪闪也该有那么大了吧⋯⋯

从此那只猫就每天出现在我们的寝室楼下。我和芳芳都说,也

许是闪闪回来了。我买了猫粮，见到它一次就喂它一次，似乎是要把这三个月的思念补回来。它起先很怕人，在我喂过它之后便熟悉了我。

从那以后，我凭着对猫咪的直觉，就默默认定：它就是闪闪，它的一举一动，无论毛色、眼神、年龄、性别，无一不与闪闪相符。

有一次，我和洁雅正在一楼的盥洗室里洗头，忽然发现这只猫正蹲在窗台上望着我们，洁雅惊讶地叫了声"闪闪！"它听到洁雅大叫，像见到鬼一样跳了起来，闪电般蹿进了树丛。

过了几天，我在学校的墙上看到它，招呼它吃饭，它却怎么也不肯吃，只是对我叫了一声，便走开去，似乎是示意我跟它走。我便跟着它，一直走到我的寝室单元楼前，才停下来，它这时又对我轻轻叫唤。我放下猫粮叫它吃，这次它高兴地大嚼起来。原来它那样眷恋我们的寝室楼，它是知道我住在那里，还是它真的是闪闪，知道那曾经是它的"家"？

日子就这么平静地过着。在我已经确定它就是闪闪的时候，却发生了……

那天早晨，我和芳芳一同从宿舍里出来去教室上课。芳芳忽然表情凝重地问我：你会不会杀人？我莫名其妙地说：不会。芳芳说，有件事，璐璐一直瞒着你不敢说，怕你知道了会杀人。

"那只猫是洁雅杀的。"芳芳一字一顿地说。

"——闪闪？"

"杀了？？"

我半晌没有反应过来。说实话我早就有心理准备闪闪可能是洁雅不喜欢而扔掉的，但是，洁雅为什么会对一只那么小的猫下手？！

芳芳叹了口气，"她学习好，过去大家在宿舍里总是围着她请教功课。现在她觉得所有的人都只围着猫转，不围着她转而心理失衡。

另外，你也不是不知道，她那人洁癖得要命，小猫还老上她的床……"

"是璐璐不小心听到她和同学打电话，她自己心虚，说要吃素什么的。她说她把闪闪从二楼窗口扔了下去，跑到下边看没死，又拿了个垃圾袋，把它装在里边，扎住袋口，扔进了图书馆前那条河。一开始它还沉不下去，她就一直看着它挣扎，直到它不动……"

我眼前一黑，几乎昏过去！说实话，我不是不难过，不是不愤怒，但是我真的不能相信这个事实……

闪闪不是还在我们的寝室楼下么？它的毛色、眼神、年龄、性别，无一不与闪闪相符。那双忧郁又温柔的眼睛，那样眷恋的眼神；它知道我、璐璐和芳芳对它好；它认识我们的寝室；它饿了不会吵叫，只会静静地望着你；当我伸手去拢猫粮的时候，它只是轻轻后退一步……

放学后我第一件事就是冲去看那只猫。望着那双琥珀色的清澈眼睛，我忍不住地唤了一声："闪闪！……"

它望了我一眼，慢慢走了过来！

它的猫癣好了，眼睛更有神了。诡异的是，她非常怕塑料袋的声音，只要一听到，哪怕是很细小的"刺啦"声，它一定会吓得跳起来并飞快地跑开……

每一个猫咪都有着一个透明的灵魂，这个猫咪拥有的就是闪闪的灵魂。这是真实的也好，是我迷信也好，总之，这个猫咪在我心中是与闪闪合二为一的。

我坐在宿舍楼前，抚摸着真实温热的躯体。我走过图书馆前的河，撒下一把落地的花瓣……我相信，所有的生命都会有轮回。

宠养提示

如何对待回归的猫咪？

有些猫咪由于种种原因离家出走,幸运的是能被主人找回或者自己主动迷途知返。作为主人,看到思念已久的猫咪回家千万不要过于激动,过激的反应可能会导致猫咪的惊恐而再次逃亡。

刚刚回家,许多猫还处于流浪时候的应激状态,有可能缩在角落里不吃不喝。这种情况下,尽可能为猫咪创造一个安静的环境,为它准备好猫粮和水就可以了,不要过多地打扰它,当然,还要注意关好门,健康的猫咪在进行一段自我调节之后能迅速恢复状态。

等猫咪能主动亲近你的时候,你一定先简单查看一下它的身体,看有没有外伤,认真地给它洗一次澡,进行一次彻底的除蚤。为了它的健康,最好带猫咪到宠物医院进行一次体检。

生命守护神

赛克忠实地履行它的职责,与休寸步不离。尽管它也经常跟孩子们玩耍,但绝不会为了一个玩具跑离女主人的视线。赛克除了看护休之外,对什么都不关心,惹得埃里克"醋意大发",笑着说:"赛克可真够钟情的。"

对于家养的狗来说，"生命守护神"恐怕是人类给它的最高荣誉称号了。赛克就是名副其实的这样一条狗。

这还得从它的主人休·霍夫曼说起。可怜的休从 12 岁开始就饱受癫痫病折磨。常常突然进入半昏迷状态，两眼瞪得大大地死盯着天空，同学们都把她当成怪物，总躲着她。

幸运的是 22 岁的时候，爱情不期而至。休嫁给了埃里克·霍夫曼。婚后的日子和和美美，3 年后，休生下了他们可爱的女儿艾琳。两年后，小儿子基思又呱呱坠地。也许是爱情与亲情的力量，婚后，癫痫病消失了，休过了 10 年多正常人的生活。

一个圣诞之夜，当埃里克外出购物时，休的病突然发作了。当时只有 6 岁的艾琳赶忙拨打急救电话，叫来了救护车。可医生无法控制休的病情，他们一度以为休熬不过当天晚上，最后不得已对她进行了全身麻醉，才抑制住休的痉挛。3 周后，休终于闯过了鬼门关。接下来的几年，休一直依赖药物治疗，她的生活变得一团糟。她经常会在街上毫无知觉地游荡，莫名其妙地跑到别人家门口，人们时常会发现她倒在地上昏迷不醒。

一次难堪的经历将休彻底击垮了。休到离家不远的商场购物时，癫痫病突然发作。等她醒来，发现自己的手提包和购物袋被偷走了。在家附近都不安全，以后还能去哪呢？曾经性格开朗的休对生活的信心动摇了，在悲愤中，她流着泪发誓从此闭门不出。

4 年后，杂志上的一则服务犬广告给她的生命带来了曙光。服务犬赛克成了她生命中的一部分，休也成了世界上第一个使用服务犬的癫痫病患者。赛克的项圈上写着"服务犬"的字样，身上还有两个袋子，分别用来装休的皮夹和病历。休将犬链一端扣在自己的腰带上，这样就可以和狗形影不离了。

赛克忠实地履行它的职责，与休寸步不离。尽管它也经常跟孩

子们玩耍，但绝不会为了一个玩具跑离女主人的视线。赛克除了看护休之外，对什么都不关心，惹得埃里克"醋意大发"，笑着说："赛克可真够钟情的。"

一天下午，休外出购物，快到一个热闹的十字路口时，赛克像往常一样停了下来，等待主人的前进命令，但休还在继续往前走，差点被急速行驶的汽车撞倒，幸好被赛克及时拖了回来。被赛克拉了回来以后，休就晕倒在路边——癫痫病发作了。赛克跨骑在她身上，这是避免主人被抢劫的姿势。一位好心的妇女赶过来，为休叫来了救护车。她告诉休："你差点被车撞了，是你的狗把你拉了回来。"事后，休兴奋地对埃里克说："赛克绝对是我生命的守护神。"

还有一次，孩子们上学以后，休感到头很疼，接着就摔到地板上，失去了意识。她的四肢开始抽搐，如果不马上接受治疗，她很快就会没命。就在这时，赛克跑到起居室，按下墙上的圆形按钮接通了急救中心。几分钟后，医护人员赶来，休又一次得救了。

还有一次是晚上，休打算洗个热水澡。正要迈进浴缸的时候，她突然感到癫痫病要发作了。她连忙大叫："救命呀，埃里克！"赛克听到了休的呼救声，快速跑下楼，在厨房里找到了埃里克。埃里克发现赛克和休不在一起，就一个箭步冲到浴室，把险些沉到水底的休从浴缸里拉了出来。

在休和赛克相处 7 个月后，更神奇的事发生了。一天，当休和赛克在附近的公园散步时，赛克突然停下来。"亲爱的，继续走啊。"休催促着。赛克极不情愿地站了起来，可还没走上几步，它又停了下

来。这样反复几次，最后赛克任凭休怎样催促，绝不再移动。休很纳闷，赛克可从来没有这样不听话，无计可施的她也只好走在它身边。很快，休的癫痫病又一次发作。天哪！休猛然醒悟，赛克似乎已经能预测到自己的病情了。

从此，每次赛克行为反常的时候，要么不停地蹭她的腿，要么不肯听她的命令，休的癫痫病都会在30分钟内发作。发现赛克这一"魔力"之后，休有了充足的时间做好准备迎战病魔，每次总能化险为夷。

就这样，赛克似乎给休的身上注入了一股神奇的力量，让休燃起了生活的希望。后来，休把她与赛克的故事写成了文章，这篇文章获得了加拿大全国写作大赛二等奖！休与赛克的故事被大家广泛流传。

宠养提示

服务犬能给家庭提供哪些服务？

服务犬大多用来帮助那些行动不方便的人，它们会根据需要牵拉轮椅、开关电灯、开门，甚至在遇到危险和紧急情况时报警。这些狗需要接受至少一年的专业训练，在美国，基本上都由专门的驯犬机构向社会提供这种服务犬。

服务犬有很多种分类：

行为援助犬的工作是拉轮椅，用背包运东西，帮主人捡起掉落的东西，以及开、关门，帮主人穿、脱衣服等。

助行犬主要是帮助主人保持行走平衡或者充当拐杖，此外还需要完成一些行为援助犬的任务。

当人处于精神障碍时，便需要精神慰藉犬来帮助他面对公众，或

者摆脱孤独症，或帮助他集中精神。这些狗被训练得绝对不会离开主人的身边。

有一些"预报犬"的针对性非常强，例如能够在主人发生昏厥前发出警告。这种预知的能力被认为是某些狗的天性，是不能在后天的训练中获得的。人们相信一些狗能够觉察或闻出将要昏厥时身体某些化学成分的变化。这种惊人的天赋是非常可贵的，因为它可以为主人提供充足的时间做昏厥前的准备并转移到安全的地方去。

而有另一种狗和"预报犬"相反，它们是被训练来报告昏厥发生的"警报犬"。当主人发生昏厥后，这种狗会代主人求助，并帮助主人从昏厥中恢复，如舔他们的脸，或者帮助他们从地板上站起来等。有的狗还会被训练按自动拨打求助按钮。

联合援助犬则是被用来帮助复合性残疾人，比如导盲加行为援助犬等。

人们训练出这些聪明敏感的狗狗，给那些在身体、感知世界或者拿取东西方面有困难的残障人士提供帮助，帮助犬不仅仅为它们的主人提供了特殊服务，更重要的是还将有关自由和独立的全新感觉慢慢灌输给这些人。

唯有你

福朗克虽然不知道发生了什么，但它没有听见熟悉的关门声，聪明的它马上觉出了异样，它迅速地跑了过去，用它独有的方式呼唤着主人，但得不到任何回答。

朱丽叶是个 60 多岁的女人，依然是单身贵族，属于那种外表温柔，内心坚强的女强人类型。

她唯一的亲人是一条白色大狗——福朗克。

她和福朗克之间的情谊是无人能比的。她看福朗克的眼神，是一种母亲疼爱儿女的挚爱眼神，带着些许依恋，些许感恩。让人无法理解这是怎样的一种情绪。

原来，福朗克曾救过朱丽叶的命！

福朗克是朱丽叶的一个好友送给她的生日礼物，送来时才不到一岁。朱丽叶开始并不是特别喜欢它，因为养宠物不是件轻松的事，朱丽叶又没有经验，一开始当然是手忙脚乱。后来，渐渐适应了些，但作为一个大公司老板的她经常没有时间去照顾它。正在朱丽叶琢磨着将福朗克易主的时候，发生了一件意想不到的事情。

那是一个周日的下午，朱丽叶又想出门去公司做事，匆匆忙忙地给狗盆里加了食物和水，就提鞋出门，但还没有跨出门槛，本来已经多年未犯的心脏病忽然发作，她就这样静静地倒了下去……

福朗克虽然不知道发生了什么，但它没有听见熟悉的关门声，聪明的它马上觉出了异样，它迅速地跑了过去，用它独有的方式呼唤着主人，但得不到任何回答。

聪明的它跑出了虚掩的大门，在院子里不停地狂吼，经久不息的犬吠惊动了周围的邻居，邻居们感到奇怪，福朗克平时从来不这样的，这是怎么了？

于是，朱丽叶被救了。在那千钧一发之际，是福朗克把朱丽叶从鬼门关那里拉了回来！

从此，朱丽叶再也没有提起要送福朗克走的事情。她将福朗克当成自己的儿子，也就是唯一亲人。她定时给她的宝贝配杀寄生虫的药，鉴于福朗克有过敏症，总是给它备好适合它的特殊狗食。每每说起福朗克，朱丽叶两眼就变得格外明亮，言语也会显得激动起来。

但是，岁月匆匆，狗的寿命很短，一般活到十二三岁已算是长命了。福朗克年岁已高，已经患有心脏病等多种老年疾病。本来朱丽叶是每天都要带它去户外散步的，但由于福朗克的身体状况每况愈下，对户外运动已经力不从心，胃口也越来越差，连最心爱的牛排都吃不下了。朱丽叶看在眼里，急在心头，但却无能为力，因为这是自然的规律，没有任何办法可以停留住时间的脚步。

终于有一天清晨，福朗克安详地躺在了自己温暖的被褥中，旁边放着没有动过的牛排，它再也不能起来了。

悲痛欲绝的朱丽叶将它安葬在为自己挑选的墓地旁边，她想在她入土的时候还有福朗克静静地陪伴在身旁……

福朗克离去后多年，朱丽叶还是一个人孤独地度过，只是再也看不见她脸上那种带着光芒的表情。

朋友们劝她再养一条类似的大白狗，填补寂寞的时光。但她固执地认为再也找不到像福朗克那样投缘的狗了，心里有福朗克就够了……

宠养提示

如何照顾上了年纪的狗？

一般而言，狗大约 7 岁即进入老年期。进入老年期的狗身体对营养的利用率及器官的功能逐渐消退，所以对营养过剩或不足的耐受力较差，再加上活动力的降低和热量需求的减少，因此老年狗的食物应提供足量且可完全利用的蛋白质，减少磷、钠的摄取以帮助预防肾脏方面疾病。

对于老年狗，尤其要注意以下方面：

1. 环境冷热

老年动物因新陈代谢机能降低，其体内调节维持正常体温的荷尔蒙量产生减少，其对冷热的耐受性也降低。

2. 口腔卫生

牙齿的脱落、减少，造成咀嚼食物的困难。相应牙龈炎、牙周病发病率上升。所以你要定期为宠物刷牙，必要时建议你为宠物做专业的洗牙。

3. 皮肤问题

老年宠物的皮肤缺乏弹性，毛发再生的速度较慢，主要是毛囊后期的活动性较差，所以皮肤病发病率较高。再加上免疫机能的减退，因此皮肤方面的肿瘤亦较常见。

4. 感官

视觉、嗅觉、听觉、味觉等功能随着时间而有不同程度的减弱。大部分宠物都能适应得很好，但有些则会因嗅觉、味觉的减退而有食欲较差的现象。此外，青光眼、白内障等眼病也相应上升，耳朵的疾

患(感染、肿瘤)也时常会发生。

5.绝育手术

若宠物早期未施行结扎绝育手术,那么日后可能会发生生殖器官疾病问题,例如发生于母犬身上的子宫感染及子宫蓄脓等;而未结扎去势的公犬,则易有前列腺感染或肿瘤的发生。此外对未结扎的老母犬,乳房肿瘤也是一大威胁。

6.重要器官

心脏、肝脏、肺脏、肾脏及膀胱的机能大不如前,因此定期的体检及积极的食疗是必要的。若此时仍然用年轻时的配方,那过剩的蛋白质及磷、钠将对健康造成伤害。

基于以上情况,在照料老年狗时,如果有条件,要尽量做到以下几点:

1.均衡的饮食及运动量

可以预防体重的增加,提供足量蛋白质、维生素、矿物质,降低卡路里、脂肪及增加纤维的含量,有助犬食用后感到饱足。

2.维持宠物居住环境的干燥清洁温暖

若同时有数只宠物饲养,则应提供给老年宠物有较高的喂食机会,避免与其他较年轻的宠物争食。

3.定期做健康检查

如口腔卫生、心丝虫的预防、疫苗接种等其他身体机能的检查,不寻常尿液的检查如多尿、少尿甚至血尿等。

4.定期梳理毛发

留意皮肤有无异常的分泌物、肿块及其他异常的变化。为了维护毛发的健康,建议必须补充氨基酸、维生素 A、E、矿物质,以助毛发生长及皮肤细胞的代谢。

斯坦森的救赎

> 就在这千钧一发的时刻，一只活泼的小狗友好地摇着尾巴向他跑来！这只小狗衔着一个飞碟，在他身边欢快地跳来跳去。当斯坦森蹲下身之后，小狗更是亲热地把飞碟往他手里送，并舔着他的手，邀他一块玩飞碟。

2004 年夏天，加拿大第一大城市多伦多的一只无名小狗成了人们心目中的英雄，也成了各大报纸争相报道的对象。一个准备滥杀无辜的男子就在准备要进行一场大屠杀的时候，这只小狗向他走来，用自己的友善感化了他。

这个男子叫詹姆斯·斯坦森，44 岁，身高约 1.9 米，体重 230 斤，住在离多伦多几百公里远的新不伦瑞克省。

斯坦森一向性格孤僻，没有什么朋友，和唯一的姐姐也一直不合。几年前他生了场大病，没有一个人来看他，关心他。他觉得生活对于他来说已经没有任何意义，活着就是一个等待死亡的过程。

斯坦森的住处草已经没膝，屋内一片狼藉，到处是空罐头，地毯上遍布融化的巧克力印渍，书架上摆着《如何赢得朋友》一书，已经落满了灰尘。斯坦森的心已经绝望，那些对他报以厌恶眼神的人们的嘴脸经常浮现在他的脑海，他觉得这个世界没有什么好人，他不想继续生活在这个无聊的世界，但是自己在死之前一定要杀死一些讨厌的人！

一天,斯坦森装备好一切准备开车离开住所。这时候,邻居走过来和他打招呼问他去哪里,他冷漠地说要到哈利法克斯去做心脏手术。

实际上,他却驱车来到了多伦多市皇后东街和维多利亚公园路交界处的一个小小的路边公园,大概是看到这里人多的缘故……

他在这里停车后走了下来,心想,就是这里了,你们这些人要遭殃了!

就在这千钧一发的时刻,一只活泼的小狗友好地摇着尾巴向他跑来!这只小狗衔着一个飞碟,在他身边欢快地跳来跳去。当斯坦森蹲下身之后,小狗更是亲热地把飞碟往他手里送,并舔着他的手,邀他一块玩飞碟。

刚开始斯坦森有点心不在焉,但是小狗一直亲热地舔着他冰冷的手,小狗的友善和热情感染了他,就这样,斯坦森竟然与一只邂逅的小狗投缘地玩起了飞碟!

小狗欢快地跑来跑去,斯坦森本来萌发的邪恶念头渐渐消失了:有这样可爱的小狗,附近的居民一定很友善!

斯坦森想了一会儿,吻了吻小狗,随后开车离开了那里。

他没有痛下杀手,而决定自首。

斯坦森自首后,警方当场在他身上搜到了手枪,随后又在他车里找到霰弹枪、狙击步枪、弯刀及近6 000发子弹,让警察们惊出一身冷汗!

就这样,一只友善的小狗在不经意间拯救了一场即将发生的大灾难。

宠养提示

如何对狗进行接触陌生人训练?

这种训练需要请一些朋友来帮忙。首先命令狗在主人的左手边坐下或站着,要求朋友从前面接近狗,但要稍微靠狗的左边一点,然后重复上一过程使狗习惯。如果狗没有不好的反应,可给予奖励,要是狗吠叫或表现出不满的话,主人应大声制止。

接下来,让朋友向狗靠近,同时抚摸一下它的胸部,如果狗接受了,主人可给予奖励,并把这一过程重复几遍。当狗适应抚摸胸部后,可让朋友抚摸它身体的不同部位,包括拍它的头部和臀部。这时主人逐渐增加与狗的距离,直到离开它身边,它也能安静地呆着,并快乐地享受抚摸,然后回到原来的位置,给狗一些食物奖励。

可请许多不同的人——男人、女人和孩子来继续此项训练。刚开始时要请一些狗熟悉的人,然后尽可能请一些陌生人。经过一段时间训练,狗会很乐意接受他人的抚摸。

宠物医院里的爱情

一个男孩,一个女孩;一个抱着小猫,一个牵着小狗。原本四个可能在人生里互不相干的生命,在每个夕阳快要落下的时候,快乐地聚到了一起。

一天,我的宝贝狗狗突然吐了起来,我惊慌失措,后来才想到送它去医院。所幸并无大碍,医生说狗狗需要输液。

狗狗正在输液的时候,病房的门忽然被推开,一个20多岁的女孩风一样闯了进来,看模样和气质像是一个大学生,只见她怀抱着一只奄奄一息的小猫,美丽的眼睛里充满了焦急。

她告诉医生她是在树丛中发现的这只小猫,它身上还有伤,就赶紧把它抱了过来,希望医生赶紧救救它!

那只小猫看上去刚出生不几天的样子,身体在女孩的怀里不停地抖动。大夫给小猫做了检查,说它是冻坏了,身上的伤也只不过是擦破了点皮,并没有生命危险。

女孩听了这话却哭了。周围的人笑起来,说这女孩怪有意思的。但我很清楚她的感觉:那不是悲伤,而是喜极而泣,只有极其善良的人才能对一个陌生小生命的安危产生如此激烈的情绪!

医生给小猫包扎好伤口,开出一张医疗费的单子,让她去交费。

"啊,50多元!"我离女孩很近,我听到她看到医疗单后发出轻轻的惊叹。

"怎么了?"我看出她遇到了麻烦,就主动问她。

"我……我身上没有带那么多钱,不知道猫咪看病要这么多……"她红着脸低头咬着嘴唇说。

"没关系,我这里有!"我赶紧拿出一张一百元的人民币递给她。

"那怎么好意思呢,我都不认识你!"女孩推辞着。

"你不是也不认识这只小猫吗!"我打趣道。

"那好吧,我先借你100。我的学校就在附近,过一会儿我给你送过来!你一定在这里等我啊!"

"放心,我家小狗还没输完液呢!"看她那认真的样子,我又忍不住笑了。

忽然间,有种奇怪的感觉在我心里升出,这种感觉似乎只有在我16岁第一次遇到初恋情人的时候才有过。多少年过去了,再没有女孩让我心动过,心里也没有产生这样奇怪的情愫。

女孩两个小时后回来了,怀里还抱着那只小猫,她大概担心小猫冷,给它包上了自己的羊毛围巾,只给小猫露出一个给鼻子出气的口。

她将100元还给我,我正担心她就此消失的时候,她又小心翼翼地请求:"真对不起,刚认识就给你添麻烦。我在念研究生,还有半年毕业呢,我没法在宿舍里养猫。你看你能不能暂时领养下它……你放心,我一毕业就去接它! 我,实在没有别的办法了……"

心花在我身体里暗暗怒放,这正是我巴不得的啊! 其实,早在女孩离开时,我就琢磨怎么能拿到她的联系方式呢!

"没问题,没问题! 我家狗正孤单,我正想给它找个伴儿呢!"

"真的啊! 那太好了!"女孩高兴地都要跳起来了。

真是个单纯的女孩,这世上哪有几个这样好的女子呢? 老天照顾我啊!

于是,我的两口之家(狗和我)又多了一位新成员,我和女孩约好,我会在每天傍晚定时带着两个小家伙来到她的大学附近散步,理由是她可以一直看着她的小猫长大。

一个男孩,一个女孩;一个抱着小猫,一个牵着小狗。原本四个可能在人生里互不相干的生命,在每个夕阳快要落下的时候,快乐地聚到了一起。

半年后,她成了我的女朋友。

两年后,她成了我的妻子。

宠养提示

如何护理和照顾病中的小猫?

猫一般都有较强的忍受病痛的能力,猫患病后常躲藏在幽静、阴暗的地方休息。因此主人应留心观察,及时发现病猫后,给予细心照料使之早日康复。

病猫一般身体较虚弱,要尽可能减少病猫活动,将病猫安置在舒适、温暖(或凉爽)、安静的地方,让其充分休息;减少其消耗,保持体力,增强对疾病的抵抗力。

猫患病后大多数都要影响到消化功能,常表现出食欲不振,甚至不吃不喝、呕吐、腹泻等症状。若不及时地给予易消化、营养丰富、美味可口的食物,特别是充足的饮水,可导致猫机体出现一系列功能紊乱、酸中毒、心力衰竭等现象,甚至死亡。

因此,加强对病猫的饮食护理,首先要给予充足的饮水。饮水里放少许食盐(100 毫升水中加食盐 0.9 克),以维持猫体内水盐代谢的平衡。如果病猫严重脱水则必须输液才能彻底解决问题。对患消化系统疾病的猫应给予可口而且容易消化的流食,如蛋汤、肉汤、牛奶、米汤和糖水等。

猫患病后,精神委靡不振,眼屎增加,也不像平时那样喜欢整理自己的被毛,故显得被毛蓬乱肮脏。严重的甚至会随地便溺,完全失去以往的良好习惯。这时主人应该替它梳理被毛以促进体表血液循环,及时擦洗被大小便弄脏的毛;对猫窝和猫用具勤消毒;夏季室内要通风,适当配备降温设施,注意防暑降温;冬季则应注意防寒保暖、

防止猫感冒。

当然患病的猫应及早去宠物医院诊断、治疗。只有在积极治疗的基础上，加强饲养管理和细心护理，才能有利于病猫尽快地恢复健康。

盲犬英雄

> 罗曼勇救溺水女孩的事迹成了当地的新闻，除了获颁狗英雄奖牌外，不久后有杂志还把它与丽莎的合照登在封面，使罗曼成了全美知名的狗英雄。

可怜的罗曼在 10 岁的时候被狠心的主人遗弃，后来被好心人送到一处弃犬收容中心。这里有很多流浪狗供人认养。

弃犬收容中心的流浪狗很多，由于开支很大，中心负责人不得不规定，一年之内没有人领养的 11 岁以上的老狗，将被实施安乐死。

罗曼的有缘人始终没有出现。直到法定期限届满。

罗曼已经准备被安乐死。但幸运的是，收容中心没有在预定日期让它死去，他们想再等几天，看看能不能最后为罗曼找到收养人。

就在两天后，一对年轻夫妻史帝夫与安妮来到收容中心，希望能够认养一只狗，当时该中心只有两只狗可供认养，其中之一就是罗曼。当罗曼看到史帝夫与安妮来到它的狗笼前，它仿佛知道这是它最后的希望——它的救世主来了，就立刻兴奋地冲着他们大叫，这让史帝夫与安妮感觉到罗曼是在求他们带它回家，既然罗曼看起来和

他们很投缘，两人便决定认养它。

认养罗曼不久之后，安妮便发现罗曼的眼睛好像有毛病，就带它到宠物医院做检查。医生表示罗曼的视网膜已退化，终将导致完全失明，而且无药可救。

不久之后，罗曼果然完全失明了，但是除了看不见之外，罗曼和其他狗并无两样，罗曼精力充沛，讨人喜爱，天天都生活得非常快乐。史帝夫和安妮也没有因为它的失明而嫌弃它，反而更加照顾它。

每次安妮带它到住家附近的海边去玩的时候，那是它最快乐的时光，它喜欢在沙滩上无拘无束的奔跑，而且也喜欢游泳戏水。

一天，丽莎和乔治两姐弟到海边度假。姐弟两人往大海游去不久，便感觉到海浪把他们往外卷去，使他们离岸边越来越远。乔治感到情况不对，立即奋力往岸边回游，终于筋疲力尽地上了岸，可是丽莎却似乎抵不住海浪的威力，她感到自己即将无力地下沉，出于对生命的渴望，她大喊救命。

正在海边的罗曼一反常态，突然狂奔了约两百公尺远，安妮一直不知所措地紧追在后。原来，罗曼听到了丽莎的呼救声，往声音传来的方向跑去。很快罗曼就朝丽莎溺水处游过去，并费了很大的力气找到了丽莎，把她拖救上岸。

罗曼勇救溺水女孩的事迹成了当地的新闻，除了获颁狗英雄奖牌外，不久后有杂志还把它与丽莎的合照登在封面，使罗曼成了全美知名的狗英雄。

自从获救后，丽莎表示自己现在比以前更懂得珍惜生命，对事情

的看法变得更积极,因为她觉得自己被救一定是有理由的。她很感恩地为罗曼作了一首歌:我知道你的眼睛看不见我,但是我仍然可以感觉到你注视着我……你永远是我的英雄。

宠养提示

怎样挑选一只健康的小狗?

1. 应选择鼻端湿润而无眼屎者

犬如果患病,鼻子干燥而多皱纹,这表示它所患的病还不只是轻微的疾病,说不定相当严重。犬眼如有眼屎出现,一般为发烧造成的。

2. 应选择毛色光泽者

如果毛粗糙或杂乱,则表示身体发育状况不好。

3. 应选择活泼好动者

如果显得有气无力,就表示该犬性柔弱。

4. 应选择胆大的犬

如用手逗引毫无动静,便可证明其反应迟钝。

5. 应选择无口臭的犬

病犬会发生口臭。口臭可能预示犬肠胃不良或体内有寄生虫等。

6. 应选择眼睛好的犬

可以由两种方法辨别:用手指出其不意地戳幼犬的眼睛,查看有无眨眼。有,不是盲犬,反之则是;用打火机在犬眼前突然打着,如果犬的瞳孔随着放大、缩小,就不是盲犬。

7. 应选择肛门周围洁净者

如肛门周围不洁净则表明可能患有肠道疾病。

轮下夺生

> 被撞伤的小家伙一动不动地躺在马路中间,眼神绝望。飞速前行的车流从它身体两边闪避而过,随时都有扼杀它最后一丝生命的危险!它的眼中全无生机,似乎已经知道没有逃生的希望,只能静静等待死亡的来临。

那天,我照常开始上班。行驶在高速上的我突然发现前面有一团东西,我赶紧放慢了车速,仔细一看,原来是一只被撞伤了的狗!它整个身子蜷缩着,身边已经流淌出好多血,从微微翘起的头判断,它还活着。

一看时间,我马上就要迟到了,准备咬牙将车从它身边开过去。可是,那狗微微翘起的求生的头像闪电一样在我脑海里划过,我只能将车靠边停了下来。

被撞伤的小家伙一动不动地躺在马路中间,眼神绝望。飞速前行的车流从它身体两边闪避而过,随时都有扼杀它最后一丝生命的危险!它的眼中全无生机,似乎已经知道没有逃生的希望,只能静静等待死亡的来临。

无法忍受这样的目光,我的心那一刻被击碎,不顾一切的我迎着高速上的车流向它走去,上班高峰的汽车嗖嗖地从我身边疾驰而过,有的还减慢速度,生气地探出头来骂我一句:"不要命啦!"

无论如何,我要救它一命!抱起它的时候,它四肢僵硬,除了身体还是温暖的,就像已经死去一样。面对着这样一个垂死的生命,我还惦记着上班,想到这里我为自己的自私而感到羞愧,赶紧将它放到座位上,向一个我知道的宠物医院狂奔!

它一路嘴里喷血,流满了座位……车里充斥着浓烈的血腥味。

挺住啊哥们,你会有救的,挺住啊!我一面紧张地开车,一面对它大叫。这时候,我觉得这个生命和一个人没有什么区别。

终于来到了宠物医院,医生告诉我说可以留下来救治,但是如果是伤到内脏,少则两个小时多则六个小时后它就会死去。我暗暗请求上苍能放它一马!

中午的时候,医生终于告诉我狗狗情况稳定,已经用了药。我去看它,小家伙还是有气没力,但嘴角已经没有血。医生将它照顾得很好,用纸盒装起来,还给它灌了个暖水袋,他们说:这条狗的生命力真强,一般的狗遇到这样的伤势,肯定是没救的。

这家医院是不能留诊的,于是我在医生的建议下带小家伙去另一家宠物医院住院。必须说这狗狗很幸运,遇上的都是医术与医德都好的宠物医生。他们耐心接纳它,治疗它,照顾它。幸运的是,小家伙没有伤到内脏,它被车撞到脑袋,少量的颅内出血令眼睛有些充血。几天以后,伤势基本被控制住,已经处于恢复状态。医生说:这狗的年龄在一岁半左右,很乖,特别聪明,没有其他疾病。又稳定了几天,小家伙终于出院了!

我去医院接它回家时,它已经十分精神了,我要带走它的时候,医生还一字一句地教我给它滴什么牌子的眼药水以及如何滴。看得

出，它很讨人喜欢。

它十分温顺，温顺到懦弱，不知道是在街头流浪时受过欺负还是因为被车撞之后受到了强烈惊吓的缘故，总是很小心地看着你，紧张得发抖，甚至把它从笼子里拖出来，它也只会颤抖着向后躲而不知道叫唤和反抗。它不敢在人前吃东西，但它认得我，我抚摸它脊背的时候，它就会慢慢不发抖，然后开始吃东西。

这个可怜的小东西！它不知道高速路是多么危险的地方——或许是它流浪着不小心上了高速，或许是哪个没有人性的主人将它丢弃在那里！一辆车轧过去之后，鲜血汩汩地流淌出来，它的命被夺去了大半，它的魂肯定在那时候已经被吓飞了！

已经在都市的冷漠中生活了 10 年的我，本以为自己已经丧失了善良的勇气，没想到，怀里这条瑟瑟发抖的小狗让我一个硬汉的心里充满了柔情和爱意。我的一颗心，在多年商战的枪林弹雨中已经变得如此坚硬，甚至让周围的人感觉"无情无义"，而这条小狗，竟然让我意识到了这一点！

半年后，我竟然恋爱了，迷上我的女孩说最爱的就是我坚定的眼神中闪烁的温情，那让她感觉踏实和温暖……

我救助了这条小狗，但从另一个角度来说，又何尝不是对我自身的救赎？

宠养提示

交通事故后如何救护伤犬？

虽然几率很低，但是你也不能不小心——可能有一天你的爱犬就会遭遇交通事故，那个时候，你该如何进行紧急救助？恰当的行为

会有效延续它的生命，而不恰当的行为有可能造成它的丧命！因此，一定要注意以下几点：

1. 无论伤犬清醒与否，只要它处在危险之中，就要将它移开。首先查看有无明显的伤痛，如出血、错位等。在你进行急救时，请人拦住驶近的车辆。

2. 如果有第二者帮忙，可托住犬身，将它抬到毯子或大衣上。如果你独自一人，可把毯子摆在犬的身边，紧紧抓住它颈部与臀部的皮肤，将伤犬拉到毯子上。然后提起毯子，把伤犬移出受伤地。注意不要碰到伤口。

3. 移动伤犬时不要用力过猛。用毯子作担架，把它抬到车上，尽快送到兽医处。要保证其颈部伸展，令呼吸畅通。

4. 如果伤犬的痛苦显而易见，那么在移动它之前用临时口套将它的口鼻部固定。用绳子或围巾绕过鼻子，分别在下巴下面及颈后打结。

5. 即使有的犬貌似无恙，其内部器官也有受伤的可能。将伤犬移到安全的地方之后，给它作个彻底的检查。

6. 轻轻地触摸犬的四肢，看骨头有无断裂或错位。如果怀疑有骨折，就尽量不要移动伤腿。如果脊柱受伤，那么抬起伤犬时要用平板。

7. 如果伤犬昏迷不醒但呼吸正常，可用手指按一下它的牙床，松开手时观察血液是否迅速回流。如果迅速回流说明可能有大出血。用吸水纱布垫或绷带用力压住伤口以防外部撕伤引起出血。

8. 有些犬善于忍耐而掩饰其伤痛，然而它们同性情外向的犬一样，在事故后有并发脑震荡的可能。内出血并无明显的征候，直到伤犬休克后才可察觉到。因此，所有遭遇交通事故的伤犬都应送到兽医那里接受检查，并留医 24 小时作继续观察。

"干娘"

> 终于，"干娘"吐了出来，白色的雪地上多了一样东西：那是一截断指！上面还带着血，可能是因为一直含在"干娘"嘴巴里的缘故，血液居然还没有凝固，非常迟缓地流淌开来，在地上洇出一个淡红色的半圆。

狗，对于一般人来说，或许只是动物而已，但是在我心中，那不是普通的生灵，而是母性的象征，是渗透到我血管里的生命。

我的父亲是一个屠夫，专门杀狗。据说我自小就和父亲犯冲。每次他张开手走向我，我都会全身发抖，不会说话的我喉咙里发出很凄惨的叫声，接着就嚎啕大哭起来。而且只要他待在家里，我总是会生病，奇怪的是只要他离开，我的病就不治而愈了。

很多上了年纪的人将我和父亲的不融洽归咎于父亲杀狗过多遭致的报应，无奈之下父亲到处去求破解的法子，于是有一个老人向父亲提出了一个办法：那就是认一只狗为"干娘"。

当时我的父亲很惊讶，甚至非常气愤。因为在常人辱骂的时候，经常骂一句"狗娘养的"，现在倒好，自己的孩子反倒赶着去认一只狗做娘！可是当他发现只要他在家，我就紧咬嘴唇连奶都不喝，只好长叹一口气，同意了那个老者的提议。

不过符合条件的"干娘"并不好找：那必须是一只第一次生产幼仔的母犬，而且幼仔必须全部天生早夭。

父亲是做杀狗生意的，自然认识不少养狗人，他们很热情地为父亲查找符合条件的母犬，不过一番查找下来，却没有找到一只符合条件的。当他几乎要放弃的时候，一个朋友却告诉他，正好他那里有一只第一次生产而且年龄不到一岁的母犬，生下了三只，不过一天之内都没活下来，父亲一听大喜，连忙把那只母犬神一样抱回了家。

说来奇怪，那只母犬真是和我有缘，它很喜欢我。总是趴在我的摇篮边上，而我也和父亲没那么生分了，他抱着我的时候，我居然还能对他笑笑。

这是只很普通的狗，在我儿时的印象里它一直陪伴着我，我就叫它"干娘"。"干娘"的皮毛很光滑，也很短，白色的，犹如刚刚刷过白色油漆的墙壁。它总是喜欢用毛茸茸的脑袋拱我的小手，儿童时代能有它陪伴，的确让我少了许多孤单。

但是在我和父亲关系慢慢变好的时候，"干娘"和他的关系却越来越糟糕，几乎每次父亲进门它都要对着父亲大吼，那神态简直和对我天地之别。父亲经常皱着眉头小心地绕过它，可是这种日子终究不是办法。母亲经常劝父亲放弃杀狗这个工作，而父亲总是叹着气摇头："不去卖狗肉，那一家人如何生活，以后孩子还要上学，你以为我喜欢天天干这血肉横飞的勾当？"母亲见父亲这样，也只好歇了话头，希望生意好些，存一些钱，去做点别的小生意。

不过生活总是事与愿违，正当父亲决定放下屠刀的时候，母亲得了场大病，几乎将家中的积蓄花得一干二净，无奈之下父亲只好继续卖狗肉，而且比原先杀的还要多，而"干娘"对他几乎已经到了无法容

忍的地步,甚至连父亲扔给它的肉或者父亲触碰过的东西它都非常憎恨或者撕咬。母亲经常叹气说"干娘"有灵性,它可以嗅出父亲身上那股我们嗅不出的同类的血的味道。

一晃我13岁了。"干娘"也老了,渐渐失去了以前那种旺盛的精力。在这十几年中,"干娘"再也没有和别的狗接触过,也没有再生育过任何小狗,始终陪伴在我身边,虽然有时候我要去上学。

起初母亲把它关在家里,结果回来一看所有能撕碎的东西都被它咬了,无奈之下只好同意它和我一起,所以我的同学和老师每天放学都能看见一只白色的大狗非常老实地蹲在门口一动不动,不时晃悠着脑袋等着我过来。每次我习惯地走过去抚摸着它的脑袋,"干娘"都用它黑色湿润的鼻子碰碰我的手,用暖暖的舌头舔舔手背,接着脚步愉快地走在我前面。

我终究要离开"干娘"了,因为我要上初中,那是所不错的重点学校,父母花了很大气力才把我弄进去。我不想去那里,因为那个学校是寄宿的,周末才能回家,才能看见干娘,可是我无法拒绝父母期待的眼神,我知道他们希望我最后能上大学将来过上好的生活,而且为此他们一直在存钱。

学校的生活很好,刚刚接触那么多同龄人,在一起生活、吃饭、游戏和学习,让我觉得离开了"干娘"原来也能这么快乐。于是,我回家的次数越来越少了,而每次回去也忙着和父母谈学校的见闻情况,与"干娘"在一起戏耍的时候也越来越少。每次当我停下嘴巴无意间瞟一眼"干娘"时,看见它失望地低垂着耳朵夹着尾巴,脚步迟缓地离开,走到墙角趴下来的时候,我会有一刹那的不舒服。

直到发生那件事,我才明白自己和"干娘"间的纽带一直还在。

开学的时候,下了场大雪。我离开家还看见"干娘"蹲在门口看着我。雪下得很大,印象中那是这个城市唯一一次下那么大的雪,而

且雪一直在下，仿佛没有停的意思。

半夜，大家都在睡觉，我忽然听见一声熟悉的叫声。开始我以为是幻听，可是同宿舍的同学们也都听到了，而且叫声带着急促和沙哑。

是"干娘"的声音，我有些不敢相信，连忙爬起来穿好衣服，走到窗户前擦了擦被大家呼出的气息模糊的玻璃窗。

外面有路灯，所以能看得比较清楚，雪地上白皑皑的一片，非常的空旷，我第一眼并没有看见"干娘"，我仔细再看了看，终于看到原本皮毛就是白色的它身上盖了层厚厚的雪，就蹲在雪上，还在仰着头叫着。

叫声已经把一些同学惊醒了，纷纷埋怨着，我只好赶紧穿好衣服跑到宿舍楼下。真的是"干娘"，我再次确定了，可是我从来没带它来过这里。而且这里离家相当的远，步行恐怕要八九个小时。

难道我和"干娘"间真有着别人无法理解也无法看见的纽带？

我忽然发现"干娘"的嘴巴里似乎有东西。它死死地咬着，不肯张开嘴。昏黄的路灯下我努力让它张开嘴巴，想看看到底是什么。

终于，"干娘"吐了出来，白色的雪地上多了一样东西：那是一截断指！上面还带着血，可能是因为一直含在"干娘"嘴巴里的缘故，血液居然还没有凝固，非常迟缓地流淌开来，在地上洇出一个淡红色的半圆。

指头已经有些变黑了，我吃了一惊，不过又仔细看了看，那指头我非常熟悉，上面有道不小的三角伤疤，我认出那是一个叫二柱的高个男人的手指，是父亲众多朋友中的一个，非常喜欢赌博酗酒，因为他曾经用手摸过我的脸，我看了看他的手，所以记着他的指头上有一截伤疤。

家里一定出事了。

我拍了拍"干娘"的脑袋，捡起地上的指头。这时学校老师出来了，我告诉他们家里可能出事了，老师们叫醒了学校司机，开车送我回去，而且报了警。上车的时候，"干娘"开始有些反常了，它没有像以前那样热情地舔着我的手背，而是温顺地趴在我脚边，我的腿可以感觉得到它肚子随着呼吸一起一伏的。可是我当时无心关心"干娘"，我更担心的是家中的父母。

等我来到家里，发现警察已经来了，原来二柱输光了家底，又知道父亲为我读书存了些钱，所以喝了酒拿着一把剔骨刀，趁着夜色和另外一个家伙来家里抢劫。母亲惊魂未定地被二柱用绳子绑了起来，二柱正在家里翻东西。"干娘"猛地冲过去咬住了二柱拿刀的手，二柱的另外一个伙伴吓住了，用刀顶在母亲脖子上喊着让"干娘"松口，"干娘"咬下二柱的指头，然后跑了出去。

警察到的时候二柱已经和他同伙逃了，不过凭着断指他还是被逮住了。

钱财又回到了父母的手上，可是"干娘"却再也无法蹦跳着围绕在我身边了。原本八九个小时的路程，它只用了不到两个小时就赶来了，这种消耗燃烧了它身体里最后的精力……

从那以后我不再养狗，父亲也不再杀狗。

宠养提示

如何对狗的伤情进行判断和处理？

如果你的狗不幸受伤，你可以根据以下方法对它的伤情进行初步的判断，也能给医生提供一些有价值的参考，以便缩短救助的时间：

1. 呼吸检查

观察犬的胸部活动,看它是否在呼吸。正常情况下,每分钟呼吸20～30次。遭到意外伤害时,呼吸频率常常增高。短促呼吸,接着猛然呼出,说明隔膜可能受到了损伤。

2. 光线反射

用手电筒照射犬的眼部,瞳孔应收缩。如果瞳孔无反应,说明心脏可能已停止跳动。如果瞳孔已收缩,表明犬的脑部可能受到了损伤。

3. 足部反射

捏一下脚趾或脚趾间的皮肉。如果没有反应,说明伤犬已深度昏迷,或心脏已停止跳动。如伤犬只是轻度昏迷,便会把脚缩回。

4. 辨别休克

身体循环停止时,便会发生休克。休克时,伤犬变得虚弱,呼吸急促,脉搏跳动很快,身体冰冷。

在进行完判断后,你可以在送达宠物医院之前,做一些简单的处理工作:

如果休克并非出自中暑,可以用毯子裹住伤犬以保暖。切勿裹得太紧,要让它容易呼吸。

如果伤犬已经失去知觉要使其颈直立,拨开口部,清除口中的所有残留物,并轻轻将舌头向前拉出,以免窒息而亡。

伤犬可能会突然清醒。并因伤痛和惊吓而变得歇斯底里。注意别让它因突然剧烈坐起而再度受伤。你自己也要特别小心被咬伤。如伤犬受了惊吓,要让它安静下来并给它保暖。

狗眼看人

到了晚上,他会恭敬地为我做好丰盛的晚宴。为了感谢他对我的忠诚,我有时也会大发善心,给他留些骨头,但是他很怕我,不敢跟我一起吃饭,总是躲得远远的。我也曾经放下主人的架子跟他推心置腹地谈过,但他还是不敢。

首先,我很庆幸我是一只狗而不是人。

伺候我的仆人和我是同一性别——男,其实,我更喜欢一个女人来打理我的生活,毕竟女人比较男人来说心细致一些。但是既然上帝安排他来照顾我,我也就不好说什么了。

这个男仆人很懒的,每天都是我先起床,还得走到他的床前告诉他我要用膳了,他才懒洋洋地叫几声,表示明白。他如果动作拖拉或者赖着不起,我就会跳上床,将他的被子掀到地上去,让他知道我的厉害。

他做的骨头味道还是不错的,我一直想宴请其他朋友来我家尝尝他的手艺,但是很遗憾,我的朋友们生意都很忙,一直抽不出空来。有时候他给我做的饭菜也很难吃,我就会用嘴扒拉到一边,有时候生气生大了,甚至会全部给它掀翻!对于这样的错误,我经常要骂他让他长记性,人这种动物的羞耻心比狗还要强,我多骂几句,他就会又喊几句,然后乖乖地去给我准备食物。

有一次,这个家伙竟然在我的食物里面混入了青菜,当时我气极

了,骂道:"我不是说过 N 遍了吗,我不喜欢吃青菜,你是不是大脑种树,小脑养鱼了,怎么又忘了!"本来我是想咬他的,后来转念一想,人是这个世界上比较可怜的动物,他们一旦长大就有无数烦恼,而我们有照顾他们的义务,他们也应该有享受生命的权利。想到这里,我往往就作罢了。

总的来说,这个男仆还算听话。

每天吃完早饭,我都会命令我的男仆陪我出去散步,他不愿意也不行,我的生活哪能由了他做主呢?我为了怕他丢了,每次都把绳子牵到他手上。散步的地点就是附近的几个公园,在那里,我会碰见许多街坊邻居,我们会交流一下各自听到的小道消息和流言蜚语,探讨一下如何管理好各自仆人以及他们不听话时该如何教训他们。偶尔我也会对给我抛媚眼的漂亮母狗来个飞吻,但对于姿色平平的姑娘,即使她再向我献媚,我也装作没看见——对于爱情,我还是有自己的原则的。

当我和我的街坊邻居、亲戚朋友们畅谈的时候,我的男仆人则和其他仆人们站在一边,因为怕影响我们的谈话,他们总是小声交谈。

有一段时间,大家都狗心惶惶的,我听到有的狗说,有些人已经脱离了狗的统治,想要反抗狗了。后来才知道那些都是谣言,原来是一只狗得了狂人病,所以到处散布谣言。不过,我们都有同感,人越来越不听话了,也越来越不好管理了。

散完步,我就会躺在沙发上舒舒服服地眯上一觉。这时候,我会大方地给我男仆一段自由时间让他出去放风。他大多时候都会出去

喝酒,回来总是兴高采烈的样子,我想他一定经常向其他朋友炫耀有我这样一个宽厚仁慈的主人。

有时候他喝酒喝多了,会带其他人回家。我很生气他未经我同意就敢私自这样做,但是看在他喝多的分上,往往就原谅了他。但是我不能原谅的是,他带回来的人对我摸来摸去,我是一只帅狗,但并不是一只没有原则的狗,除了我的男仆之外,我不喜欢和其他人有太多的身体接触。

到了晚上,他会恭敬地为我做好丰盛的晚宴。为了感谢他对我的忠诚,我有时也会大发善心,给他留些骨头,但是他很怕我,不敢跟我一起吃饭,总是躲得远远的。我也曾经放下主人的架子跟他推心置腹地谈过,但他还是不敢。不过这样也增加了我对他的好感,这个忠实的仆人还是懂得自己的地位,我起码不用担心他会反抗我的统治。

有时候,我对于如何统治好人也很头疼。这时候我往往去请教我那智慧的母亲。我有次问母亲:"妈,为什么神狗要制造人类?我们狗其实可以自己照顾自己。"

母亲说:"我们狗制造了很多垃圾,需要人来收拾。"

我又问:"那我们狗不害怕他们反抗?他们长得可比咱们高。"

母亲回答:"我们的脑子单纯而清醒,而人的脑子总被欲望控制,所以混乱,清醒的脑子当然要统治混乱的脑子。"

宠养提示

如何在狗面前树立主人的权威?

狗是社会性动物,在群体当中需要建立等级,如果主人误解了狗的意图,或一味地听任它为所欲为,那在它看来,它就成了人的领导,

当然就不会听从主人的指令了。这样会给主人造成一些麻烦。

从狗的心理来分析,当狗跳到背上或是从正面推拱或直视主人,都是主宰的姿态。当狗把爪子放在主人的膝盖上,表示:"你在我的统治之下",如果它的目光直视主人,是显示其权威的一种手段。很多主人却理解为犬在表示对主人的爱意。如果主人这时轻拍它,则表明:"是的,我很卑微,我服从您的领导。"

当狗把爪子放在主人的腿上,目光直视他时,主人应该严厉地对狗说:"下去,坐好!"如果狗执行了命令,主人就应该爱抚它或给其物质奖赏。

那么该怎样树立主人的权威呢?狗的最佳学习期是3～6月的幼犬时期,主人应该在此期间开始训练,做法如下:

不要允许幼犬跳到背上或从正面推拱,不要把犬推开或是喊叫,只要走开不予理睬就可以了。

在全家人都吃完饭以后才喂幼犬。

在狗进食的时候,把你的手放在狗盆里。

让幼犬等待所有的人出门后最后一个出门。

让幼犬坐下或是服从其他命令后才给它诸如食物、拥抱、散步或是玩耍等令它高兴的奖赏。

天堂的龙猫父亲

第二天早上起床，我习惯性地先去看龙猫，天啊！我眼花了吗？怎么又多出一只？哈哈！太棒了，灰灰又生了一只！两只颜色基本上一样，看似是紫灰色，又有点像咖啡色，前者的可能性更大些，老大的脸颊毛色有点浅，老二颜色较深。为了纪念他们的父亲，我给它们取名一个叫"思思"，一个叫"念念"。

日本动画名作《龙猫》里面憨厚可爱的龙猫形象给人留下深刻的印象。其实，在真实生活中是有龙猫这种动物的，它的学名叫南美洲栗鼠，是一种很可爱的动物。因其酷似宫崎骏创作的卡通龙猫，后被香港人改名叫"龙猫"。我要讲的就是我和我养的龙猫的故事。

我最开始养了两只男女龙猫，它们的小脸长得很像兔子，尾巴又很像松鼠。小家伙们总是喜欢在笼子里跳来跳去，极富好奇心。女龙猫叫灰灰，是一只很漂亮的银斑小妞，男龙猫叫赖赖，全身黑白花色，给它起这个名字是因为它的性格很赖皮，经常本着一副你拿我没辙的态度耍赖，家里除了我之外其他人都不喜欢赖赖，去年还差点把它转让出去，最终还是在经过我"动之以情"哭鼻子之后，才留下了赖赖。

那时灰灰还是个很害羞的小姑娘，而赖赖已经是大小伙子了。它对灰灰可痴情了，有吃的总是先让着灰灰。灰灰生气时它就会跳

来跳去地逗灰灰高兴，搞得灰灰气也不是，恨也不是。赖赖还很绅士呢，从来没有对灰灰行为不轨过。它大概知道灰灰还没成年不能让它早孕，静静地为它守候。看它们相处得很好，我们就一直没有给它们分笼。

它们打打闹闹相安无事地渐渐成长起来。灰灰出落得越来越漂亮，像个大姑娘了。我总喜欢抚摸它的被毛，那么的柔软温顺。赖赖就不同了，因为太过调皮，屁股上的毛总是秃秃的。赖赖还很不爱洗澡，每次被我逼进浴室，总是象征性地打个滚就要求出来。看见我那么疼灰灰，它也很羡慕，也学着灰灰的乖样，蹭到笼边，讨要葡萄干吃，似乎是怕不够吃，每每一到手就囫囵吞枣，再接着要下一个，不像灰灰那样慢条斯理地品尝。

就这样，它们俩的生活过得快快乐乐，有滋有味。

可是，由于我的过失，却给它们的生活酿成了悲剧。

一个夜晚，我在家里给它们清理笼子，两个小家伙兴奋得在笼子里跳来跳去，因为笼角有点脏，所以挪动了一下笼子，却没有注意另一角正在玩耍的赖赖。

我突然发现赖赖使劲地挣扎，仔细一看，发现赖赖的脚被夹住了！从那以后赖赖的脚就瘸了。刚开始以为问题不大，可是后来发现它一天天地虚弱下来，才意识到事情严重了，赶紧带它去医院，医生确诊说那个被夹伤的脚趾没用了，并给它做了脚趾部位的截肢手术，因为医生没有给龙猫做过手术，不知道麻药该怎么打，怕会醒不过来，最终商量决定不打麻药做手术。

赖赖真的很棒，是我们家真正的小男子汉，从头到尾它都没有哼

一下。实在佩服它！术后为了它能尽快恢复健康，我们就把它们分笼了，可是赖赖好像很生气，开始了自残，把自己的脊背都咬破了，手足无措的我们再次把赖赖送到医院。那段时间几乎天天带它去医院，打针吃药丝毫不敢怠慢，小家伙的生存意志也很强，知道要多吃点，也许是背上的伤太严重了，最终它还是没能挺过来。记得那个晚上它在我的手上渐渐变得冰凉，不管我怎么叫它，甚至给它做人工呼吸都无济于事。它走的时候眼睛都没合上，家人怕我伤心，替我把它葬在了楼下的小树前……

从此，家里就只剩下一个灰灰了。家里人把所有的精力和爱心都给了它。灰灰似乎还不知道赖赖已经死了，它每天都趴在笼前张望，等待着赖赖。渐渐地灰灰开始变得独立，甚至有点凶，再也不像以前那样愿意和人亲近，总是躲在窝里睡觉，不让人碰，脾气也很不好。我想也许它是在怪我吧。

半个月后，我忽然觉得灰灰长大了，它都已经一岁了，不能总是这样孤单呀，考虑再三，还是决定在一位猫友家买了一只米色龙猫，给它做老公。这个小家伙才两个月，妈妈说以前赖赖短命是因为名字取得不好，所以给这只龙猫取了个名字叫健健，希望它健康成长。听说姐弟恋婚配不会很难，我相信了，可是事实却是两样，灰灰很排斥健健。很不愿意和它在一起，倒霉的健健总被凶狠狠的灰灰赶得到处乱窜。

一天，我正在公司上班，妈妈打来电话质问我："你怎么又买了一只小龙猫回来呀？""没有呀，我怎么可能再买呢？"

"天啊！一定是灰灰生的！"妈妈在电话那边惊叫道。

灰灰居然怀上了赖赖的遗腹子，太好啦！赖赖真争气，虽然走了，却给我们留下了它的骨血！

我迫不及待地请假回家看小宝宝，小家伙很活泼，在窝里一蹦三

跳的,灰灰似乎很疲劳,也不去多管宝宝,窝里还有她生产时留下的血迹,可以想象她这第一胎生得很辛苦。旁边的健健可惨了,灰灰为了保护自己的孩子,把健健追得在笼子里乱跑,我赶紧把家里另一个笼子拿出来把它们分开,总算安静下来了。

小宝宝是个天生的探险家,像极了赖赖,老是喜欢爬出来玩,为了不惊动她们母子休息,我小心地把门关上不去打扰它们。

第二天早上起床,我习惯性地先去看龙猫,天啊!我眼花了吗?怎么又多出一只?哈哈!太棒了,灰灰又生了一只!两只颜色基本上一样,看似是紫灰色,又有点像咖啡色,前者的可能性更大些,老大的脸颊毛色有点浅,老二颜色较深。为了纪念他们的父亲,我给它们取名一个叫"思思",一个叫"念念"。

傍晚,我走到赖赖的坟前,微风吹着小树。"赖赖呀,你知道吗?你老婆给你生了一对孩子,你好棒!"又一阵风吹来,我心满意足地走在回家的楼道上,天堂的父亲这会儿应该也在笑吧?希望它的孩子们"思思念念"健康成长!

永远怀念你,天堂的父亲!

宠养提示

刚出生的龙猫如何喂养?

1. 何种情况下需要人工辅助喂养

小龙猫出生时,主人应每天称重一次,许多小龙猫在出生后头一两天都会出现不同程度的体重下降,这是因为龙猫妈妈下奶需要一个过程(尤其是初产),但不必惊慌,初生的小龙猫即使没有吃到奶,没有得到其他补充,也能存活5~6天,因此,在正常情况下(生1~2

只，母猫身体良好）应该在第3～4天决定是否进行人工辅助喂养，这时如果体重停止下滑（说明吃到了母奶）就不必辅助喂养了。但如果一胎超过2只或母猫年高体弱则应果断进行人工辅助喂养。在人工辅助喂养的时候，应准备一个干净的小容器，一支1毫升的注射器（拔掉针头，再套上1厘米长的气门芯），一小块干净毛巾。

2. 如何进行人工辅助喂养

调制适合小龙猫的奶

因为刚出生3～4天的小龙猫吃奶量很有限，所以每次只需调15克左右的奶。奶粉与温水的比例为2克：13克（是有点浪费，但再少就没法调了，浓度不好掌握），随着小猫的生长，浓度也要有所增加，调好的奶不宜存放，最好是每次喂奶时现调，喂奶后器具一定要认真清洗。

喂奶量的掌握

最初人工辅助喂食量会很少，基本每次只能吃进0.1～0.3毫升，因为奶粉与母乳的味道不一样，想让它们接受需要一定的时间和过程。等到第五天每次基本就能达到1毫升左右。如果小猫不吃一定不要强灌，喂食不当会使小猫呛到，喂奶时要轻轻用手握住小猫（用拇指和食指轻轻卡住它的脖子），注射器只需把奶挤在它的唇边（每次一滴）让它自己舔进去，它适应后便会主动抱着注射器，含着气门芯吸奶了。

喂奶的次数

辅助喂养可以选择白天进行，因晚上龙猫妈妈会喂小宝宝，所以不需要人工辅助。每隔两个小时喂一次就可以，基本上一天需要喂4～5次。根据实际情况可灵活掌握，如果一次吃得较多就可间隔时间长一些再喂。

3. 必备品

电子秤

对于悉心照料龙猫的主人来说，电子秤是个好帮手。特别是育

龄的猫猫,通过称重可判断猫猫是否怀孕。电子秤对于初生的小猫猫来讲更是必备品,通过每天给小宝宝称重可以知道妈妈有没有奶,够不够吃,要不要给妈妈打催奶针,要不要给宝宝加喂牛奶。在小猫出生后要每天进行称重,好确定它们是否喝到了奶,以及奶水够不够,也是决定是否进行人工辅助喂养的依据。

温湿度计

温湿度计是必不可少的!在闷热潮湿的天气里,如果室温超过30℃龙猫很有可能中暑!那是很危险的事,因为中暑会导致中枢神经受损,轻者造成终生残疾(四肢不协调,站不住,站不稳),重者会很快送命。因此龙猫的主人拥有一支温湿度计,以便时刻注意室温及湿度变化,及时采取防暑措施是很必要的。

苹果

龙猫妈妈生产后会非常口渴,这时苹果是最美味的食品,它又是饭又是水。吃苹果能补充水分和营养,有助于下奶。另外,在整个哺乳期都不要断了苹果,因为哺乳的妈妈整天趴在宝宝身边给宝宝喂奶、取暖,很少走动,如果没有苹果,很容易便秘。

宠物奇闻

忠狗舍身挡毒蛇救主

美国加州一名10岁男童带着饲养的小狗,到附近的树林去散步。小狗和主人散步到一半,没想到草丛中出现一条响尾蛇要攻击小男孩,就在这危急时刻,小狗扑上前挡住毒蛇攻击,遭毒蛇狠咬两口,使得小主人赢得了时间及时逃脱。

虽然受了重伤,但小狗也成了大英雄。小狗主人称赞"我觉得它是只很了不起的狗,它是我的英雄"。虽然身负重伤,在医院里接受治疗时,小狗每看到有人经过还是会努力摇摇尾巴,表示善意。

喜欢兜风的小狗

北京老刘家的狗狗特别喜欢兜风。老刘通常会把狗狗抱上车后座。等老刘一脚踏上车踏板,狗狗便自动地把四脚均匀分布在座位上,并站起身来安分守己地等老刘发车。老刘每次都在沿江边骑行几公里,但狗狗从不擅自下车,路途中也未有影响行车的不良举动。狗狗很讲卫生,一旦在自行车行驶过程中内急,它都会伸出一只前爪拍打老刘的肩膀。会意之后,老刘必停车满足狗狗的愿望。狗狗也

很知趣，必会找一僻静之处拉屎撒尿。若老刘骑车太久，狗狗感到疲惫还会在后座上一屁股坐下，间或以蹲式靠在车上小憩。

兜风完毕回到家中，出了一身汗的狗狗常常主动站到水龙头旁，等待老刘为它洗澡。意识到坐自行车后四爪很脏，狗狗还会主动抬脚让老刘冲洗脚底。

主人死亡　老狗殉葬

相伴了 18 年老人去世，爱犬悲痛之余为其殉情，真实版的"人狗情未了"令人动容。

大连一名 77 岁的老人与一只狗相伴了 18 载，在老人去世后，这只狗竟然围着主人的墓地绕了两圈，拜别主人后，一头扎进了河里跟随主人而去。老人的女儿称，此家犬的行为令她非常感动，没想到动物也能有这么深厚的感情，而且会做出这么决绝的行动。所以，老人的女儿决定做一个模型烧给父亲，让他们两个在另一个世界也能相互陪伴。

"招财"猪

在北京南鼓楼有一家很难找的小酒吧，叫"过客"，七拐八拐设在弄堂里，绕进绕出都免不了迷路。偏就有一票人爱泡在里面，不为酒水，不为茶点，而是为一头猪——它肥头大耳小细腿，打着圈儿的尾巴上还拴着蝴蝶结。

猪叫"呼噜"，是老板的宝贝。是荷兰猪盛行街头那会儿，老板花

高价买回来讨好女朋友的,结果被骗了,本来一只手能拎来拎去的肉团一路飙长,成了一只大肥猪……女朋友当然不肯要了,家里也养不下,只能"寄存"在酒吧里。

别说,自从有了这头猪,原本半死不活的酒吧生意竟倏地好很多:许多人都奔走相告慕名而来,猪也很是讨喜,会哼哼地叫吃的,会蹭呀蹭呀跟你撒娇,还会颠着大屁股巡场子……关键是干净,又懂得不随地便溺,所以能为主人拉来不断壮大的回头客。

主人买菜狗拉车

家住福州六一路的老王每天出门买菜,回头率都特高,因为他前头总跑着三只帮他拉菜的狗狗,而且这 3 只小狗还是祖孙三代。

"奶奶"容容力气最大,最多一车能拉十几斤的西瓜;"儿子"宝宝其实最壮,但最爱偷懒,经常在装菜的时候开小差溜走;"孙子"星星则是个调皮蛋,但最听"奶奶"的话,因为老跟着"奶奶"拉菜,所以才 3 个月大就能拉好几斤的菜蹦跶。现在只要老王换旅游鞋,它们就知道要买菜和晨练去,马上站到小车边上,等着套绳出门。狗狗们拉的小车是经过老王多次试验改造过的,车身是小孩玩的小车,被改动了 7 个地方,光轮子就换了四五种。据老王介绍,用什么轮子对狗狗拉车很重要,不能让车前倾或后沉,否则狗狗拉起来很不舒服,只有让车身平衡的轮子才能让狗狗拉得最轻松。

70多斤重的香猪

刘女士的儿子在2007年春节花2000元钱买了对香猪给退休的她做伴。当时香猪只有巴掌大,七八两重,放在鸟笼里就能养。刘女士为小公猪起名"蓬蓬",小母猪叫"香香"。香猪每天除了吃五谷杂粮,还少不了鸡鸭鱼肉以及水果、牛奶。不到一年,两只宠物猪的体重增了百倍,长到70多斤重!刘女士怀疑儿子买来的是假香猪,便找专家鉴定。专家鉴定后表示,香猪迅速长大是营养过剩所致,但能长得如此之大,极少见。刘女士家空间小,香猪活动不开,她只好每天傍晚带香猪出去散步。

戒 烟 犬

北京的朱女士和先生都有多年的烟瘾,可是自从狗狗酸菜到家以后,事情竟然发生了变化。

要来酸菜的当天,朱女士像往常一样点燃了一根烟,酸菜一下子就变得狂躁不安,冲着她的烟扑过去,嘴里还汪汪地叫着。看见它不依不饶,朱女士只好把烟掐了。以后,只要主人在家抽烟,类似情况就会发生。据专家解释,少部分犬对烟味特别敏感,闻到烟时常会有激烈反应,是因为它把烟味看做危险的信号,出于保护主人的目的,它要出声吠叫来提醒主人。

为了和酸菜和谐共处,两位主人竟然慢慢地把烟戒了,健康也有了改善,这一切还真得感谢他们的戒烟犬酸菜。

狗当"接生婆"

一只很有灵性的母哈士奇,在元旦当天从马桶中叼起女主人刚生下的男婴,当女主人无力擦掉婴儿口鼻上的水时,狗宝宝又死命地猛舔婴儿鼻子上的水,救了娃娃一命。

据主人黄女士称,比预产期提前 5 天,她的肚子出现了临产时的阵痛,想到欠保健费半年,身上又没有钱,不敢到医院生,也不想打扰同住的朋友,就拿条毛巾死命咬住,撑着身体走到浴室,当时连关门的力量都没有,哈士奇一路跟着她,跟到浴室门口没有进去,一直看着她。

她说,自己坐在马桶上,用力生下婴儿,勉强托着婴儿,拿起放在浴室的指甲刀剪断脐带,可是那时她却撑不住了,头很晕,整个人从马桶上摔到地板,小孩也掉进马桶,她想叫朋友,可连叫出声的力气都没有。

正当她害怕孩子掉进马桶会淹死时,她看到狗冲了进来,先是扒着马桶边往里看,接着伸头进马桶叼住婴儿的腿,把婴儿叼了出来。她接住小孩放在身边,发现小孩头、脸、鼻都是水,好像呼吸不过来,但她根本站不起来拿干毛巾帮孩子擦。

那时狗宝宝就一直舔孩子鼻、脸上的水,孩子没多久就大声哭出来,她的孩子得救了!黄女士突然有力气大声叫朋友帮忙。她的朋友听到求救声,赶紧叫救护车送她和小孩到妇产科医院,所幸母子平安。

宠物猪聪明救主

1998年8月,58岁的阿特斯曼和丈夫杰克在美国宾夕法尼亚州的普瑞斯克岛度假,他们的住所和交通工具是一辆房车。一天,杰克钓鱼去了,独自在家的阿特斯曼突然心脏病发作倒在地上。当时她身边只有两只宠物,一只叫"彼尔"的爱斯基摩狗和一只叫"鲁鲁"的越南种大肚子猪。彼尔只是冲着主人大叫,而鲁鲁则英勇地采取了行动。它奋力从那个专门为狗出入的小门挤出去,重重地摔在地上。它"吱吱"地尖叫,发现周围没有人,便向公路上跑去。一个开着农用货车的中年人看到这只猪身上流着血,便停了下来,鲁鲁立刻引着他向主人的房车跑去。中年人敲着房门喊:"你家的猪受伤了。"这时他听见了阿特斯曼的呼救:"我快死了,快叫救护车……"

阿特斯曼出院后,对鲁鲁更是宠爱有加。杰克说:"我们知道,上帝把它赐给我们一定是一件幸事。"

勇斗鳄鱼救主人

佛罗里达州一名妇女一日在河边散步时,遭遇一只鳄鱼的袭击,这时她的宠物犬突然跳在主人与鳄鱼之间,以自己的死换取主人的生。

据外电报道,一天晚上,佛罗里达州坦帕市妇女辛迪·赫南迪兹带着自己的宠物狗"鲍勃"在当地的希尔斯镇河边散步时,突然一只鳄鱼全速从水中游了过来,向她发起了袭击。辛迪当时彻底惊呆了,

根本不知道该如何反应。宠物犬鲍勃当时正在旁边玩一个玩具，它看到危险后，立即扑了上来，横在鳄鱼和主人之间。

辛迪回忆道："鲍伯扔下玩具就冲了过来，横在我和鳄鱼中间。鳄鱼一口咬住了鲍勃，在我面前将它拖入了水中。大约5分钟后，这只鳄鱼又从沉下去的地方浮出水面，眼睛阴险地看着我，我的狗仍然叼在它的嘴中。"

辛迪相信，如果没有鲍勃的临危相救，那么当时叼在鳄鱼嘴中的就不是一只狗而是她自己了。辛迪道："是鲍勃救了我，它是一个英雄，它知道舍弃自己是救我的惟一方法。"

义犬蛇口救女孩

澳大利亚凯恩斯市郊的1岁女孩小夏洛特正在自家花园玩耍，突然间小狗"可汗"叫了起来。原来，它发现了一条棕伊澳蛇从隐蔽处爬了出来，正准备向小夏洛特发动袭击。棕伊澳蛇是世界第三大毒蛇，毒性非常强。

小夏洛特的母亲凯瑟琳事后回忆说，当时，"可汗"迅速跑到小夏洛特身边，猛力推她，想让她远离毒蛇，但小夏洛特还在那里玩耍。

情急之下，"可汗"一下子跑到小夏洛特身后，叼住她的尿布，把她放在自己的背上，走了大约1米远。也许是因为恼怒"可汗"坏了自己的"好事"，那条棕伊澳蛇猛地跃起扑向"可汗"，冲着它的腿狠狠地咬了一口。

小夏洛特虽然被这一幕吓坏了，但却因为"可汗"的义举而免遭不幸。事后，凯瑟琳领"可汗"到宠物医院注射了抗蛇毒药，检查后发现它的身体并无大碍。

煤气中毒狗救命

修武县周庄乡的一条狗通过不停狂吠的方式救了家中小主人一命。

一天晚上，孔某家的狗突然狂叫起来，孔某的母亲以为有人来，因为平时如果有外人来，狗就会狂叫。然而她去开了院门，却不见一人，于是她大声责骂了狗几声又回卧室去了。

刚到卧室，狗又狂叫起来，孔某的母亲又出来打开院门，仍然不见有人，便又大声责骂了狗一顿。她再次回到卧室，没想到狗竟然爬到窗台上狂叫，于是她又出来。尽管她对狗又打又骂，但是狗依然咬着她的裤脚不松，狗拖着她来到女儿的住室门口才松了口，并继续狂叫。她这时忽然明白了，莫不是女儿出了问题？打开门进去一看，只见女儿已经不省人事。她立刻找人将女儿孔某送到医院抢救，原来是煤气中毒所致。医生说若不是抢救及时，等到第二天再来抢救，孔某必死无疑。

年度"狗英雄"布鲁

一只来自佛罗里达州的名叫"布鲁"的小狗，为了救一位老太太而与一条美洲鳄进行殊死搏斗，受了数不清的伤仍不后退，最终救出了主人。它因为勇敢和忠诚而获得年度"狗英雄"殊荣。

布鲁才两岁大，而它的主人鲁思·盖伊太太已经85岁了。那天，盖伊带着布鲁到她家后面的一条小河边散步，由于草地湿滑而摔倒，

鼻子摔出了血，一个肩膀也脱了臼，她大声喊人来帮助，当时布鲁就坐在她身边。

突然，那只小狗狂叫不止，并向黑暗处蹿去，因为它看到了一条大鳄鱼从50英尺外的河边向这边爬来，显然是由于盖伊的喊叫才把那条鳄鱼吸引过来的。那条鳄鱼想袭击老太太，但布鲁一次次击退了鳄鱼的进攻。在搏斗中，布鲁的身上受了无数的伤，其中肚子上有好几个洞，鲜血直流，直到一个多小时后盖伊的女儿和女婿赶到才一起把他们救了出来。

盖伊后来说："我听到布鲁和鳄鱼的搏斗声，但我无能为力，我还以为布鲁死了呢，直到我女儿回到家后听到狗叫声才赶到现场救了我们。听到布鲁还在小声地叫，我才知道它没有死，是它把我从鳄鱼嘴里救了出来。"

小狗救回7岁小主人

在海啸重灾区之一的印度泰米尔纳德邦的海边小村，一条名叫"塞尔万库马"的小狗救了它的小主人迪纳卡兰。

海啸来临时，迪纳卡兰的母亲桑吉塔只能抓住两个年幼儿子的手，拼命向高处奔跑，并希望自己最大的孩子——7岁的迪纳卡兰也能跟着她一起逃出险境。但迪纳卡兰并没有跟上母亲，而是向他自认为最安全的地方——离海岸只有大约40米的一个小棚屋跑去。

危急关头，塞尔万库马毅然掉转头去追小主人。它一路咬着小主人的衣服，间或用鼻子拱着小主人，硬是将他给拽回了附近高处的安全地区。最终得救的迪纳卡兰感激地说："是塞尔万库马咬着我衬衫的衣领，把我从死神那里拽了回来。"

狗旅行家——闪电

"闪电"是意大利坎佩尼亚火车站的一位售票员的狗。售票员的家住在离坎佩尼亚15公里远的皮奥比诺镇上,每晚9时工作结束后,售票员乘火车回家,"闪电"总是和他同往。在家里玩到10点来钟时,"闪电"便独自跑到火车站,乘10时40分最后一次班车,返回坎佩尼亚。第二天早晨7时20分,"闪电"独自乘班车离开坎佩尼亚,前往售票员的家,送他女儿美娜上幼儿园。然后乘火车回到坎佩尼亚,11时30分,它再次乘车来到坎佩尼亚和皮奥比诺,在幼儿园门口等待美娜,送她回家。

这样每天在坎佩尼亚和皮奥比诺之间往返3次,成了"闪电"日常生活中不可缺少的内容。尽管车站上南来北往的列车很多,但"闪电"总能够在准确的时间、准确的班次上车,并在准确的地点下来,从来没有出过差错。正因为这种奇特的能力,"闪电"成了新闻动物,意大利电视台还专门为它录制了题为"狗旅行家——'闪电'"的纪录片,放映后博得广大观众的热烈欢迎。

重情狗狗跳楼殉主

流浪狗狗被收留后,主人待它情深义重。主人病逝后,知恩图报的它竟跳楼追随。

几年前,成都的老周在楼下散步时,发现一只脏兮兮的流浪狗一直跟着他,平时就喜欢小动物的老周心软了,把它带回了家中,给它

取了个名字"欢欢"。带回家后,老周像对待自己儿女一样对待欢欢,它也最喜欢老周,总是跟前跟后,活生生成了他的"尾巴",到最后更加亲密,就是睡觉都要挨着他。

2003年9月7日晚上10时许,老周心脏病突发,被送进了医院。欢欢好像知道主人出了事,跟着跑到医院。在老周快落气的时候,它突然冲进病房,守在老周床前,目不转睛地望着他,还把爪子搭在他手上。11时50分,老周过世了。

从那时起,欢欢就一直没吃东西。回到家后,它径直跑向阳台,坐在上面,直瞪瞪地望着远方。没想到,9日上午9时许,欢欢竟然从7楼跳楼自尽,"它给我爸做伴去了。"老周的儿子抱着死去的欢欢,悲伤不已地说。

宠物猫跋涉 13 个月寻到旧主

一个法国家庭从法国南部的图卢兹市搬到了法国北部的特里维内市。搬家前,他们将自家的宠物猫"米米妮"送给了图卢兹市的其他家庭收养。然而令他们做梦也没想到的是,这只猫由于太过思念旧主人,竟然离开收养家庭,开始了"千里寻旧主"的探险旅程。在经过13个月时间、跋涉了至少800公里后,宠物猫米米妮终于奇迹般地找到了搬至特里维内市的旧主人一家。这一"忠猫寻主"的奇闻使人们惊呆了,据一名法国兽医称,猫具有神秘的第六感,也许它正是靠"第六感"的指引才在茫茫人海中找到了旧主人的下落。

狗的纪念碑

澳大利亚的悉尼是一个美丽的海滨城市。来自世界各地的游客络绎不绝。就在悉尼海滨高高的悬崖上,有一座为狗树立的纪念碑。

有些失业者感到世态炎凉,人生如梦,就来到这个高高的悬崖上跳海自杀。在悬崖的附近有一座小旅馆,旅馆的老板养了一条狗,它见过不少跳海自杀的人,就学会了察言观色。每当它见到人们高高兴兴地在这里游玩,就放心地跑跳转悠;如果见到人们愁眉苦脸地坐在悬崖上,面对大海,就赶紧跑回旅馆,老板也随之而来,对绝望者好言劝慰,就这样救下了不少人。

后来那条狗死了,人们想到它曾经救过许多人的命,就在悬崖上为它建起了这个纪念碑。

鹩哥问候吓跑小偷

吉林珲春市民张先生家那只鹩哥午夜突然"说话",这声逼真的"问候"将欲入室行窃的梁上君子吓跑了。

一日深夜,个体花店老板张先生正在自家二楼熟睡,突然,他迷迷糊糊地听到有人在客厅里说了几遍"欢迎光临",张先生起床走进客厅一看,发现窗口处一个黑影一闪而过。张先生立即发现窗户上的玻璃有被损坏的痕迹,"莫非家里招贼了?"可是,是谁喊的"欢迎光临"呢?这时,离窗户不远的鹩哥又喊了一声"欢迎光临"。

"多亏了我这只宝贝鹩哥,否则花店肯定要'破财'了。"张先生

说,这只鹩哥是他在哈尔滨谈生意时,花 2 800 元钱买回来的,机灵乖巧的小鸟很快就学会了"你好"、"再见"等问候语,其仿真程度足可以假乱真,它不仅给全家人的生活带来了乐趣,没想到也起到了看家护院的作用。

高楼草定"两栖"兔

一只两岁多的白兔,每天按时 4 趟从 3 楼跑下到户外吃草,吃完后再爬上楼回家,而且它还吃馒头、骨头、鸭脖子等食物。这只可爱的"精灵兔"就是银川市张女士家的"小白"。

据张女士介绍,她刚开始喂养小白时,它只待在家里,连楼道都不敢出,张女士也就把小白当普通兔子关在铁笼里喂养。后来有一天,张女士把小白抱到外面散步时,不慎将小白丢失,家人找了多次都没找到。没过几天,张女士发现小白竟蹲在家门口。张女士又惊又喜,把小白抱进家查看,发现兔子没有外伤。从那以后,小白的生活习惯和以前大不一样,每天上午、下午自己定点下楼吃草,然后再自己爬上楼回家,趴在卫生间旁睡觉。

敞篷跑车换爱犬

美国圣安东尼奥市女子拉塔莎·阿曼达里兹家中养了一条名叫"猪排"的斗牛犬,拉塔莎爱狗如命,将"猪排"当成了她家的一名家庭成员。

然而,2007 年 10 月 4 日,"猪排"突然走失了。在苦寻多日仍然

毫无进展的情况下,焦急万分的拉塔莎竟然发出"汽车悬赏令",表示任何寻到她爱犬的人,都可以得到一辆福特野马敞篷跑车。这招还真"管用"。一名陌生男子竟然真的帮拉塔莎找回了爱犬,而万分开心的拉塔莎也毫不犹豫地将自己的福特车送给了这名男子。

狗的追悼会

美联社 2005 年 12 月 12 日报道,美国破天荒为一只狗举行追悼会,会上还有 300 只猫出席,以表扬其生前救猫有功。

西伯利亚雪橇犬和史纳莎犬混种的狗"金尼"于 2005 年 8 月去世,终年 17 岁。它生前在纽约长岛南岸曾救出数以百计被人遗弃或受伤的猫,1998 年曾被选为"风云狗"。金尼最广为人知的拯救行动,是不顾自己的伤势,在布满玻璃的盒子内救出受困的小猫。

为纪念这只"英雄"犬,纽约威彻斯特县于 2005 年 11 月 19 日为它举行追悼会。金尼的主人冈萨雷斯说:"自从领养金尼开始,我从没有训练过它。但它仿佛有神奇的力量,知道猫何时遇上困难,而且猫也喜欢与它在一起。"现在,冈萨雷斯一直在训练其他狗,希望它们能像金尼一般"侠肝义胆"。

狗妈妈以身试毒救 30 余人

2003 年 11 月 28 日下午,刘师傅在菜市场买了一条已经死了的狗带回驾校,食堂的厨师炖了一锅狗肉,准备晚餐时给 30 多位职工改善生活。

肉香四溢，把一群刚出生的小狗崽们引到了食堂。一位职工看见狗崽来了，就夹了一块肉给它们吃。狗妈妈赛虎突然冲过来，用双爪紧紧地捂住地上的肉，对着小狗崽们发出凶狠急促的吼叫，不让它们吃。

赛虎见食堂里的人越来越多，而且都聚在锅边等着吃肉，开始对着锅拼命狂吠。见众人还是没有反应，赛虎猛地从地上跳起来，发出绵长而凄凉的呜咽声。听到妈妈的哀嚎，四只小狗崽儿冲了进来。赛虎用湿润的鼻子挨个儿亲吻着每只狗崽儿，伸出粉红的长舌舔净最小一只幼犬身上的污垢，然后泪水长流。

突然，赛虎坐在地上，一边流眼泪，一边凄惨哀叫。长嚎一声后，赛虎将地上的三块狗肉吃掉了……不到 10 分钟，赛虎就在地上痛苦地翻滚、抽搐，然后七窍流血，含泪毙命。

事后，经卫生防疫部门化验，食堂所炖狗肉竟含有"毒鼠强"，含量足以杀死一头壮牛。因为赛虎，30 多人的生命才得以获救。

主人出差，八哥以为遭弃竟自杀

袁先生要出差，将爱鸟八哥委托朋友照顾。八哥以为被主人抛弃，毅然自杀身亡。

2004 年 4 月，袁先生从福州花鸟市场买了一只八哥。袁先生就像照顾婴儿一样，每天用饲料调水细心喂养七八次，两三天为小鸟洗一次澡，照顾得无微不至。袁先生姓袁，好朋友都称他为"袁大头"，他的八哥也就被朋友们强加了"小头"的昵称。

如此亲密的关系一直延续了 2 年。由于要出差，袁先生就委托好友照顾"小头"。好友在袁先生走后的清晨来为"小头"喂食时，发现

它烦躁地在笼里上下跳着,中午再来时,就看到"小头"头部满是血迹躺在笼里,金属质地的鸟笼栅栏上也染着血迹。

"它去撞笼子,可能是要挣脱出来找我,也可能是我没告诉它一声,它以为被抛弃了。"袁先生谈起"小头",充满了愧疚的心情。

狗母亲养育人儿子

有一只俄国的看家狗,把一个弃婴从三个月抚养到七岁。弃婴的母亲在孩子 3 个月时不能忍受家庭的贫困离家出走,父亲是个酒鬼,很快也抛弃了孩子。荒凉的房子里只剩下 3 个月大的孩子和一只看家狗。没人要的孩子被狗收养了,它将孩子拖到自己的狗屋边上,自己则出去找食物。

转眼七年过去了,警方终于发现了这对奇特的"母子俩"。由于孩子长期和狗生活在一起,习性和狗相同。比如,他爬着走路,用嘴叼东西。有人给他食物的时候,他也会先用鼻子闻闻。

神龟百里寻故里

1947 年 4 月的一天,湖北省石首杨苗州村一位 12 岁的少年焦秀金,捉到了一只 250 克重的小龟,他用小刀在龟背上刻了自己的名字,又刻上"民三六"(民国 36 年)字样,然后放到三四里外的堰塘里。此后的 22 年中,乌龟多次重返故里,其中 8 次被焦秀金捉到又重新放生。

1968 年春天,焦秀金将这只已长到 2.5 千克重的大龟带到武汉

长江大桥下放生,认为如此遥远路程大概不可能"再见"了。谁料 19
年后,这只饱经沧桑的乌龟,又一次从 300 多公里外回到了主人的身
边。消息传开后,轰动了乡里,前来观看的人络绎不绝,大家对此都
啧啧称奇,兴奋不已。

与主人同病同日死的狗

在意大利,有一只叫做朱迪的狗,15 年来陪伴着自己的主人——
一位叫简法兰柯的老太太,一直与主人形影不离。

后来,主人由于哮喘病住进了医院。此间,朱迪经常到医院看望
主人,趴在主人的病床边上不肯离开。不久,朱迪也病了。兽医检查
后发现,朱迪得的居然也是哮喘!

不久以后,朱迪和主人的病情同时恶化,并且在同一天死亡。知
道这件事情的人都觉得难以置信,如此的巧合,也许是因为朱迪曾经
许下过与主人生死不分离的誓言。

天才鹦鹉会缝纫

国外报载,英国有一只叫"巴吉欧"的 9 岁大的鸡尾鹦鹉,每天看
着当裁缝师的主人在店里工作,耳濡目染之下,居然学会用嘴拿针线
缝纫。

巴吉欧 60 岁的主人泰瑞托在布里斯托市公园街开了一家裁缝
店。他说:"我从未听说过有雀鸟懂得缝纫,但巴吉欧缝得很好,大受
顾客欢迎。"

巴吉欧知道用嘴拿起针线，一针一针地在布料上穿针引线。主人泰瑞托说："人们看过它的示范，我想它一定会成为大明星。有些动物会玩把戏，但这只鸟会缝纫，令其他宠物望尘莫及。"

宠物猫失踪3年回到新家

美国佛蒙特州艾迪森县布里德波特镇的雪莉·杰亚德和哈罗德·杰亚德夫妇在3年前遭遇了一场火灾。雪莉的家中养有2只宠物狗、5只宠物猫和1只亚马逊鹦鹉。火灾可能是由一个煤气炉引发的。杰亚德夫妇和他们的两只宠物狗幸运地逃出了火海，但5只宠物猫和那只宠物鹦鹉却在火灾后全都失踪了，杰亚德夫妇认为它们可能全都葬身在了火海之中。

火灾烧毁了杰亚德夫妇的住宅后，他们只好搬到了另一处农场新家中生活。

即使雪莉搬到新家后，她仍然希望那些宠物猫可能逃出了火海。她经常回到被烧毁的旧房子地点，不断地呼唤5只宠物猫的名字。每年夏天，雪莉都会到旧房子地点去拔草。

然而令雪莉做梦也没想到的是，5只失踪的宠物猫中一只名叫"恰克"的黄猫在失踪了3年后，竟找到了主人的新家！

雪莉称，恰克虽然失踪3年，但看起来仍然很健康。雪莉说，自从恰克失踪3年回家后，就再没有私自离家外出过。

后　记

经历了众多惊奇与感动之后，我们编写完了本书，但是心情仍不能平静。

在整理众多的宠物与人的故事时，我们发现有太多的救助流浪宠物的故事。这一方面反映了人的爱心，另一方面也表明了流浪宠物问题的严重性。

流浪宠物和人一样，身体以及心理都很容易受到创伤，同时也会给人类带来环境问题、健康的威胁。

因此，如果你计划养宠物，请一定要三思：

有没有考虑到家人的想法？万一与家人的想法有冲突你该怎么办？

你将来会不会结婚生孩子，那时候你也会继续养着它吗？

你需要陪它走长达十几年的路，你有足够的爱心吗？

宠物需要定期的免疫、洗澡、保健以及做必要的节育手术，而这些，你能做到吗？你能承受这个经济负担吗？

它有病的时候你愿意为它治疗，直至康复吗？

……

如果你不能做到的话，请你不要认养宠物！以免这世界上又多一只流浪的小动物，而等待它的结果只有随时可能发生的死亡！

OK，如果这些你都考虑清楚了，就请你信守你的承诺，并且建议您考虑一下领养已经被救助的流浪宠物，那些小家伙已经过一次抛弃，它们十分珍惜再次得到宠爱的机会，比起买来的宠物要懂事许多。

如果你身边有人养宠物,也请提醒他们要负责到底,善待宠物一生!

即使你对宠物不感兴趣,只要你经济宽裕,也请你考虑认养一只救助站里的流浪宠物,你不需要带它回家,只需要给它一口食物,一个生存的机会。

善待动物,就是善待我们人类自己!